게다도 짝이 있다

키워드로 읽는 日本 문화ㅡ

전통문화

게다도

짝이 있다

한국일어일문학회 지음

글로세움

일본문화총서 발간에 즈음하여

　이 책은 한국일어일문학회 회원 208명이 일본을 이해하는 데 중요하다고 생각되는 360개의 테마에 대해 일반 독자를 대상으로 알기 쉽게 집필한 것이다. 또한 단순한 흥미위주나 단편적 지식을 넘어, 일본에 관한 깊이 있고 균형 잡힌 시각을 바탕으로 핵심적인 내용을 담는다는 목적에서 집필되었다. 208명이라고 하는 많은 전문가들에 의한 집필이기 때문에 기획의도와는 달리 다소 이해하기 어려운 부분도 있겠지만, 일본에 대한 이해의 폭과 깊이에 있어서 아직 초보적인 단계에 있는 우리의 현실을 고려할 때 이번 기획도서가 우리 사회에 도움이 되리라 믿는다.

　한국일어일문학회 창립 25주년을 기념하여 고도지식사회에 걸맞게 새로운 각도에서 일본을 재조명하고 올바른 일본문화 이해를 위한 체계적이고 포괄적인 기술이 필요하다는 요청에 의해 이 책을 기획하게 되었다. 학문적 연구라는 것은 우리가 속해 있는 사회의 물질적 정신적 풍요로움을 전제로 성립되는 것이라고 본다. 그동안 학계의 내적 발전만을 추구하여 일본문화를 일반 사회에 올바르게 소개하는 데 소홀했던 점을 학회 스스로가 반성하며, 오랜 시간 동안 축적된 연구를 알기 쉽게 펼쳐 우리 사회의 일본문화 이해에 도움이 되고자 노력하였다. 사회구성원에 다가가서 일본을 알리자는 이번 시도는 사회구성원에 있어서나 연구자의 입장에서 매우 고무적이며 의미 있는 일이라 생각된다.

전체의 구성은 문화, 문학, 어학으로 되어 있으며 각 분야에 대해 역사와 현대라는 시간 축에 의해 내용을 분류하였다.

전통과 현대사회상을 통해 본 일본문화 : 전통과 현대문화의 사회 2권 (게다도 짝이 있다, 스모 남편과 벤토부인)

문학을 통해 본 일본문화 : 고전문학, 근현대문학 2권
(모노가타리에서 하이쿠까지, 나쓰메 소세키에서 무라카미 하루키까지)

어학을 통해 본 일본문화 : 일본어의 역사, 일본어의 현재 2권
(높임말이 욕이 되었다, 일본어는 뱀장어 한국어는 자장)

이를 통해 단편과 오해, 문화적 우월주의와 패배주의와 같은 이중적 시각에서 벗어나 보다 일본을 객관적이고 체계적으로 바라볼 수 있

는 계기가 제공되었기를 바란다.

　이 책이 발간되기까지 많은 분들의 도움과 협조가 있었다. 기획도서의 성공을 믿고 격려해주신 글로세움 출판사 여러분들께 감사드린다. 또한 원고 정리 및 자료 수집에 수고한 이충균 선생께도 감사드린다. 끝으로 어려운 여건 속에서도 성실히 집필에 응해주신 학회 208명의 회원 여러분들께 진심으로 감사의 뜻을 전하고 싶다.

2003. 11.

한국일어일문학회 회장

한미경

일본 전통문화와 사회의 이해

탄생 이래, 인류는 무수한 진화의 단계를 거쳐왔다. 초기에는 거의 짐승과 다름없이 네 발로 걷던 인류는 세월이 흘러 두 발로 걷기에 이르렀고, 이와 함께 손과 발의 기능이 분리되었다. 손이 몸을 지탱하던 역할에서 해방되어 물건을 잡게 되고, 점차 발전하여 도구를 만들어 사용하게 된 것이다. 이것이 바로 문화의 출발점이다.

일단 물꼬를 튼 인류의 문화는 급속히 발전하기 시작했다. 하지만 지역적인 환경을 비롯한 여러 여건의 차이로 인해 나라마다 발전 속도와 질에서 차이가 생겼다. 일본 역시 넓게 보면 중국문화권에 속해 있었기 때문에, 우리와 유사한 전통문화를 많이 가지고 있기는 하지만, 오랜 세월을 거쳐오는 동안 변형되어 서로 다른 특색을 보이고 있다.

이 책은 일본의 전통문화와 사회를 알리기 위한 목적으로 엮은 것이다. 전문가가 아닌 일반인들도 일본문화를 좀더 쉽고 재미있게 이해할 수 있도록 전국 각 대학 교수들의 지혜를 모아 편찬했다. 그동안 일본에 대한 적지 않은 서적이 출간되었으나, 대부분 어학이나 문학 분야에 치중된 것이라고 해도 과언이 아니다. 특정한 문화를 보다 깊이 이해하기 위해서는 현재의 겉모습을 벗기고 문화적인 배경을 추적하여 근원을 알아볼 필요가 있는데, 이 책은 바로 그런 점에 주안점을 두고자 노력했다.

우리나라와 일본 양국의 문화적 차이는 영원불변의 것도 아니고, 근본적으로 우열이 있는 것도 아니지만, 그것이 현재의 국가 발전이나 사회질서의 차이를 가져온 밑바탕이 된 것만은 부인할 수 없을 것이다. 이러한 차이를 알아보는 것은 상호 간 이해의 폭을 넓히는 데 도움이 될 것이며 또한 다른 문화와 다른 사회에 대한 이해는 곧 우리 문화와 사회를 이해하는 지름길이기도 하다. 남을 통하여 나를 알 수 있다는 것은 불변의 진리인 때문이다.

오늘날 세계는 큰 전환기에 접어들었다고 할 수 있다. 인류 역사상 처음으로 국경을 초월한 광역공동체가 형성되고 있다. 그 대표적인 예가 유럽공동체(EU)이다. 뿐만 아니라 북미에서도 미국과 캐나다 등이 자유무역협정(NAFTA)을 체결했다. 광역공동체는 지리적으로 가까운 나라들끼리 자연이 준 인연을 중심으로 하여 형성되었는데, 이는 인류 발전을 위한 필연의 방향인 것이다.

그러나 지리적으로 가장 가까운 우리나라와 일본 사이에는 '태평양 시대'라는 말만 공허하게 오갈 뿐 상호협력을 위한 진전을 보이지 못하고 있다. 이것은 눈에 잘 띄지 않는 문화적 갈등이 가장 큰 요인이라고 할 수 있다.

아무리 시대나 환경이 바뀌더라도 쉽사리 변하지 않는 그 민족만의 원형이 있다. 오늘날 우리가 일본을 잘 이해하기 위해서는 이렇게 변하지 않는 원형으로서의 일본을 보다 많이 알아야 한다. 문화는 전쟁이나 협상으로 일거에 해결할 수 있는 것이 아니라 이해해야 할 대상인 때문이다.

한일 양국의 화합 문제를 다룰 때 정치나 경제 문제와는 다른 접근 방법을 취해야 하는 이유도 바로 여기에 있다. 서로의 전통문화를 깊이 이해하여, 상대의 타자성(他者性)을 인정할 때 비로소 적대감이 아닌 친근감으로 다가갈 수 있을 것이다.

2003. 11.

유상희

.

목 차

01. 일본 화폐 속의 인물

【유상희】

　화폐는 한 나라의 역사가 담겨 있는 소중한 문화유산이며, 국가와 시대의 문화 및 경제 수준을 재는 척도(尺度)라고 할 수 있다. 따라서 한 나라를 이해하기 위해서 그 나라의 화폐를 살펴보는 것은 상당히 합리적인 방법이라 할 수 있다.

　대부분의 나라에서는 액면가가 쉽게 구별되고, 사용자가 친근감을 갖도록 하며 또한 위조 방지를 목적으로 지폐에 인물의 초상(肖像)을 인쇄한다. 이처럼 지폐에 인물을 인쇄한 것은 대략 19세기부터라고 할 수 있는데, 처음에는 여신이나 수호신의 전신상을 그렸으나, 19세기 중반부터는 국왕이나 대통령 등 정치 지도자 초상을 많이 사용하게 되었다.

　하지만 제2차 세계대전 후 프랑스나 이탈리아 같은 유럽의 국가들은 화폐에 문화인의 초상을 인쇄하기 시작했다. 이같은 경향은 세계 여러 나라로 퍼져나가고 있으며, 특히 1980년 이후는 여성의 초상도 점차 증가하고 있다.

　일본에서 지폐가 사용되기 시작한 초기에는 초상이 없었다. 하지만 메이지(明治) 시대에 위조지폐 사건이 빈발하자, 1881년에 일본 최초로 진구(神功) 왕후의 초상을 인쇄한 지폐를 발행했다. 이는 지폐에 사용된 일본 최초의 인물 초상이자 유일한 여성 초상이기도 하다. 그런데 왕후의 초상이 서양인처럼 보이는 것은 지폐 원판을 이탈리아 조각가가 만든 때문이라고 한다.

『니혼쇼키』(日本書紀)에는 진구 왕후가 신라를 정벌하여 신라왕을 항복시키고 귀환했다는 내용이 수록되어 있다. 일본학자들조차 날조(捏造)라고 규정하는 이야기지만, 상당수의 일본인들은 아직도 이 터무니없는 이야기를 사실로 받아들이고 있다.

지폐와 달리 화폐의 경우는 고대 그리스 · 로마시대부터 황제 같은 정치가의 초상을 각인(刻印)하는 것이 일반적이었다. 중국은 고대부터 초상은 사용하지 않고 문자나 도안이 중심이었다. 일본도 중국과 마찬가지로 꽃이나 동물, 건물 등을 각인했으나, 1990년에 발행한 '꽃과 녹색 만국박람회' 기념 5천 엔(円) 은화(銀貨)에 처음으로 여성의 모습이 각인되었다.

1888년에 발행된 5엔 지폐에 인쇄된 인물은 헤이안(平安) 시대 전기의 학자이며 가인(歌人)인 스가와라노 미치자네(菅原道真,845~903)이다. 세도를 부리던 외척 후지와라(藤原)에 대항하기 위해 우다(宇多) 천황은 당시 유명한 학자였던 그를 우대신(右大臣)에 등용했다. 그러나 미치자네는 다이고(醍醐) 왕 때 후지와라의 모략으로 규슈(九州)로 좌천되었다가 다자이후(大宰府)에서 사망하였다. 오늘날까지도 '학문의 신'으로서 추앙받고 있는 그는, 왕인(王仁) 박사의 후손이라는 설이 있다.

1891년의 1백 엔권부터 1945년의 2백 엔권까지 무려 4차례나 지폐의 초상이 된 인물인 후지와라노 가마타리(藤原鎌足, 614~69)는, 헤이안시대의 세도가 후지와라의 선조로 훗날 덴지(天智) 천황이 된 나카노오에(中大兄) 왕자와 함께 다이카개신(大化改新)의 주역이었다.

일본 지폐의 초상으로 가장 오랫 동안 등장한 인물은 쇼토쿠 태자(聖德太子, 574~622)로, 그의 초상은 1930년의 1백 엔권, 1950년의 1천 엔권, 1957년의 5천 엔권, 1958년의 1만 엔권 등 무려 4차례에 걸쳐 55년 동안이나 사용되었다. 그는 스이코(推古) 여왕의 조카로서 섭정(摂政)을 하여 헌법 제정을 비롯한 많은 혁신적인 시책을 폈으며, 특히 수나라 양제에게 '해 뜨는 나라의 천자가 해 지는 나라의 천자에게 보낸다'는 내용의 국서(国書)를 보낸 것으로도 유명하며, 일본인들에게 가장 존경받고 있는 인물이다.

1945년에 발행된 1천 엔권에는 전설적인 인물 야마토타케루노 미코토(日本武尊)의 초상이 인쇄되었다. 게이코(景行) 왕의 셋째아들인 그는, 『고지키』(古事記)와 『니혼쇼키』에 무력과 지력이 뛰어난 인물로 기록되어 있다.

1946년의 1엔권에 초상이 실린 인물은 니노미야 손토쿠(二宮尊德, 1787~1856)이다. 에도(江戸) 시대 사가미(相模) 지방의 농가 출신으로 전답의 개간과 치수사업 등으로 농촌의 생산성 향상에 전력을 다한 인물이다.

1943년과 1945년에 발행된 10엔권의 초상은 이타가키 다이스케(板垣退助, 1837~1919)이다. 시코쿠의 도사(土佐)번 출신인 그는 오쿠마 시게노부(大隈重信)와 함께 메이지 중기 정당정치 요람기의 중심인물로 「민선의원설립건백서」(民選議員設立建白書)를 제출하고, 국회의 설립을 주장했으며 자유민권운동을 펼쳤다.

1951년과 1969년에 발행된 5백 엔권 초상의 인물은 이와쿠라 도모미(岩倉具視, 1825~83)이다. 에도 말기부터 메이지 초기의 귀족 출신 정치가로서 사이고 다카모리(西鄕隆盛), 오쿠보 도시미치(大久保利通) 등과 함께 메이지 정부를 수립하는 데 크게 기여했다.

1889년의 1엔권부터 1945년의 2백 엔권까지 무려 네 번에 걸쳐 초상이 실린 인물은 다케우치노 슈쿠네(武内宿祢)이다. 일왕을 도와 야마토 조정이 일본을 통일하는 데 큰 업적을 올린 인물로 알려져 있다.

1890년의 10엔권부터 1930년의 10엔권까지 역시 4차례에 걸쳐 초상이 실린 인물은 와케노 기요마로(和気清麻呂, 733~99)이다. 나라(奈良)시대 말부터 헤이안시대 전기까지 활동한 귀족으로 쇼토쿠(称徳) 여왕을 호위한 근위대장이었으며 '충의(忠義)의 영웅'으로 추앙받고 있다.

1951년에 발행된 5엔권에는 다카하시 고레키요(高橋是清, 1854~1936)의 초상이 인쇄되어 있다. 그는 센다이(仙台)의 무사가문 출신으로 미국에서 유학한 후 초대 특허국장, 일본은행 총재, 대장상, 수상 등을 역임하였으며, 금융 · 경제계에서 큰 활약을 한 인물이다.

1963년의 1천 엔권에는 이토 히로부미(伊藤博文, 1841~1909)의 초상이 실려 있다. 조슈(長州, 현재의 야마구치현)번 출신인 그는 초대 수상을 시작으로 네 번이나 수상 자리에 오를 만큼 메이지 정부의 대표적인 정치가이다. 구미 선진국을 돌며 제도와 문화를 시찰하고 귀국한 후 '메이지 헌법'과 '국립은행조례' 등을 기안하는 등 메이지 정부의 토대를 닦았다. 또한 초대 조선통감이 되어 강압적으로 한일합방을 성사시켰으나, 안중근 의사에게 피살되었다.

1984년부터 현재까지 발행되고 있는 1만 엔권에 초상이 실린 인물은 후쿠자와 유키치(福沢諭吉, 1834~1901)이다. 오이타현(大分県) 나카쓰(中津)번 출신이며 메이지 중기의 계몽사상가로, 구미제국을 시찰한 후 『학문의 권장』, 『서양사정』 등을 저술하였다. 또한 「시사신보」(時事新報)를 창간하여 국민 계몽에 힘쓰는 한편, 게이오(慶応)대학을 창설했다. 그는 「탈아론」(脱亜論)이라는 신문사설을 통해 '아시아 국가들은 악우(悪友)이므로 일본은 이들을 멀리하고 유럽 선진국들과 가까이 지내야 한다'는 이른바 '탈아입구'(脱亜入欧)를 주장했다.

1984년부터 2004년까지 사용된 5천 엔권의 초상인물은 니토베 나조(新渡戸稲造, 1862~1933)이다. 이와테현(岩手県) 모리오카(盛岡) 출신으로 메이지, 다이쇼(大正), 쇼와(昭和) 3기에 걸쳐 활약한 교육자이며, 독일에서 유학하고 귀국한 후 도쿄제국대학 교수, 도쿄여자대학 학장 등을 역임하는 한편 국제연맹 사무차장으로 활약한 바 있어 일본에서는 그를 국제평화에 기여한 인물이라고 평가하고 있다. 그는 또한 식민지정책 연구가로서 우리나라와 타이완을 식민지화하는 데 주요한 역할을 했다.

1984년부터 2004년까지 사용된 1천 엔권에 실린 초상은 나쓰메

후쿠자와 유키치
히구치 이치요
노구치 히데요
(위로부터)

소세키(夏目漱石, 1867~1916)의 것이다. 도쿄 출신으로 메이지 시대의 영문학자 겸 소설가인 그는, 영국 유학을 마치고 돌아와 도쿄제국대학 등에서 교편을 잡는 한편, 소설 『나는 고양이로소이다』(我輩は猫である), 『도련님』(坊ちゃん), 『풀베개』(草枕) 등을 발표하여 일약 문명(文名)을 날리게 되었다. 그후 교직을 떠나 아사히(朝日)신문 전속작가로 입사하여, 『산시로』(三四郎), 『마음』(心), 『명암』(明暗) 등을 집필함으로써 일본을 대표하는 국민작가가 되었다.

2000년 7월부터 발행된 2천 엔권의 앞면에는 슈레이몬(守礼門)이, 뒷면에는 『겐지 이야기』(源氏物語)의 그림과 무라사키 시키부(紫式部) 초상이 실려 있는데, 이는 당시 총리대신과 대장상이 상담하여 정했다고 한다. 오키나와 이외에는 현재 거의 사용되지 않고 있다.

2004년부터 발행된 새 지폐 3종류 중에 1만 엔권의 초상으로 등장한 인물은 2004년 이전과 마찬가지로 후쿠자와 유키치이고, 5천 엔권에는 24세로 요절(夭折)한 여류작가 히구치 이치요(樋口一葉, 1872~96)이다. 이치요는 여성으로서는 최초의 직업작가이며, 극심한 생활고 속에서도 『흐린 강』(にごりえ), 『키재기』(竹くらべ) 등 주옥같은 소설 몇 편을 남겼다. 이치요를 채택한 것에 대하여 '수상의 인기 전술'

이라는 차가운 목소리도 있다.

역시 2004년에 발행된 새 지폐 1천 엔권의 초상은 피나는 노력으로 장애를 극복한 세계적인 세균학자 노구치 히데요(野口英世, 1876~1928)이다. 그는 후쿠시마현(福島県)출신으로 의학을 전공한 후, 세균학 연구를 위해 미국으로 건너가 매독의 병원균을 연구하여 진행성 마비가 매독성 질환이라는 것을 최초로 밝혀 세계적으로 알려지게 되었다.

일본의 법률은 은행권의 초상 등의 양식은 재무상이 정하고 공시하는 것으로 규정하고 있는데, 현행 지폐의 초상 인물로 메이지 이후의 문화인 트리오를 결정한 데 대해 재무상은 다음과 같이 밝히고 있다.

1. 실재인물(実在人物)로 업적이 있고, 지명도가 높아야 한다.

2. 사실(史実) 고증에서 명확한 사진이나 초상화가 있어야 한다.

3. 국제성이 있는 인물이어야 한다.

4. 예술가나 문화인의 채용이 세계적인 조류인 점을 감안한다.

5. 3권종(券種) 통일 테마로 골라야 한다.

6. 민간 앙케트 조사에 따르면 문화적 인물을 희망하는 비율이 높다.

7. 재무성 인쇄국의 디자이너와 조각가의 의견을 반영한다.

02. 일본의 다양한 전통놀이

【사이토 아사코】

놀이는 한 사회가 지니는 중요한 문화의 형태로서, 그 사회를 파악하는 척도라 할 수 있다. 네덜란드의 문화사학자 호이징가(Hoizinger)는 그의 저서『호모 루덴스』(Homo Ludens:유희의 인간, 1938)에서 '놀이의 역사는 문화의 역사보다 더 유구하다'고 밝힌 바 있다. 이는 놀이라는 행위 자체가 생명과 그 존재가 지니고 있는 하나의 본질이라는 점에서 결코 간과할 수 없음을 설파한 것이라 할 수 있다.

가깝고도 먼 이웃인 일본의 전통놀이는 우리나라의 것과 유사한 점이 많이 발견되어 무척이나 흥미롭다. 오늘날 일본에 남아 있는 고대의 놀이기구 중 가장 오래된 것은 8~9세기경인 나라(奈良) 및 헤이안(平安) 시대의 유적에서 발굴된 다케톤보(竹とんぼ:대나무 잠자리), 주사위, 장기알, 팽이, 바둑알 등으로, 이러한 것들이 이미 예전부터 존재했다는 사실은 우리를 매우 놀라게 한다. 이런 놀이기구들은 중국과 한반도로부터 전래되었다고 여겨지지만, 당시에는 놀이로써뿐 아니라 주술적(呪術的)인 요소까지 포함되어 있다는 사실을 고려하면, 이 역시 선진문물이었던 것이라 할 수 있다.

베고마(팽이 돌리기)

12~14세기경인 가마쿠라(鎌倉) 및 무로마치(室町) 시대에는 각 지방도시에서도 놀이기구 유물들이 발견된다. 그중에는 하고이타(羽子板)와 오늘날의 히나(支那) 인형의 원형인 도자기 인형도 포함되어 있다.

400여 년 전인 에도(江戶) 시대에는 보다 다양한 종류의 놀이기구가 등장하면서, 현재의 모습과 거의 흡사한 형태를 갖추게 된다. 또한 에도(현재의 도쿄)와 같은 대도시 외에 지방의 작은 촌락에서도 갖가지 놀이기구가 발견된 것을 보면, 놀이라는 행위가 신분과는 무관하게 누구나 즐길 수 있는 요소로 자리 잡았다는 사실을 알 수 있다.

지금도 설날이면 행해지는 전통놀이로는 하네쓰키(羽根付き), 연날리기, 가루타(カルタ), 햐쿠닌잇슈(百人一首), 스고로쿠(すごろく), 후쿠와라이(福笑い), 팽이 돌리기 등이 있다.

1. 하네쓰키

배드민턴과 매우 흡사한 형태로 주로 여자아이들의 놀이이다. 나무열매 혹은 씨앗에 새의 깃털을 달아 만든 공을 하고이타(羽子板)라고 불리는 채로 치는 것이다. 이 놀이는 약 500여 년 전 시작된 것으로 여겨지며, 약간의 변화를 거쳐 지금에 이르렀다. 하고이타에는 장식적인 효과를 고려해서, 전통 기모노를 입은 여아(女兒) 또는 인기 있는 가부키 배우의 모습을 그려넣기도 했다. 그러나 에도시대에 이르러 이러한 그림은 단순한 장식을 넘어 액운을 막아주는 민간신앙의 의미까지 지니게 되었다. 이로 인해 새해에 하고이타를 선물하는 풍습이 생겨났으며, 오늘날에도 태어나서 처음 새해를 맞는 여자아이에겐 하고이타를 선물하는 것이다.

2. 가루타

카드를 뜻하는 포르투갈어 '카르타'(carta)에서 비롯된 것으로, 숫자 대신에 그림과 문자, 단가 등이 적혀 있는 종이로 만든 놀이기구이다.

아이들이 좋아하는 '이로하 가루타'(いろはカルタ: '가나다 가루타' 정도로 번역할 수 있다)는 가루타를 읽어 주는 한 사람과 가루타를 집는 여러 명으로 나뉘어 행해진다. 내용을 읽는 사람의 가루타에는 바닥에 펼쳐진 모든 가루타의 힌트로 속담이나 단가(短歌)가 적혀 있다. 다른 사람들은 그 힌트를 듣고 일치하는 그림이 그려진 가루타를 남보다 빨리 집는 것인데, 가장 많은 카드를 모은 사람이 승자가 된다. 이것은 에도시대에 생겨난 놀이로서, 카드에 쓰여 있는 글귀는 일상 속에서 통용되는 속담이나 교훈적인 내용으로, 교육적인 효과도 갖춰 높은 인기를 끌었다고 한다.

3. 말판놀이

말판놀이(すごろく)는 쉽게 말해 윷놀이의 윷 대신 주사위를 사용하는 것으로, 부루마블과도 같은 보드게임의 원형이라 할 수 있다.

에도시대에는 판화 기법의 발달과 함께 멋진 풍경이나 유명 배우의 얼굴, 역사적인 전투 장면 등이 그려진 수많은 종류의 말판이 있었으며,

메이지시대의 말판놀이

19세기 메이지(明治)시대에 이르러서는 대부분 잡지 신년호의 부록으로 주어졌다. 이러한 게임은 주로 권선징악적인 내용을 주제로 하고 있는데, 실력과 경험을 쌓아 스스로를 성장시키는 것은 오늘날 컴퓨터 게임의 롤 플레잉(role-playing)과 비슷하고, '뒤로 다섯 칸 물러난다' 등의 상황 설정은 시뮬레이션(simulation) 기법에 해당한다고 할 수 있다.

7~8세기경 한반도에서 전달된 목화자단쌍륙국(木画紫檀双六局)이 가장 오래된 것으로서 일본의 정창원(正倉院)에 소장되어 있다.

4. 니라멧코

14세기경의 기록을 살펴보면, 니라멧코(にらめっこ)는 심각한 승부를 결정짓는 수단 중 하나로 오늘날과는 달리 '노려보기'가 아닌 '눈싸움'이라는 말을 사용하고 있다.

놀이를 하는 두 사람은 서로 마주보고 이렇게 노래를 부른다.

だるさまん、だるまさん、にらめっこしましょう。笑うとまけよ、あっぷっぷっ。

달마야, 달마야, 우리 눈싸움하자. 웃으면 지는 거다. 아푸푸.

노래가 끝나면, 서로 눈을 마주치고 괴상한 표정을 지어서 상대를 웃기는 것이다. 먼저 웃는 사람이 지게 된다. 노랫말에 달마가 등장하는 것은 벽을 보고 눈도 감지 않았다는 달마의 고사에서 눈싸움을 연상했을 것이라 여겨진다.

5. 오하지키

고대 중국에서 시작된 오하지키(おはじき)는 속칭 '알까기'와 매우 흡사하다. 일본에는 대략 8세기경에 전해졌는데, 『겐지 이야기』(源氏物語)에는 11세기 헤이안시대에 궁중에서도 행해졌다고 기록되어 있다. 에도시대가 되면서 민간에 퍼져 여자아이들만의 놀이가 되면서 조개를 알로 사용했는데, 메이지시대에 들어서면서 유리로 된 알이 보급되기 시작했다. 기본적인 규칙은 알까기와 비슷하지만, 아무 알이나 맞춰 떨어뜨리는 것이 아니라 어느 특정한 알만 맞춰야 한다. 만약 다른 알을 맞추면 지게 된다.

위에 언급한 명절의 대표적인 놀이 외에도, 일상적인 놀이로 다케우마(竹馬), 다케톤보(竹とんぼ:대나무 잠자리), 베고마(ベーゴマ:팽이 돌리기), 오리가미(折り紙:종이접기) 그리고 기구를 사용하지 않는 시리토리(しりとり:끝말잇기) 등이 있다.

03. 화투에 나타난 일본인의 계절감

【구정호】

일본에서는 점차 잊혀지고 있는 반면, 우리나라에서는 열풍이 대단한 화투. 일본식 발음으로는 '하나후다'(花鬪 또는 花札)라고 하며, 꽃을 그린 패나 그것을 가지고 하는 놀이를 뜻한다.

일본 남부에 표류한 포르투갈인들에 의해 화투의 전신(前身)인 카르타(carta)가 전해진 것은 1543년의 일인데, 이를 바탕으로 매월마다 4장이 1조가 되어 전부 48장으로 구성된 덴쇼가루타가 개발된 후, 교토, 오사카, 에도 등지에 제조공장이 생겨나면서 귀족은 물론 일반 서민에게도 열풍이 불었던 것이다.

예나 지금이나 카드류의 놀이기구는 도박과 연관되는 법. 순진하던 백성들이 패가망신하는 사례가 늘어나자 급기야는 사회문제가 되었고, 도쿠가와 막부는 덴쇼가루타를 이용한 도박행위를 금지시켰다.

덴쇼가루타가 금지되자 운순가루타가 개발되었다. 덴쇼가루타와는 달리 5장이 1조로, 15장조 그러니까 도합 75장으로 이뤄진 운순가루타는 처음에는 제법 인기를 모았다. 하지만 사람들은 75장의 운순가루타를 48장으로 줄여서 도박을 하기 시작하면서, 슬금슬금 덴쇼가루타도 부활했다. 막부는 다시 단속을 벌여 일망타진하려 했으나, 열풍은 좀체 시들 줄 몰랐다.

앞서 말했듯이 화투에는 12종류의 다른 그림이 그려져 있다. 덴쇼가루타를 만든 사람은 관(官)의 단속을 의식하여 나름대로는 머리를 써서 서양식 그림을 일본의 것으로 대치한 것인데, 소재는 사계절의 풍물이었다.

화투의 전신인 덴쇼가루타는 18세기 중엽 교토나 오사카 지방에서 만들어진 것으로 보이는 만큼, 화투의 1월은 관서(関西) 지방의 1월이라고 생각하면 옳을 것이다. 그러나 화투에 나타난 계절감은 관서지방의 것만이 아닌 일본인이 가지고 있는 고유의 정서를 잘 표현하고 있다. 화투에 담긴 계절감은 바로 일본의 전통 시가(詩歌)인 와카(和歌)에서 찾아볼 수 있다.

화투에 나타난 그림을 계절별로 나누어 보면 비교적 이해가 쉽다. 즉 2월부터 4월까지가 봄에 해당되는 그림이며, 5월에서 7월까지가 여름, 8월에서 10월까지가 가을, 그리고 나머지가 겨울의 풍물이라고 생각하면 된다.

봄이 오면 우리나라 사람은 아마도 개나리나 진달래를 머리에 떠올릴 것이다. 마찬가지로 일본인들은 매화(梅花)를 연상한다. 눈이 내리는 겨울이 끝나고, 입춘(立春)과 더불어 시작된 봄에는 화려한 매화가 꽃을 피우고, 가지에는 꾀꼬리가 날아와 앉아 봄소식을 전한다. 즉

일본인의 계절감을 엿볼 수 있는 화투

우리가 매조(梅鳥)라 하는 화투의 2월을 일본인은 봄의 이미지로 생각하는 것이다. 봄은 사쿠라(桜花:벚꽃)와 더불어 절정을 이루는데, 이가 바로 3월의 대표적 풍경이다.

봄이 지나고 여름이 찾아오는 문턱인 4월에 피는 꽃은 무엇일까? 싸리나무와 같은 모습에 검은색으로 그려져 있으므로 우리나라 사람들은 대부분 '흑싸리'로 알고 있지만 틀린 생각이다. 일본인이 전통적으로 생각하고 있는 4월의 대표적인 꽃은 후지노하나(藤の花:등꽃)이다. 콩과 식물인 등꽃이 늘어져 있는 모습이 싸리처럼 보였는지, 언제부터인가 우리나라에선 싸리로 둔갑하고 말았다. 여름으로 넘어가는 길목에 피어나는 등꽃과 더불어 여름을 알리는 새가 또 한 마리 등장한다. 바로 두견새이다. 일본인들은 등꽃이 피고 두견이 날아와 울 때, 여름이 온 것으로 인식했던 것이다.

여름인 5월에 해당하는 화초는 바로 쇼부(菖蒲:창포)로 중국에서

화투에 나타난 일본인의 계절감

전래되어 일찍부터 일본에 정착한 단오(端午)의 풍습과 관계가 깊다. 창포 역시 난초과이기에 우리나라에서 '초'라고 부르는 것이다. 여름의 절정인 6월을 나타내는 나비와 보탄(牧丹:모란. 한자를 그대로 읽어 '목단'이라고 한다)은 전형적인 중국의 것으로 와카의 세계라기보다는 한시(漢詩)의 세계이다. 이는 나중에 설명하게 될 12월의 기리(梧桐:오동나무)와 함께 한시에 등장하는 풍물이다.

여름에서 가을로 접어드는 길목이랄 수 있는 7월에는 들녘 여기저기에 붉은 꽃이 피어나는데, 우리나라에서는 '홍싸리'라고 불리는 하기(萩:싸리꽃)다. 수줍은 듯 붉은 빛을 띠고 있기 때문에 우리나라에서는 홍싸리라고 했나 보다.

이어 본격적인 가을에 접어든 8월에는 아침 저녁으로 선선한 바람이 불고 함께 산 위에는 보름달이 떠오른다. 이를 우리는 '공산명월'(空山明月)이라고 한다. 또한 8월은 봄철에 시베리아 지역으로 날아갔던 철새가 날아오는 시기이기도 하다. 그래서 달 속에 가리(雁:기러기)가 그려져 있다.

흔히 '고도리 칩시다'는 말을 듣는데 이 역시 우리나라식 오류(誤謬)라고 할 수 있다. 2월의 꾀꼬리가, 4월의 두견새 그리고 8월의 기러기3마리를 합치면 모두 5마리가 되므로 고도리(五鳥)라고 하는 것인데, 고도리는 야쿠(約:화투 놀이에서 높은 점수를 얻는 패)를 가리키는 말로 게임 자체를 뜻하지는 않는다. 따라서 '고도리를 치자'는 말은 윷놀이를 할 때 '걸을 합시다'라고 하는 것처럼 그릇된 표현이다.

아울러 '고도리'라는 야쿠가 있는 게임의 명칭은 '고스톱'(Go Stop)

으로, 6·25전쟁 이후 미군의 영향을 받아 우리나라에서 만들어진 것이라고 한다. 또 한 가지 특이한 것은 경남지방, 특히 부산에서는 8월은 필수적이나 2월, 4월 또는 12월의 10끝짜리 가운데 2장을 가지면 역시 고도리로 인정한다는 사실이다.

다시 계절 이야기로 넘어가 보자. 가을의 한가운데인 9월의 정취를 대표하는 꽃이 기쿠지(菊花)라면, 10월은 단연 단풍(丹楓)을 꼽을 수 있을 것이다. 가을이 저무는 길목에서 만산에 홍엽이 흐드러질 때, 그 사이로 간간히 들려오는 사슴의 울음소리는 일본인의 정취를 자극하기에 충분했다. 이것이 바로 화투 10월에 그려진 풍경이다.

이어 계절은 찬바람이 불고 하얀 눈이 내리는 겨울로 넘어간다. 그런데 우리나라에서는 11월과 12월을 바꿔서 알고 있다. 즉 우리가 흔히 '비'[雨]라고 하는 12월은 사실 11월에 해당되는 것이고, 소위 '똥'이라고 불리는 오동이 12월이 된다. 그래야만 6월과 12월에 한시적인 풍물이 배치되면서 전체적인 조화를 이루게 된다.

화투가 만들어진 오사카나 교토 지방은 우리나라 기후와 비교하면 훨씬 따뜻한 지역이어서 겨울이 시작되는 11월에도 비가 내린다. 시구레(時雨)라고 불리는 겨울비는 겨울의 시작을 알리며, 옛 일본인들의 시심(詩心)을 자극시키기에 아주 좋은 소재가 되었던 것이다. 그리고 12월의 기리(梧桐)와 함께 마치 닭과 비슷한 동물이 보이는데, 다름 아닌 봉황(鳳凰)이다. 신조((神鳥)인 봉황은 반드시 오동나무에만 앉는다고 알려져 있으며, 모두 상서로운 중국의 풍물이다. 아마도 한 해를 잘 마무리짓도록 신께 기원하는 마음에서 봉황과 오동을 그린 듯싶다.

계절의 끝이자 새해의 시작인 1월의 상징은 마쓰(松:소나무)와 눈이다. 눈 덮힌 대지 위에 소나무는 고고한 기상을 드높이며 우뚝 솟아 있고, 그 옆에서 쓰루(鶴)가 노닐고 있어 운치를 더한다. 온기를 머금은 동풍(東風)에 눈이 녹으면 계절은 매화가 피는 봄으로 바뀌는 것이다.

04. 시를 짓지 못하면 결혼도 못한다

【최충희】

인종이나 나라에 관계없이 시(詩)를 좋아하는 사람들은 많지만, 전 국민 모두라고 해도 과언이 아닐 정도로 일본인은 시를 좋아한다. 하지만 시라는 말보다는 시와 전통적인 정형시의 총칭인 우타(歌)를 합쳐 시가문학(詩歌文学)이라고 부르는 것이 보다 타당하다고 할 수 있을 것이다. 우리나라에도 시 외에 고유의 전통시라고 할 수 있는 시조가 있는 것과 마찬가지이다.

일본 시가문학의 대표적인 형태로는 와카(和歌), 단가(短歌), 하이쿠(俳句), 센류(川柳) 등이 있다.

와카는 원래 '야마토 우타'(大和歌:야마토의 노래)라는 말에서 유래된 것으로, 일본인에 의해 일본어로 일본의 자연을 읊은 노래라는 뜻이다. 중국의 한시(漢詩)를 의식하여 일본적인 소재와 풍토를 담은 노래라는 의미를 담은 것이다. 고대부터 일본인들의 많은 사랑을 받아온 와카는 5·7·5·7·7의 운율인 31자(字)로 되어 있는 정형시이며, 소재는 주로 사계절과 남녀 간의 사랑이 주류를 이룬다.

헤이안시대 귀족들 사이에서는 사랑을 고백하고 밀어(蜜語)를 나눌 때 와카로 서로의 애정을 표현하는 것이 관습처럼 되어 있었다. 따라서 어려서부터 와카를 배우고 생활 가운데 늘 이를 읊으며 지내왔던 것이다. 그렇기 때문에 아무리 외모가 뛰어나도 와카를 짓지 못한다면 결혼은 상상조차 할 수도 없었다고 한다.

일본을 대표하는 고전이자 러브스토리로 유명한 『겐지 이야기』 같은 작품에서도 와카가 등장인물의 성격이나 감정 표현의 수단으로 사용되고 있다는 사실을 보더라도 그 중요성을 엿볼 수 있을 것이다.

뿐만 아니라 시대별로 소재나 기법상의 차이는 있지만, 와카가 계속 명맥을 이어 오고 있다는 점 또한 놀라운 일이다. 몇 대(代)를 이어오는 우동집이 있고, 몇 백 년 동안 위치조차 바뀌지 않은 찻집이 있는 것처럼, 고리타분하고 지겨울 정도로 오랫동안 변함없는 동일한 리듬의 노래가 계승되고 있다는 점을 통해서 일본인들의 전통을 숭상하는 의식과 태도를 알 수 있다.

오늘날 와카는 단가(短歌)라는 이름으로 불리며, 아직도 많은 사람들의 사랑을 받고 있다. 몇 년 전 여류 단가 작가 다와라 마치(俵万智)의 단가집 『샐러드 기념일』(サラダ記念日)이 출간된 지 한 달도 되지 않아 1백만 부가 넘게 팔리는 베스트셀러가 된 적이 있다. 이러한 현상만 보더라도 일본인들이 얼마만큼 시가문학을 사랑하고 있는지 짐작할 수 있다.

또 일본인들이 설날에 즐기는 민속놀이 중에, 가루타(カルタ)라는 것이 있는데, 이것은 일본 중세시대의 와카집 『햐쿠닌잇슈』(百人一首)

를 바탕으로 만든 것이다. 가루타 놀이야말로 전통을 숭상하면서도 외래 문물을 받아 들여 자기 나라의 것으로 만들어 버리는 일본인들의 유연한 문화 수용의 태도를 엿볼 수 있는 좋은 재료이다.

'가루타'란 포르투갈어의 '카르타'(carta)에서 유래된 말로 영어의 카드(card)와 같은 말이다. 굳이 영어를 쓰지 않고 포르투갈어를 사용하는지 궁금해하는 사람들이 많을 것 같아, 여기서 잠시 그 얘기를 잠깐 해보자.

우리나라에서 현재 사용되고 있는 '가방'이나 '빵'이라는 말도 알고 보면 포르투갈어에서 일본을 거쳐 우리말에 수용된 말이라는 사실을 아는 사람은 많지 않을 것이다. 일본은 이미 15세기 중엽에 서양과의 교역을 시작했는데 그 대상이 포르투갈과 네덜란드였다. 이때 일본은 앞선 과학기술을 도입했고, 급기야는 조총(鳥銃)을 만드는 기술을 배워 임진왜란 때 사용했던 것이다. 우리가 이순신 장군을 얘기하면 정말 아주 먼 옛날 얘기인 것 같지만, 일본은 임진왜란보다 훨씬 이전에 서양과 교류를 가졌다는 사실을 주지할 필요가 있다. 일본의 근대화가 우리나라보다 빠른 속도로 진행될 수 있었던 것도 알고 보면 한 발 빠르게 문호를 개방한 때문인 것이다.

가루타 놀이의 게임 방법을 간단히 소개해보자. 카드는 『햐쿠닌잇슈』의 와카 1백 수를 각 와카 마다 5·7·5와 7·7의 반으로 잘라 2백 장으로 되어 있는데, 게임을 주관하는 사람이 5·7·5의 귀절을 읊으면 펼쳐진 카드 중에서 7·7의 대구(対句)를 찾아내는 게임이다. 즉 전통적인 와카를 외우며 노는 게임이라 할 수 있다.

비록 게임이지만 전통시를 배우고, 그 놀이의 수단인 카드는 포르투갈어에서 유래된 말을 그대로 사용하고 있다는 점은 무척 흥미롭다. '가루타'라는 용어에는 신경을 쓰지 않고, 거기에 담겨 있는 내용에 중심을 두는 자세야말로, 일본인의 외래문화를 수용하는 태도인 것이다.

다시 본 테마로 돌아가서 이번에는 하이쿠에 대해 알아보자. 하이쿠(俳句)는 5·7·5의 17자로 된 정형시로, 일본인들은 세계에서 가장 짧은 정형시라고 자랑하고 있다. 중국의 오언시(五言詩)나 칠언절구(七言絕句) 등이 형태적으로는 일본의 것보다 짧아도 뜻으로 풀면 길어지는 데 반해, 하이쿠는 17자로 형태와 뜻이 종결되기 때문이다.

하이쿠는 원래 렌가(連歌)와 하이카이(俳諧)의 첫번째 구인 홋쿠(発句)에서 유래된 것으로 하이쿠라는 용어는 메이지시대에 만들어졌다. 그러나 홋쿠의 유래로부터 치면 중세시대 때부터 있었던 것으로 역사적으로 꽤 오래된 셈이다. 하이쿠는 짧다는 점뿐 아니라, '계어'(季語)라는 계절을 상징하는 표현이 들어 있다는 점 또한 특징이다. 일본인들이 사계절의 계절감을 얼마나 소중히 여기고 있는가에 대해서는 앞의 와카에서도 언급한 바가 있는데, 이 계어를 통해 자연을 보고, 그 속에 자신의 시심(詩心)을 이입하여 관조(観照)를 통한 내면 세계를 읽을 수 있다는 점이 하이쿠의 매력이다.

이 밖에도 짧은 시의 단점을 보완하는 방법으로 '기레지'(切字)라는 기법을 사용하기도 한다. 기레지는 '~여'(~や), '~로구나'(~かな) 등이 대표적인 표현인데 이것은 중간에 여운을 주거나 끝에 깊은 영탄을 표현해줌으로써 단숨에 끝나버릴 수 있는 짧은 시의 단점을 보완하는 역할을 한다.

센류(川柳)는 하이쿠와 마찬가지로 5·7·5의 17자로 된 시인데, 하이쿠가 주로 자연을 소재로 하는데 반해, 인간의 행동에 대한 풍자나 해학에 역점을 두는 것이 다르다고 할 수 있다.

주요 일간지 신문의 석간 특히 토요일이나 일요일판 석간에는 언제나 독자들이 응모한 단가, 하이쿠, 센류 등의 작품과 더불어 이들에 대한 평가 및 심사소감이 실려 있다. 또한 NHK의 교양프로그램에도 하이쿠 강좌가 있고, 각 지방의 문화교실에서 제일 인기있는 강좌가 시가문학의 창작 프로그램이라는 사실만 보더라도, 일본인들이 시가문학을 얼마나 즐기고 있는지 알 수 있다. 어쩌면 일본인은 누구나 시인이라 해도 결코 과장된 말은 아닐 듯싶다.

05. 제사로부터 시작된 벚꽃놀이

【유재연】

일본에서는 봄이면 벚꽃나무 아래에서 정성껏 마련한 음식을 펼쳐 놓고 술과 함께 여흥을 즐기는 풍경을 어렵지 않게 볼 수가 있다. 더구나 평소 지나칠 정도로 상대방을 배려하는 차분하고 조심성 많은 태도와는 상당히 거리가 있는 그들의 대범한(?) 행동에 놀라움을 금치 못하게 된다. 대낮임에도 불구하고 술에 취해서 주정을 하는 중년남성들의 모습이나, 노래방이나 술집이 아니면 좀처럼 듣기 어려운 엔카(演歌)의 가락도 귀동냥으로나마 들을 수 있는 때문이다.

우리나라에서도 적지 않은 관객을 모았던 일본영화 「쉘 위 댄스」 (Shall We Dance)에 등장하는 숫기 없는 주인공 스기야마(杉山)와 같은 중년 샐러리맨이 상춘객들로 가득 찬 공원에서 술에 취한 채 마이크를 붙잡고 흥에 겨워 신나게 노래를 부르고 있는 모습을 상상해보면 알 것이다.

다람쥐 쳇바퀴 돌 듯 판에 박힌 일상과 조직사회의 억압으로부터 일탈을 꿈꾸는 스기야마의 모습은 실제 일본인과 너무도 닮아 있다. 하

지만 일본인들은 또 평소답지 않
은 꽃구경의 일탈을 자연스럽게
받아들인다.

일본인은 초봄부터 벚꽃놀이를 계획한다.

　아마도 반복되는 일상에서
오는 무료함이나 답답한 도시,
그리고 숨막히는 직장으로부터의
짜릿한 해방감을 꽃구경을 통해
맛보려는 것이리라. 짧지만 화려
한 생명력을 보이는 벚꽃처럼 자
신의 삶도 화끈하길 바라면서.

　그러나 '화무십일홍'(花無十日紅:꽃이 아무리 아름다워도 열흘을 가지
못한다)이라는 말을 증명이라도 하듯 잠시나마 화려함을 뽐내지만 금방
지고 마는 벚꽃처럼, 꽃구경을 마치고 다시 반복되는 일상으로 돌아가
는 샐러리맨들의 뒷모습은 왠지 초라해 보인다. 하긴 한 치의 여유도
없이 빡빡하고 고단한 삶이 고작 하루의 여흥으로 해소될 리 만무하겠
지만 산업사회 이후 보통사람들의 삶에서 놀이란 그저 다음의 노동을
준비하기 위한 하나의 과정에 불과한 것이 아닌가.

　원래 놀이에서 오는 신명이란 생명력이 충만한 활력을 담보로 하
는 것이라야 제 의미를 갖는 법이다. 일본인들이 즐기는 꽃놀이의 기원
도 바로 일과 놀이가 분화되지 않은 고대의 제의(祭儀) 형태로 거슬러
올라간다.

　벚꽃의 일본어는 이미 우리에게도 익숙한 '사쿠라'(桜)이다. 사쿠라

벚꽃놀이는 도시의 건조한 일상으로부터
잠시나마 탈출할 수 있게 해준다.

의 어원을 살펴보면 대체적으로 두 가지의 유력한 설이 있는데, 하나는 『고지키』(古事記)에 수록된 후지산(富士山) 신령인 고노하나사쿠야히메(木花開邪姫)에서 유래했다는 것이고, 다른 하나는 농사 등을 관장하는 산(山)의 신을 나타내는 고어 '사'(さ)에, 신이 계시는 장소를 의미하는 '쿠라'(くら)가 합쳐져 '신이 깃든 곳'을 의미하는 말이 되었다는 것이다.

이들 모두는 전통신앙과 밀접하게 관련된 것으로, 꽃말의 유래에 농경사회의 습속(習俗)이 접목됨으로써 꽃놀이가 일종의 제의적(祭儀的) 형태를 띠게 되었다고 생각하면 될 것이다. 즉 옛 일본인들은 벚꽃이 피는 것을 보고 모내기철이 왔음을 알았고, 또한 벚꽃이 지는 모양을 보고 그해 농사의 풍흉(豊凶)을 점치게 되었으며, 만개한 벚꽃을 바라보며 신령님에게 제사를 올리고 풍작을 기원하는 의식이 꽃구경의 기원을 이루게 되었다는 것이다. 마치 이팝나무에 대한 우리의 민간신앙과도 흡사한 특징을 보여준다고 하겠다.

근대적 농법이 도입되기 전, 벚꽃이 만개한 시기는 대체로 모내기철을 앞둔 때였을 것이고, 꽃구경과 함께 치르는 제사는 본격적인 농사일에 앞서 풍작 기원과 더불어 공동체의 결속력과 친밀감을 강화하는 기능을 겸했을 것이다. 논에 물을 대는 작업에서부터 모내기와 김매기, 수확에 이르는 과정이 공동작업에 의존하지 않으면 안 되었기 때문이다. 따라서 적지 않은 지역에서 꽃구경을 위해 특정한 날짜를 정해놓고 촌락공동체 구성원 모두가 참석하여 잔치를 벌였던 것이다.

물론 이처럼 기원을 추측할 수 있는 꽃구경도 줄곧 민중들의 잔치가 되었던 것은 아니다. 기록에 따르면, 헤이안시대만 하더라도 꽃놀이는 천황을 중심으로 한 귀족들이 즐기던 행사였다고 한다. 하지만 가마쿠라시대가 되면서 점차 무사들의 잔치로 변모했고, 무로마치시대의 쇼군(将軍) 아시카가 요시미쓰(足利義満)의 대대적인 조경사업을 거쳐 특히 16세기 말 도요토미 히데요시(豊臣秀吉)의 통치기에 이르러 꽃구경은 절정을 이루었다. 히데요시는 봄이 되면 교토 근방의 명소를 찾아 며칠씩 주연(酒宴)을 베풀고 꽃구경을 즐겼다고 한다. 이처럼 황실과 귀족 그리고 절대권력을 쥔 무사정권하에서의 꽃구경은 권력층의 놀이에 지나지 않았던 것이다.

꽃구경이 상류층만의 소비 향락적인 것이 아니라, 본래의 형태를 회복하며 민중들에 의한 지역공동체 의식의 건강성을 되찾게 된 것은 17세기 이후 에도시대부터이다. 물론 그 이면에는 막번체제(幕藩体制)의 농민들에 대한 가혹한 수탈정책이 있었다고는 하지만, 적어도 땅의 법칙에 순응하면서 살아가는 사람들이 자연이 주는 선물로서의 꽃구경을 즐길 수 있게 된 시기라고 할 수 있을 것이다.

신분질서의 동요와 더불어 상공인 계층의 경제권 장악은 민중들의 의식에 활력을 가져다주었고, 더불어 광범위하게 퍼진 민속 또한 생명력을 지니게 되었다. 꽃구경이 오늘의 형태로 정착되게 된 것도 바로 에도시대의 변화된 민중의식에서 그 근원을 찾을 수가 있을 것이다.

그러나 독일의 사회학자 F. 퇴니에스의 지적처럼, 공동사회에서 이익사회로의 이행이라는 근대 이후 사회의 변모는 꽃구경 문화에도 예외 없이 변화를 초래했다. 무엇보다 1차산업에 기반을 둔 전통사회의 해체라는 주된 요인이 가로놓여 있었고, 근근히 명맥을 유지하고 있던 농촌조차 예전의 촌락공동체 관습이나 의식이 퇴색되어버린 때문이다.

이제 꽃구경은 시멘트의 숲에 갇혀 있는 도시의 샐러리맨들이 건조한 일상으로부터 잠시 동안 벗어날 수 있는 위안거리의 하나로 전락된 감이 없지 않다. 하지만 앞으로도 여전히 일본인들은 매년 이른봄이 되면 가장 먼저 벚꽃이 피는 시코쿠 지방의 고치현에서부터 홋카이도 지방까지 개화일(開花日)을 표시해놓은 벚꽃 캘린더를 보면서 꽃구경 날짜를 잡느라 야단법석을 떨 것이다. 또한 자기 지방이 벚꽃 명소 100선(選)에 들어가도록 정성을 다해 꽃나무를 가꾸고 주변을 정리할 것이다.

그렇지만 오프라인보다는 온라인 상의 소통을 즐기고, 자기만의 세계에 몰입하며 인생의 의미와 보람을 찾으려는 오타쿠적인 취향에 몰입하는 오늘날의 청소년들에게 과연 꽃구경이 어떤 의미를 지니고 있을지는 누구도 알 수 없다. 혹시 그들은 꽃구경조차 사이버 공간 상에서 즐기게 되는 것은 아닐까? 꽃구경의 앞날은 젊은 세대들의 변화만큼이나 예측 불허일 것 같다.

06. 종이접기와 센바즈루

【박혜란】

2003년 8월 6일 히로시마 평화기념공원에서 원폭 투하 58주년 추도식이 거행되었다. 이때 고이즈미 일본 총리가 작은 황금색 종이학을 봉납(奉納)하는 것이 TV에 보도되었다. 과연 일본인에게 있어서 종이학은 어떤 의미를 나타내는 것일까? 우선 종이접기부터 살펴보자.

일본 전통문화의 하나인 종이접기 즉 '오리가미'(折り紙)는 국제적인 통용어가 되었으며, 세계 여러 나라에서 활발하게 창작활동이 이루어지고 있다. 오리가미는 한 장의 정방형 종이를 자르거나 풀칠하지 않고 접어서 꽃, 동물 등 여러 가지 형태를 만들어내는 것으로, 오래 전부터 행해져온 일본 전통문화의 하나로 오늘날에는 정서교육뿐 아니라 창작예술로 또는 노인이나 장애인의 치료용으로, 여러 기능과 효과가 있는 공간구성 활동으로 인정받고 있다.

평면이 입체로 바뀌고 공간구성이 되어 여러 가지 조형물이 만들어지는 종이접기는 손과 눈의 협동으로 이루어지는 고도의 창작활동이다. 우선 머릿속에서 이미지를 구상하는데, 구상 능력은 상상력과 관련이 있고, 이러한 상상들은 곧 창의성의 계발로 이어진다. 머릿속에 그렸던 이미지를 시각화하는 것은 창조적 조형활동의 단계가 되며, 구상을 현실화하기 위해서는 정확한 계산능력과 정교한 손놀림이 요구된다. 오른손은 주로 접었을 때 비율, 치수, 넓이 등을 계산하고, 왼손은 그것을 얼마나 조화시켜 아름답게 보이느냐를 생각하며 움직인다. 이러한 접기 과정이 아이들이나 어른에게나 큰 성취감을 느끼게 하는 것이다.

실제로 미국, 유럽 등에서 천재적인 젊은 작가들이 배출되어 기발한 작품들을 창작해내고 있는데, 그들의 대부분이 수학, 물리학, 생물학, 건축학, 공학 등 과학 계통에 몸담고 있는 사람들로 종이접기가 예술인 동시에 과학임을 입증하고 있다. 1997년 봄에는 우주공학박사인 미우라 고료(三浦公亮)가 창안한 '미우라접기'를 이용하여 우주에서 태양 전지판과 안테나를 설치하는 실험을 했다. 종이접기의 원리가 우주개발에도 한몫하고 있는 것이다. 또 1997년 12월에는 '장미접기'로 유명한 사세호 대학 수학 교수 가와자키 도시카즈(川崎敏和)가 「종이접기학」이라는 논문으로 수학 박사학위를 취득하기도 했다.

종이접기 속에는 기하학이 있다. 즉 길이와 넓이의 비례에 관한 정확한 법칙이 그 속에 숨어 있는 것이다. 직선을 3등분하는 방법을 계산에 의해서가 아니라 기하학의 원리로 빨리 알아낼 수가 있다. 종이접기를 통해 피타고라스의 법칙을 증명할 수도 있고 삼각형 내각의 합이 $180°$라는 사실도 쉽게 알아낼 수 있다.

모든 접기는 직선에서 시작된다. 직선은 인공의 산물(産物)이며,

접기란 결국 인공의 출발이다. 종이접기는 무엇보다 직선을 잘 처리해야 하고, 직선끼리의 관계를 잘 이용하여 새로운 형태를 만들어내는 것이라 할 수 있다.

그러나 동물이나 식물 등의 자연물은 물론 우리가 주변에서 흔히 볼 수 있는 수많은 물건들은 대부분 직선으로 이루어지지 않았다. 복잡한 곡선으로 이뤄진 부정형(不定形)이 많다. 따라서 이처럼 복잡한 모양에 가깝게 종이를 접기 위해서는 기하학이 필요한 것이다.

축구공은 그 좋은 예라고 할 수 있다. 축구공은 비록 둥글게 보이지만 실은 여러 개의 정오각형과 정육각형의 가죽 조각으로 되어 있다. 따라서 기하학적으로 보면 정확한 구(球) 즉 완전히 동그란 공이 아닌 것이다. 2002년 월드컵에 사용한 피버노바(fevernova)는 12개의 정오각형과 20개의 정육각형으로 된 축구공이다. 기하학에 바탕을 둔 종이접기 기법을 통해 공과 같은 조형물도 만들 수 있는 것이다.

오리가미는 610년 고구려의 승려 담징(曇徵)이 일본에 종이를 전한 이래, 자연발생적으로 나타났다. 당시는 종이가 아주 귀한 것이었으므로, 신사(神社)나 제사의 의례용으로 쓰이며 종이접기가 발전했고, 헤이안시대의 귀족사회에서는 와카(和歌)나 편지를 주고받을 때, 또는 선물을 포장할 때 귀중품인 종이를 사용했는데, 이러한 풍습이 발달하여 종이를 아름답게 접어서 장식하게 된 것이다.

그 후 무로마치시대에는 격식을 갖춰 종이를 접는 수십 가지 방법이 제정되기에 이르렀다. 혼례 등의 경사에 사용하는 종이 리본인 '노시가미'(のしがみ)나 술주전자를 장식하는 나비 모양 등은 오늘날까지도

학에는 축복의 의미가 담겨 있다.

전하며 또한 지금도 인기가 있는 종이학은 이때 유희공예로 만들어진 것이다.

에도시대가 되면서 경제력을 갖춘 상인들이 등장함에 따라 종이의 수요가 급증하고 보급이 활발해졌다. 이에 힘입어 1707년에는 한 장의 종이를 오려 연속적으로 학을 만드는 방법 49가지를 소개한 『히덴 센바즈루 오리가다』(秘伝千羽鶴折形)가 교토에서 출판되었는데, 이는 종이접기를 다룬 세계에서 가장 오래된 책이다. 이미 에도시대에 인물, 동물, 식물, 물건 등 70여 종류에 달하는 종이접기가 있었지만, 널리 보급되게 된 것은 메이지시대에 유치원이나 소학교의 공작 교재로 가로 세로 15㎝의 정방형의 종이가 시판되면서부터이다.

일본에서는 학을 길조(吉鳥)로 여겼고, 많은 수가 모여 있으면 더더욱 경사스럽게 생각하였다. '센바즈루'란 1천 마리의 종이학을 실로 연결한 것이나, 천 마리의 학을 그린 그림 또는 기모노 등에 여러 마리의 학을 수놓거나 염색한 것을 말한다. 보통 여러 가지 색종이를 이용해서 학을 접고 1백 마리씩 실로 묶어 걸어 두는 경우가 많다.

지금도 오래된 신사에 봉납되어 있는 옛날 액자 등에서 천 마리 학이 그려진 그림을 볼 수 있고, 소원을 이루기 위해 종이학을 신사나 절에 봉납하는 풍습도 남아 있다. 최근에는 행복을 기원하는 한편 위안이나 축복의 의미를 담아서 환자나 불행을 당한 사람에게 종이학을 선물하기도 하고, 때로는 평화운동의 상징으로도 쓰인다. 히로시마의 평화기념공원에는 일본의 학생들이 정성스럽게 접은 종이학을 들고 반드시 찾는 곳이 있는데, 바로 센바즈루(千羽鶴)의 탑이다. 탑 주위에는 항상 수많은 종이학이 놓여져 있는 것을 볼 수 있다.

1945년 8월 히로시마(広島)와 나가사키(長崎)에 원자폭탄이 투하되어 태평양전쟁이 끝났다. 한순간에 몇십만 명의 사람이 목숨을 잃었으며, 방사능 피해로 현재까지도 적지 않은 사람들이 원자병에 시달리고 있다.

당시 2살이었던 사사키 데이코(佐々木禎子)라는 소녀는 12세가 되어 원폭성백혈병이 발병하자 투병생활을 하며 빨리 낫게 해달라는 소망을 담아 종이학을 접기 시작했지만, 천 마리를 다 접기 전에 사망했다. 친구를 잃는 슬픔을 겪은 급우들은 전국의 학생들에게 호소했고, 이 소식은 급속도로 번져나가 학생운동의 형태를 띠게 되었다. 이를 기리기 위해 학생들만의 힘으로 세워진 탑이 바로 센바즈루의 탑이다. 그후로 센바즈루는 일본의 반전(反戰) 및 평화 교육의 심볼이 되었다. 수복(寿福)의 의미에 평화의 의미가 더해진 것이다.

07. 식문화(食文化)의 꽃 와가시

【박혜란】

일본에는 다양한 축제와 연중행사가 있다. 이들 행사에는 생활 속에서 발전하여 전통이 된 음식들이 많이 등장한다. 아이의 출생이나 생일, 입학 등의 경사스러운 날은 대개 세키한(赤飯:찹쌀 팥밥)을 만들고, 장례식에 온 손님에겐 만쥬(まんじゅう)를 대접하는 등 음식과 명절 및 애경사(哀慶事)는 불가분의 관계를 가지고 있다.

일본의 명절과 관련된 음식을 소개하면 다음과 같다.

쇼가쓰(正月, 설) : 모치쓰키(餅つき), 가가미모치(鏡もち)

리쑨(立春, 입춘) : 세쓰분마네(節分豆), 리쑨다이후쿠(立春大福)

히나마쓰리(3월 3일) : 히나아라레(ひなあられ), 히시모치(ひしもち)

히간(彼岸, 춘분과 추분) : 오하기(おはぎ)

단고(端午) : 치마키(ちまき), 가시와모치(柏餅)

시치고산(七五三, 남아 3·5세, 여아 3·7세) : 치도세아메(千歳飴)

이처럼 일본에는 명절과 관련된 다양한 먹거리가 있지만, 그 가운데 절대 빼놓을 수 없는 것이 전통과자인 와가시(和菓子)이다. 와가시를 접하면 누구나 두 번 놀란다고 한다. 처음에는 과자의 모양과 색이 매우 아름다워서 놀라고, 다음에는 무엇과도 비교할 수 없는 단맛에 다시 놀라는 것이다. '설탕 소비량이 한 나라 문화의 척도'라는 말도 있지만 일본의 과자가 단맛이 강한 까닭은 일본인이 자주 마시는 녹차의 떫고 쓴맛을 당분이 중화시켜 주기 때문이라고 한다.

와가시라는 말은 1867년 메이지유신 이후, 서양에서 들어온 양과자(洋菓子)와 전통과자를 구분하기 위해 만들어진 것으로, 일상적으로는 떡, 과자, 찐빵 등을 총칭하는 '오카시'(お菓子)라는 말을 사용한다. 이밖에 값싼 허드레 과자로 '다가시'(駄菓子)라는 것이 있다.

일본인은 와가시를 '식문화(食文化)의 꽃'이라고 하는데, 이는 '데즈쿠리'(手作り：손으로 직접 만든 것)의 매력에서 비롯된 것이라 할 수 있다. 데즈쿠리의 매력은 만드는 사람 자신이 느끼고 표현하고자 하는 감성을 충실히 살려 독특하고 섬세하게 만들 수 있다는 데 있다. 이처럼 와가시는 만드는 사람의 느낌과 표현에 따라서 색이나 형태, 크기 등이 다양하게 만들어진다.

특히 가업으로 대를 물려 과자를 만들어 온 장인들에 의해 전통을 잇고 있는데, 그들은 무엇보다 계절감(季節感)을 소중히 여긴다. 일본인의 생활문화가 계절과 밀접한 관련이 있듯, 장인들은 그 계절에만 생산되는 재료를 사용하여 와가시를 만들거나 또는 같은 재료라도 여름에는 초록의 잎으로, 가을에는 붉은 단풍으로 만드는 등 자연의 풍물을

와가시에는 장인들의 미의식과 자부심을 엿볼 수 있다.

투영하여 표현함으로써 계절감을 느끼도록 하는 것이다.

또한 모든 와가시에는 장인들의 미의식과 자부심을 엿볼 수 있는 이름들이 붙여진다. 사계절에 관한 것은 물론 화조풍월(花鳥風月)의 자연, 역사, 향토 및 와카(和歌)나 하이쿠(俳句) 같은 문학작품에서도 이름을 따와 붙인다. 이같은 이유 때문에 와가시를 예술품으로까지 평가하기도 하는 것이다.

고대인에게 있어서 과자란 과일이나 여러 가지의 나무열매였겠지만, 농경기술이 전해지고 곡물가공기술이 발달하면서 곡식을 쪄서 만든 떡이나 경단이 만들어지게 되었다. 그 후 헤이안시대에 유학생이나 관리, 승려 등이 중국과 교류하게 되면서 쌀가루나 밀가루를 원료로 하여 술을 넣고 찌는 기술이나 기름에 튀기는 가공법 등이 전해졌다. 또한 비슷한 시기에 차나무를 일본에서 재배하게 되어, 귀족과 승려들이 차를 즐기게 되었고 교토를 중심으로 다도(茶道)가 형성되면서 와가시도 다양한 모습으로 발전하게 된다.

다도에서 차를 내는 순서로, 먼저 차잎을 말려서 가루를 내어 뜨거운 물을 붓고 저어서 만든 고이차(濃茶)를 마시는데, 이때 곁들이는 생과자 즉 나마가시를 오모가시(主菓子)라고 한다. 두 번째로 녹차잎을 우려낸 우스차(薄茶)를 마실 때는 히가시(干菓子)를 낸다. 지금도 교토의 상점 중에는 다회(茶会)에 사용할 와가시를 주문 생산하는 곳이 있다.

중세에 이르러 포르투갈 상인과 스페인 선교사 등이 일본을 방문하기 시작하면서 설탕과 계란을 사용하는 서양의 제과(製菓) 기술도 함께 들어오게 되었고, 이는 와가시의 발전에 크게 기여했다. 당시 나가사키에 유입된 카스테라는 지금도 명성을 얻고 있다.

근대가 되어 문화의 중심이 에도(江戸)로 옮겨지면서 양갱이나 전병 등 서민들이 즐길 수 있는 와가시가 성행했고, 그 제과 기술이 전국적으로 퍼져나가게 되었다.

와가시의 이같은 변천을 통해서도 한반도나 중국 대륙의 선진문물을 받아들인 토양 위에 서양의 기술을 흡수하여 새로운 형태를 이뤄낸 일본 문화의 전형적인 모습을 확인할 수 있다.

와가시의 주재료는 찹쌀이나 맵쌀, 조, 수수, 밀, 보리, 메밀 등의 곡류와 고구마, 감자, 한천, 칡, 쑥 등이다. 소(素)로 사용하는 것은 팥과 콩이 가장 일반적이고, 깨나 단호박을 쓰기도 한다. 재료는 밤, 귤, 감, 사과, 배 등의 과일이 있으며, 단맛을 내기 위해 다양한 설탕과 당밀, 꿀 등을 사용한다. 그 밖에 향신료로 박하, 계피, 생강 등을 쓴다.

와가시는 만드는 방법에 따라 다음과 같이 분류한다.

나마가시(生菓子): 수분이 많은 편으로 상미(常味) 기간이 짧다. 떡, 찐빵, 국화빵 종류.

히가시(干菓子): 수분이 거의 없으므로 상미 기간이 길다. 틀에 넣어 굳히
거나 설탕에 재어 건조시킨 전병, 엿 종류가 이에 속한다.

한나마가시(半生菓子): 마가시와 히가시의 중간 형태. 모나카(最中), 요
캉(羊羹) 등.

또 대표적인 와가시는 다음과 같다.

사쿠라모치(桜餅): 봄을 대표하는 와가시. 밀가루 반죽을 얇게 구워서, 속
에 팥소를 넣고 소금에 절인 벚나무잎으로 싼다.

카시와모치(柏餅): 떡갈나무잎은 새 잎이 자랄 때까지 시들지 않기 때문에
자손 번영의 의미를 나타낸다. 또한 떡갈나무잎은 고대부터 식
기대용으로 쓰여졌으며 잎에는 약효가 있다고 여겼다.

오하기(お萩)·보탄모치(牡丹餅): 모란꽃 또는 싸리꽃의 모양과 색에서 이
름이 나왔다고 한다. '도나리시라즈'(となりしらず:이웃 모르게)라
고도 하는데, 이것은 떡이면서도 절구에 찧는 것이 아니기 때문에
이웃에게 들리지 않아 생긴 말이라고도 하고, 또는 '둘이 먹다가 하
나 가 죽어도 모른다'는 데서 비롯되었다고도 한다.

만쥬(饅頭): 중국에서 전래된 것으로 원래는 밀가루에 양고기, 돼지고기
등을 넣어서 제단에 바치던 것이었다고 하나, 일본에서는 육식을 금
하고 있었기 때문에 지금과 같이 식물성 소(素)를 넣게 되고 또한 술을
넣어 반죽을 부풀리는 기술도 도입되었다. 우리가 먹는 찐빵과 비슷하
다. 참고로 중국의 만두는 밀가루빵처럼 소(素)가 없는 것이고, 우리

가 흔히 만두라고 하는 것을 중국에서는 교자(餃子)라고 한다.

다이후쿠(大福): 팥소를 넣은 찹쌀떡.

단고(団子): 쌀가루, 수수, 조 등을 반죽하여 찌거나 삶은 경단. 콩가루나
간장 등 여러 가지 재료를 겉에 묻혀 만든다.

도라야키(どら焼き): 밀가루, 설탕, 계란을 섞어 만든 반죽을 철판에서 원
형으로 구워서 사이에 팥소를 넣은 것.

규히(求肥): 찹쌀가루를 물에 풀어 찐 다음 설탕이나 물엿으로 반죽한 것.
다른 재료를 싸는 데도 많이 쓰인다.

08. 다선일미(茶禪一味) 차노유

【박혜성】

'차노유'(茶の湯)라고도 하는 일본의 다도(茶道)는 중국으로부터 전해져, 16세기에 센 리큐(千利久)에 의해 크게 흥했다. 일본 다도의 시조로 무라타 슈코(村田珠光)를 꼽고, 중흥시킨 인물은 다케노 쇼오(武野紹鴎)이지만, 오늘날과 같은 차노유의 형태로 정비하여 완성시킨 사람은 센 리큐이다. 그는 다도에 선(禪)의 예법을 접목시켜 새로운 형태로 발전시켰다.

차노유가 발전을 이루는 데는 오다 노부나가(織田信長)와 도요토미 히데요시(豊臣秀吉)의 뒷받침이 컸다. 특히 히데요시가 궁중에서 다회(茶会)를 열었을 때 리큐가 후견인 역할을 수행했고, 명성이 널리 알려져 천하제일의 다인(茶人)으로 칭송을 받게 되었다.

도(道)의 경지를 추구한 리큐는 특히 '와비'(侘)라고 하는 간소한 아름다움을 중시하여 '다선일미'(茶禪一味:다도와 선도는 하나이다)와 '화경청적'(和敬淸寂:다실에서 주인과 손님은 서로 화합하고 존경하는 마음으로 대하며, 다구는 조심스럽고 정결하게 다뤄야 한다)의 정신을 강조했다. 이처럼 그는 다도의 이론을 완성시켰을 뿐만 아니라, 다실이나 다구(茶具) 및 예법까지 개혁하여 다도를 문화·예술적으로 향상시킨 공로자였다. 그러나 아이러니컬하게도 대덕사에 그의 목상(木像)이 세워진 것에 노한 히데요시의 명에 의해 스스로 목숨을 끊어 70세의 생애를 마친 인물이기도 하다.

리큐가 생전에 남긴 작품 가운데 '세상에 차를 마시는 사람은 많지만, 차의 도(道)를 모른다면 차가 오히려 그 사람을 마시는 것이다'와 '차노유'라는 것은, 단지 물을 끓여 차를 타서 마실 뿐이라는 것을 알아야 한다'라는 시가 있다. 전자는 수행의 중요성을, 후자는 다인의 최고 경지에 오른 그가 수행을 통해 깨달은 차노유의 본질을 얘기하고 있다고 해석해야 할 것이다. 현재 차노유는 리큐의 자손들에 의해 3파로 나뉘어져 오모테 센케(表千家), 우라 센케(裏千家), 무샤노코지 센케(武者小路千家)로 운영되고 있다.

다도를 얘기하면서 차를 마시는 장소인 다실(茶室) 얘기를 빼놓을 수 없다. 일본의 다실은 대개 다다미 4장 반을 깔 수 있는 넓이인데, 다다미 3장이나 2장 심지어는 1장 반의 작은 것까지도 있다고 한다. 다다미 2장이 한 평 정도이니, 무척이나 작은 공간임을 알 수 있다. 다실은 리큐가 강조한 와비의 정신을 따라 무척 간소한 장식만을 갖추는 것이 상례이다. 또한 출입구가 좁고 낮은데, 다실을 드나들기 위해 몸을 낮추면서 '우야마우'(敬), 즉 공경하는 마음을 배우도록 하기 위함이다.

다실에는 또한 도코노마(床の間)라고 하는 공간이 있다. 일본 특유

다도(茶道)와 선도(禪道)는 하나이다.

의 구조로 방바닥보다 한 층 더 높게 만들어 벽에는 족자를 걸고, 바닥
에는 꽃꽂이 등으로 장식하는 공간이다. 이곳의 장식은 무척 담백해서
화려하지 않은 족자나 계절의 꽃 한 송이를 꽂아놓는 것이 전부이다.
바로 이 공간이 다실의 한적하고 간소한 아름다움을 돋보이게 하는 곳
인데, 이를 잘 모르는 외국인들은 여기에 턱 걸터앉곤 하여 일본인들을
당혹하게 하곤 한다. 그도 그럴 것이 도코노마는 걸터앉기 딱 좋은 높
이인 때문이다.

　일본 차노유에는 우스차(薄茶:옅은 차)와 고이차(濃茶:짙은 차)의
2종류가 있다. 우스차는 '맛차'(抹茶)라고 하는 차의 잎을 갈아서 만든
고급차에 뜨거운 물을 붓고 잘 저어 거품을 낸 것으로, 주인은 손님 한
사람 한 사람을 위해 일일이 차를 탄다. 이에 반해 고이차는 진득할 정

도로 짙게 만든 한 잔의 차를 여러 손님이 돌려 마시는 것을 말한다. 이는 마음을 서로 합한다는 정신에서 생겨났다고 한다.

이처럼 다도는 깊은 정신세계와 함께 까다로운 격식을 갖추고 있다. 차를 마시는 방법 또한 간단하지 않다. 차노유에서는 차와 함께 단과자인 와가시(和菓子)를 곁들이는데, 이는 단맛으로 차의 쓴맛을 희석시키기 위함이다. 차를 마시기 전에 이 과자를 가이시(懷紙:접어서 품에 넣고 다니는 냅킨과 같은 역할을 하는 한지)에 덜어 먼저 먹는다. 따라서 다회에 초청을 받으면 이 가이시와 함께 과자를 먹을 때 사용하는 이쑤시개를 가지고 가야 한다.

차를 마시는 순서는 대략 다음과 같다. 차가 나오면 절을 하고, 찻잔을 오른손으로 들어 왼손에 올려놓는다. 찻잔을 자신의 앞으로 가져와 시계방향으로 2~3회 돌린 다음, 그릇의 정면을 피해 입에 댄다. 대략 3번 반 정도로 나누어 차를 다 마셔야 하는데, 마지막에는 소리를 내어 마신다. 마신 자리는 손가락으로 훔치고, 가이시 끝자락을 이용하여 닦는다. 그리고 다 마신 찻잔은 시계 반대방향으로 돌려, 자신에게 찻잔의 정면을 향하도록 하여 돌려놓는다. 우스차의 경우, 주인은 한 사람당 한 잔씩 차를 타고, 각자 이같은 격식에 따라 마셔야 하니, 사람이 많아질수록 차 마시는 시간이 오래 걸리는 것은 당연하다.

차를 마시는 모임에 초대를 받으면 일본인들은 무엇을 입고 갈까? 가장 대표적인 복장은 기모노일 것이다. 기모노를 준비할 수 없다면 남성의 경우는 화려하지 않은 색의 정장이 무난하며, 여성의 경우는 무릎을 꿇고 앉아야 하기 때문에 무릎이 가려지는 길이의 치마 정장이나 원피스가 무난하다. 다다미 위에서는 스타킹은 자칫 긁힐 염려도 있으므로, 가능한 한 하얀 양말을 준비하는 게 좋다. 단 맨발은 절대 금물이다. 바지차림도 그다지 좋지 않고, 차를 마시는 방에서는 향을 피워놓기 때문에 향수는 삼가는 것이 좋겠다. 반지도 손님 대접을 위해 특별히 주인이 내 놓은 귀한 찻잔에 흠집을 낼 수 있기 때문에 끼지 않는 것이 좋으며, 매니큐어는 바르지 않거나 바르더라도 색깔이 없는 것이 좋다. 절할 때는 목걸이가 출렁이는 모습도 보기 좋지 않으므로, 너무 길거나 눈에 띄는 목걸이 역시 착용하지 않는 것이 좋다.

이처럼 일본 다도의 예절은 까다롭기 그지없어 도(道)라고까지 지칭되는 것도 어느 정도 이해가 간다. 그 밖에도 차를 탈 때 여러 가지 복잡한 격식과 방법이 있고 다구 또한 종류가 많고 각기 쓰임새가 다르니 '차 한 잔 마시는 데 2시간 걸린다'는 말은 결코 과장된 것만은 아니란 사실을 알 수 있으리라.

끝으로 여담 하나, 88올림픽을 치르기 전이니 꽤 오래 전의 이야기다. 차노유에서 차에 곁들이는 고급스런 양갱을 파는 제과점이 있었다. 지금과는 달리 와가시라는 것이 그리 많지 않던 때였으니 나름대로 양갱은 인기 상품이었으나, 대부분의 사람들은 '너무 달다'는 반응을 보였다. 이에 대해 제과점을 운영하는 사장은 "아, 양갱이 단 것은 당연한 일이지요. 일본에서는 진한 녹차와 함께 먹으니까, 그 쓴맛과 어우러져 밸런스가 맞는 것이지요. 그런데 양갱을 무슨 간식인 양 우적우적 씹어먹으면 당연히 달 수밖에 없지요!"라고 답했다.

전통차에 대한 관심이 높아지고 특히 녹차를 마시는 사람들이 늘어나는 요즈음에는 그 말이 충분히 이해된다. 하지만 양갱이 고급과자로 비춰질 수밖에 없던 가난한 시절, 한가로이 차 한 잔을 마실 여유가 없던 사람들을 보고 '양갱을 먹을 줄도 모른다'며 한탄하는 모습은 좀 씁쓸한 감이 들게 한다.

09. 축제의 왕국 일본

【정기룡】

　일본의 축제 마쓰리(祭り). 전국적으로 널리 알려진 대형 마쓰리를 비롯하여 동네의 조촐한 마쓰리에 이르기까지 각종 마쓰리가 연 2,400회가 넘게 행해지고 있는 일본은 그야말로 축제의 나라이다. 정월부터 동지섣달까지 전국 각지에서 열리는 일본의 다양한 마쓰리는 각 지방의 특성에 맞게 구성되는데, 지역주민들은 이러한 축제를 준비하면서 참여의식을 기르고 서로 간의 결속을 다지기도 한다.

　마쓰리의 동사 원형인 '마쓰루'(祭る)는 '제사를 올리다' 또는 '혼령을 기리다'라는 뜻으로 쓰인다. 따라서 마쓰리는 종교적인 제례의식을 겸한 축제라고 할 수 있다. 이는 신성한 향연이라는 의미의 라틴어 'festum'에서 비롯한 영어 'festival'이 축제라는 의미로서 사용되는 것과 유사하다.

　마쓰리는 원래 마을의 평온과 풍요를 기원하기 위해 신에게 올리는 제례의식에서 유래된 일종의 종교행사였는데 참가자들은 축제행사에 참여하여 협동심을 기르고 소속감을 갖게 된다. 따라서 마쓰리는 종교적 행위와 더불어 그 과정을 통해 즐거움을 희구하는 집단적 놀이의 행동 양식을 보이고 있다.

마을신 혹은 씨족신에 해당하는 우지가미(氏神)에게 풍요와 행복을 기원하는 행위로서 시작된 마쓰리는 이전에는 겨울에서 봄을 맞이할 때의 쇼가쓰(正月) 마쓰리와 한여름에서 가을로 접어들 때의 오봉(お盆) 마쓰리가 대표적이었다. 그러나 요즘에는 이러한 계절적인 특징을 유지하면서도 마을의 번영과 재미를 곁들여 축제화한 마쓰리가 각지의 특징을 살리면서 1년 내내 열리고 있다.

마쓰리의 볼거리로서는 신위를 모신 가마 형태의 미코시(神輿) 혹은 수례를 장식한 다시(山車) 행렬을 들 수 있다. 미코시와 다시를 마을 사람들이 함께 떠메거나 밀면서 '왓쇼이, 왓쇼이!'라는 구령을 외치며 행렬한다. 마쓰리가 열리면 구경꾼들도 함께 어울려 먹고, 마시고, 춤추는 유희에 참여하여 일종의 카타르시스를 경험하기도 한다.

그럼 마쓰리 가운데 널리 알려진 대표적인 3대 마쓰리인 간다마쓰리(神田祭), 기온마쓰리(祇園祭), 덴진마쓰리(天神祭)를 비롯하여 각지의 특색 있는 마쓰리에 대해서 알아보기로 하자.

먼저, 도쿄(東京)의 간다마쓰리는 장식물과 미코시가 매우 호화롭기로 유명하다. '간다'(神田)하면 에도시대에 발전된 도쿄의 중심지로서 현재는 고서점을 비롯한 여러 서점과 스포츠용품 및 가전제품 양판점 등이 줄지어 늘어서 있는 상점가이다. 간다마쓰리는 매년 5월 중순(12~16일 사이)에 행해지는데, 에도시대 직접 장군이 나서서 이 마쓰리를 참관할 정도로 중요하고 성대한 행사로 치러졌다고 한다.

이 마쓰리의 주신(主神)은 간다 신사의 간다 묘진(神田明神)으로서 에도시대 초기 이래 도쿠가와(德川) 장군가를 기리는 신앙의 대상이 되어 오다가 시대가 바뀌어 오늘날에는 도쿄 간다 지역의 수호신이 되었다. 이 마쓰리에서는 미코시와 신을 모시는 수레인 다시(山車)의 행렬뿐만 아니라 수많은 악사들과 무용수들이 화려하게 거리를 누비며 축제 분위기를 북돋운다. 미코시의 전후(前後)에는 연예인이나 학생들도 참가하여 각종 조형물과 가장행렬이 이어짐으로써 30만 명 이상의 구경꾼들에게 여러 가지 볼거리를 제공하고 있다.

또 교토(京都)에서 열리는 기온마쓰리는 매년 여름철(7.17~7.24)의 풍물시가 되고 있는데, 그 행렬이 화려하고 다채로우며 격동적인 매력을 지니고 있다. 기온마쓰리는 야사카(八坂) 신사를 중심으로 열리는데, 868년부터 열려 온 유서 깊은 이 마쓰리 행사를 교토 사람들은 대단한 자부심으로 여기고 있다. 기온마쓰리의 절정은 교토 시내를 누비는 야마보 코준코(山鉾巡行)라는 행렬이다. '야마보코'(山車:창이나 칼을 꽂은 화려한 수레)란 각 동네의 수호신을 모시기 위해 장식한 일종의 수레를 일컫는다.

각각의 야마보코는 수호신과 관련된 신화를 나타내는 모양과 장식으로 아름답게 꾸며져 있으며 교토 사람들은 이 야마보코를 움직이는 박물관이라고 자랑스럽게 여긴다. 화려하고 다양한 야마보코는 각 지역마다 따로 보관해두었다가 행사시에 조립해서 세우는데 이 행렬에 등장하는 야마보코는 32대에 이른다. 야마보코는 모양과 크기가 달라서 다채로운 볼거리가 된다. 어떤 야마보코는 3층으로 누각을 만들어 지붕을 뾰족하게 장식한 다음, 100여 명의 젊은이들이 소리치며 밧줄을 걸어 끌기도 한다. 이 행렬은 매우 길어서 교토 시가지를 한 바퀴 도는 데 반나절이 걸릴 정도이다. 기온마쓰리가 열릴 무렵엔 외지에서 온 많은 관광객들로 엄청난 인파를 이루고 있어 교토의 맛과 멋을 즐길 수 있는 여름철 관광상품으로 자리잡고 있다.

또한 오사카(大阪)의 덴진마쓰리도 한 여름철 (7.24~7.25)에 열린다. 오사카에서 가장 인기있는 이 덴진마쓰리는 덴만궁(天満宮)의 제례로서 행해지는데, 강과 바닷가에 가까운 오사카의 지리적 특성을 살려 마쓰리의 절

오사카의 덴진마쓰리

정은 물에서 이루어진다. 각 마을의 수호신을 모신 가마를 메고 행렬하는 모습은 다른 지방에서도 볼 수 있는 모습이지만, 미코시를 배에 실어 강물에 띄워 운반하는 광경은 한 여름의 시원한 볼거리다.

그 밖에도 특색 있는 마쓰리가 사람들의 눈길을 끈다. 도쿄의 아사쿠사(浅草)에서는 매년 5월 중순이면 산자마쓰리(三社祭)가 열리는데,

65

아사쿠사 신사와 센소지(淺草寺)를 중심으로 수십만이 모여 대대적으로 벌이는 마쓰리다. 산자마쓰리는 센소지의 관음상에 귀의한 하지노 나카토모(土師中知)와 스미다강(隅田川)에서 고기잡이를 하던 어부 히노쿠마(桧前) 두 형제를 기리는 행사로서 각 마을에서 나온 100여 개의 가마를 윗통을 벗은 젊은이들이 둘러메고 힘차게 상점과 마을을 행진하면서 장관을 이룬다.

교토에서는 5월 15일, 장엄하고 화려한 마쓰리인 아오이마쓰리(葵祭)가 열린다. '아오이'란 접시꽃을 일컫는데, 이 마쓰리에 참가하는 사람들은 머리와 행렬의 우마차 수레에 아오이를 꽂고, 신사와 각 가정에서도 아오이로 장식하기 때문에 아오이마쓰리라는 이름이 생겨났다. 행렬은 궁에서 나와 시모가모(下鴨) 신사를 거쳐 카미가모(上賀茂) 신사로 향하는데, 1,400년 전 헤이안시대의 복장으로 분장한 수천 명의 모습을 보려고 관광객이 인산인해를 이룬다.

아오모리현(青森県)의 아오모리시와 히로사키시(弘前市)를 비롯하여 동북지방 각지에서는 8월초에 네부타마쓰리(ねぶた祭り)가 열린다. 이 마쓰리는 잠을 쫓는다는 뜻으로 '네무리나가시'(眠り流し) 혹은 '네부타나가시'(ねぶた流し)라고도 한다. 네부타란 대나무나 철사로 여러 가지 모양을 엮어 만든 기본 틀에 종이를 바르고 색칠하여 만든 대형 장식물을 일컫는다. 네부타는 일본이나 중국의 무사나 가부키의 등장인물, 부채 모양, 물고기 모양 등을 본떠 만들며, 큰 것은 어른 30~50여 명이 들어야 할 정도이다. 네부타의 표면에 바른 종이에 강렬하고 화려하게 채색함으로써 낮에도 사람들의 시선을 끌지만, 밤이 되면 그 안에

불을 밝혀 마치 살아 꿈틀대는 모습으로 여름밤의 거리를 장식하면서 축제를 벌인다.

마쓰리의 절정은 '네부타나가시'라 하여 네부타를 바닷가나 강가로 메

아오모리현의 네부타마쓰리

고 나가서 물에 떠내려보내는 장면이다. 네부타를 메고 온 청년들은 네부타를 멘 채로 물에 들어가 네부타를 요란하게 흔들다가 물 위에 띄워 보낸다. 네부타를 메고 오느라 땀에 흠뻑 젖은 청년들은 물 속에서 몸을 씻고 바깥으로 나오는데, 이는 물로 부정을 씻어버린다는 상징성을 지닌다. 몸을 씻고 나온 청년들은 거리로 나와 밤늦도록 피리소리와 북장단에 맞추어 춤추며 건강과 마을의 번영을 기원하면서 마쓰리를 마무리한다. 또한 축제 분위기를 더욱 고조시키는 불꽃놀이가 항구에서 펼쳐진다.

규슈(九州)의 나가사키(長崎)에서는 이국적인 풍물이 많이 남아 있는데 스와(諏訪) 신사에서는, 10월 초순에 길다란 몸체를 막대기로 받쳐 들고 거리를 누비는 '자오도리'(滝踊り)라는 용춤과 더불어 큰 우산 돌리기, 네덜란드의 코미디, 물을 뿜어대는 고래, 등짐장수의 쇼, 폭죽 등의 볼거리가 눈길을 끈다.

일본의 북단 홋카이도(北海道)에서는 삿포로(札幌)의 유키마쓰리(雪祭)가 유명한데, 삿포로 시내의 오도리공원(大通公園)을 비롯하여

삿포로의 유키마쓰리

마코마나이(真駒内), 나카지마(中島) 등에서 개최된다. 1950년부터 시작되어 매년 2월초에 열리는 삿포로 눈축제는 눈과 얼음 조각 전시회에 세계적으로 이름난 건축물을 비롯해 동화 속 주인공 등 3백여 개의 크고 작은 설상(雪像)이 행사장 곳곳에 전시된다. 유키마쓰리에는 조각품 외에도 음악회, 패션쇼, 스키쇼, 레이저쇼, 노래자랑, 눈의 여왕 선발대회 등 각종 행사가 화려하게 이루어진다. 이 기간에 동원되는 눈이 자그마치 5톤 트럭으로 약 7천 대 분량이며, 이 축제를 보기 위해 매년 일본인과 세계 각지의 구경꾼이 230만 명 이상 몰려들어 브라질의 '리우 카니발'과 독일 뮌헨의 '옥토버 축제'와 더불어 세계 3대 축제 가운데 하나로 꼽힐 정도이다.

이렇듯 일본의 마쓰리에는 지역주민 외에도 외지의 많은 사람들이 찾아와 그 열기를 더욱 뜨겁게 한다. 마쓰리는 타 지역에서 온 많은 관광객 덕택에 숙박업소와 상점은 호황을 이루어 지역경제 발전에도 큰 공헌을 하게 된다. 특히 외국인에게 마쓰리는 일본에서만 볼 수 있는 독특한 문화를 체험할 수 있는 기회가 되고 있다.

10. 전통축제 마쓰리

【구견서】

일본의 전통축제를 뜻하는 마쓰리(祭り)는 원래 씨족이 운영하는 집단기업을 지칭하는 말이다. 씨족은 다양한 혈족이 연대하여 이루어지기 때문에 다소 구성력이 약할 수 있다. 따라서 집단의 결속을 확고히 하고 각자의 생산력을 높일 수 있도록 고무시키기 위해 마쓰리 같은 공동사업체가 필요하다. 따라서 마쓰리를 집행하는 주체는 씨족결합체인 것이다.

마쓰리의 집행은 분업에 기초하고 있어 신분에 따라 서로의 역할이 분담되고, 후손에게 세습되었다. 마쓰리의 집행자는 전통적으로 계승한 미야자(宮座)가 하는 경우도 있고, 가장 신분이 높거나 또는 최연장자가 맡거나, 때로는 순번에 따르거나 제비뽑기 등으로 결정하기도 했다. 그러나 천황, 장군, 호족 등 거대한 세력을 가진 정치권력에 흡수되면서 마쓰리도 전리품이 되어, 정복자는 피정복 씨족의 번영을 기원하게 되었다.

이후에 마쓰리의 주재자(主宰者)는 신직(神職)이 되었지만, 실질적

마쓰리는 집단의 번영을 기원한다.

인 권한은 권력자에게 있었다. 즉 간진모토(勸進元)인 권력자는 경제적 비용을 부담하고 신을 초청하는 주체가 된 것이었다. 메이지시대에 천황대권에 통합된 고쿠헤이샤(国幣社)에서 국가가 간진모토가 되는 것이 전형적인 예이다. 여기에서 신직(神職)을 맡은 자는 국가공무원이 된다. 마을에서도 같은 현상이 벌어졌다. 따라서 마쓰리는 권력자에게 봉사하는 한편 개인에게도 봉사하여 영리성을 추구했는데, 이른바 하야리가미(流行神)이다.

하야리가미는 집단생활에 직접적인 관계가 없지만, 상업 번창, 연애 성취, 이익 획득 등을 믿게 하여 많은 숭배자를 모아 제사를 행했다. 많은 신흥 종교나 사자(死者)를 제사하는 신사의 마쓰리가 여기에 해당된다. 따라서 전통을 벗어난 씨족을 위한 마쓰리에서는 개인이 간진모토가 되어 비용을 부담하는 현상이 일어났다. 이것은 개인의 사회적 지위와 부를 통해서 자기를 드러내고자 하는 의도가 있으며, 또한 사업

번창하기를 염원하기 위한 것이다. 그리고 신직을 맡은 이는 제사를 집행하고 신의 은총을 확보하는 마술사의 역할을 했다.

마쓰리에는 가구라(神楽)가 상연되고, 미코시(神輿)가 등장한다. 마쓰리를 하기 전에 많은 준비와 기간이 소요되는데, 참여하는 사람은 엄숙함과 청결함을 유지해야 하고, 주재자는 1년 동안 자숙하면서 춤과 음악 연습을 계속한다.

일본의 마쓰리는 농업에서 출발했다. 야나기타 구니오(柳田国男)에 따르면, 2월, 4월, 11월에 마쓰리를 했다고 한다. 특히 11월의 추수감사제에서 2월 농사가 시작되는 기간은 농한기로 중요한 마쓰리가 행해졌다. 추수감사제가 끝난 후에는 1년을 결산하는 시기로 교역, 대차, 고용 등을 정산하기 때문에 신령의 권위가 동원되었다. 그리고 조상신도 초청하여 마쓰리를 열었다.

1월 15일경에는 부락의 경우 총회를 통해서 가입식 또는 세례식이나 성인식이 행해졌고, 2월부터 4월까지는 풍년을 기원하는 마쓰리를 했다. 6월에는 액막이와 진혼(鎮魂)을 위해서, 7월에는 병충해와 악령을 퇴치하고자, 그리고 8월에는 조상신을 위로하는 마쓰리를 행하고, 11월에는 추수감사제를 했다.

마쓰리는 신사(神社)에서 행하는 것이 일반적이지만, 개인적으로나 또는 마치(町) 등에서 할 때는 특정한 장소를 택했다. 그리고 미코시(神輿)를 들고 간진모토 집에 와서 전야제를 한 다음 신사로 옮겨 같은 의식을 재연했다. 마쓰리를 하는 특정한 장소를 오다비쇼(御旅所)라고

• • •

행렬의 아름다움은 신의 위력을 나타낸다.

했다.

마쓰리에는 일정한 형식이 있다. 신령을 초빙하고 그들을 기쁘게 하여 집단의 번영을 촉진시킨다는 목적이 있기 때문에 장소를 깨끗이 하고 부정이 타지 않도록 해야 한다. 처음에 신령을 좌정시키는 의식을 행하고 음식, 가무, 음악, 경기 등을 한다. 이어서 신령을 미코시에 태워 영내를 돈 다음, 신사(神社)에 돌아가기 전에 다시 연회를 베풀어 하늘로 돌아가도록 한다. 의식이 끝나면 신성한 장비는 잘 보관하고 부정한 물건들은 태워서 없앤다. 마지막으로 결산을 하고 사람들끼리 모여 연회를 하고 마쓰리를 끝낸다.

신성한 의례인 마쓰리의 관계자는 부정을 타는 행동이나 몸가짐을 하지 말아야 한다. 부정한 것은 죽음, 산혈(産血), 상해, 월경, 여색 등을 말한다. 매일 목욕을 하여 몸을 정결하게 하는 것은 물론 신사에 들어가 외부와의 접촉을 피하기도 한다. 만약 마쓰리에서 중요한 역할을 담당한 사람이 부정을 타게 되면, 신령을 불러올 수도 없고 연회도 잘 이뤄지지 않는다고 믿는 때문이다.

신령은 영혼의 일종으로 초인적인 힘을 지녔으며, 공중을 날아다니고, 수시로 다른 형태로 변하기도 하는 존재이다. 영혼은 마치 전류처럼, 접촉하는 사람이나 물체에 들어가 힘을 발휘하고 소멸한다. 악령은 지상을 헤매는 신으로 인간에게 해를 가하는 영(靈)이지만, 인간의 도움을 받아 하늘로 올라가면 씨족에게 복을 내려주게 된다.

마쓰리에서 가장 중요한 의식은 미코시도교(神輿渡御)이다. 미코시가 나오지 않으면 마쓰리가 시작되지 않는다라는 말이 있듯 절대적인 요소라고 할 수 있다. 미코시 안에 신령을 태우고 영내를 도는 것은 강한 신성이 영내에 충만하도록 하여 악령의 요소를 중화시키기 위한 것이다. 특히 행렬의 아름다움, 다시(山車), 기(旗)의 진열(陳列) 등은 신의 위력을 나타낸다.

11. 민속씨름 스모

【임경택】

도효(土俵)라고 불리는 무대 위에서 리키시(力士)들이 승부를 가리는 스모(相撲)에 대해서 예능인가 스포츠인가라는 물음이 제기되어 왔다. 스모는 원래 신사의 제사와 관련하여 시작된 것으로, 에도시대에는 남자들만이 즐기는 것이었으나, 오늘날에 이르러서는 연중행사화가 이뤄지고 있다. 1월에 도쿄에서 열리는 하쓰바쇼(初場所), 3월에 오사카에서 열리는 하루바쇼(春場所), 5월의 나쓰바쇼(夏場所), 7월의 나고야바쇼(名古屋場所), 9월에 도쿄에서 아키바쇼(秋場所), 11월의 규슈바쇼(九州場所) 등 연 6차례의 바쇼(場所)가 만들어진다. 바쇼당 15일간 NHK TV가 전국으로 방영할 정도로 연중행사화가 이뤄지고 있다. 또한 연 1회는 일본 왕실에서 관람하기도 한다.

스모라는 말은 '겨룬다'는 의미를 지닌 '스마히'(すまひ)에서 비롯된 말로서 한자로는 상박(相撲), 각력(角力), 각저(角觝) 등으로 표기한다. 스모의 기원과 발전에 대해서는 여러 가지 설이 있으나, 대체적으로 농경의례에서 출발하였다는 설과 중앙권력을 강화하고 확인시킬 목적으

로 행해진 일종의 정치적 행사인 스모세치에(相撲節会)로부터 기원하였다는 설 그리고 쇼군이 병사들의 신체단련을 위해 장려하였다는 설 등이 유력하다.

리키시는 금강역사(金剛力士)에서 비롯된 말로 추정되며, 이들의 등급은 반즈케(番付)로 표시되는데, 현재는 요코즈나(横綱)를 비롯하여 오제키(大関), 세키와케(関脇), 고무스비(小結) 및 마에가시라(前頭)라고 칭하며, 또한 마쿠노우치(幕の内), 마쿠시타(幕下), 산단메(三段目), 조노니단(序ノ二段), 조노구치(序ノロ) 등 각각의 역량에 대응하는 여러 등급을 설정해두고 있다. 이러한 등급 설정이 언제부터 시작되었는지는 불분명하나, 17세기 중반 이후에 간진스모(勧進相撲)를 흥행시키게 되면서 지금의 반즈케와 같은 것이 제작되어 점차적으로 그 등급을 정하게 된 것으로 여겨진다.

'간진'(勧進)이란 불교용어로서 신사나 사원의 건립이나 수리에 필요한 자금을 모으기 위하여 개최하는 행사라는 의미이나, 시대의 변화에 따라 본 목적은 점차 퇴색하고 상업적 흥행을 위주로 스모가 행해지게 되어 오늘에 이르게 되었다. 또한 현재의 스모에는 많은 의례들이 고도로 양식화되어 더해짐으로써 다른 스포츠와 비교할 때 매우 특징적으로 보이며, 일본문화의 한 단면을 엿볼 수 있게 해준다.

스모가 행해지는 도효는 16세기 말에 만들어졌으며, 1931년의 텐란스모(天覧相撲:일왕이 관전하는 스모)부터 현재의 크기로 바뀌어 오늘에 이르고 있다. 도효는 공식적인 스모대회인 혼바쇼(本場所)가 열릴 때마다 요비다시(呼び出し:도효 위에서 리키시의 이름을 부르는 사람들)에

의해 새로 만들도록 되어 있으며, 대회가 열리는 기간 동안은 신성한 공간으로 간주되고 여자가 올라가서는 안 된다는 금기사항이 있다.

도효의 지붕을 쓰리야네(吊り屋根)라고 하는데, 원래는 기둥이 있으나 TV중계가 시작되면서 1952년에 없애버렸다. 4방향은 청룡(青龍), 백호(白虎), 주작(朱雀), 현무(玄武)와 연결되며 사계절과도 연관된다. 도효 위에서 리키시들의 승패를 판정하는 사람을 교지(行司)라고 하며, 에도시대에는 이들에게 절대권이 있었으나, 지금은 이의가 제기되었을 경우 심판합의제로 결정한다. 교지는 사용하는 군바이(軍配)로 등급이 식별되며, 지위는 세습된다.

리키시가 되기 위해서는 일본스모협회가 규정해 놓은 조건인 의무교육을 마친 23세 미만의 남자, 키 173cm 이상, 몸무게 75kg 이상 등을 갖추고, 특정한 스모베야(相撲部屋)에 소속되어야 한다. '스모베야'란 리키시들이 오야가타(親方)라 부르는 스승 밑에서 함께 거주하면서 훈련하는 생활공동체적 양성소를 말한다.

그런데 스모베야는 왜 생활공동체를 형성하는 것일까? 이에 대한 해답은 다이쇼(大正) 말기에 도쿄스모협회가 도시요리메이세키(年寄名跡)를 '이에'(家)라고 칭한 사실에서 알 수 있다. 스모베야에서 오야가타는 헤야의 리키시들에 대해 절대적인 권력을 가지며, 리키시는 오야가타에게 공순(恭順)의 감정을 가지고 복종한다. 그 사상적 배경에는 일본의 이에를 지탱하는 덕목(德目)인 충과 효가 밑바탕이 되고 있다. 충이란 '충신불사이군'(忠臣不事二君)이라는 이념으로 대표되며, 효는 부모에 대한 자식의 복종과 부양을 기초로 하는 도덕률이다.

스모는 충과 효를 밑바탕으로 한다.

　이와 같은 스모베야의 사제관계를 생활공동체라는 시점에서 재정
리하면, 위로부터 오야가타, 세키도리, 리키시 양성원이 되며 이는 에
도시대의 상공인들의 동업조합인 가부나카마(株仲間)의 도제제도와 동
일한 구조이다. 가부나카마의 구성단위는 도제제도를 전제로 한 이에
이다. 이러한 점에서 스모베야는 사회제도상 봉건성이 존재한다고 생
각되는 것이다. 이 사제관계의 특징은 반영구적이고 고정적이며, 스승
은 제자를 선택할 수 있으나 제자는 오야가타를 선택할 수 없다.

　일본의 전통적인 이에제도에 있어서 가장의 권력은 질서를 유지하
기 위하여 제도화된 권위이며, 개인의 권위는 아니었다. 때문에 가장
의 권위는 인정에 근거한 정서적인 성질을 띠고 있었다. 그러나 스모베
야의 오야가타는 현역시대의 실적에 기초한 힘의 원리가 작용하고 있

으므로 개인적 권위의 성격을 띠고 있는 것이 특징이다. 오야가타가 65세인 정년이 되거나 사망하는 경우, 그 지위는 제자에게 슈메이(襲名 :이름을 물려받음)된다. 계승자는 지위뿐 아니라, 그 스모베야에 속해 있는 모든 관계와 재산 일체를 상속받는 것이다. 이러한 이유로 서양자 (婿養子)의 형식이 선호되는 것도 스모 세계의 특징 중 하나라 할 수 있 겠다.

이와 같이 농경의례와 같은 민간신앙과 연관되어 시작된 스모는 고도로 양식화된 의례와 조직의 전통성 등을 통해 일본문화를 담는 하 나의 그릇으로 존재해왔고 또한 국기(国技)로 성장했다. 스모를 일본 전통문화의 하나로 손꼽는 이유도 바로 여기 있는 것이다.

12. 예(礼)로 시작해서 예로 끝나는 무도

【정순희】

　무도(武道)는 일본 정신의 정수(精髓)로, 천 년 이상의 역사를 지닌 것도 있다. 몇 대에 걸쳐서 연구되고 가문의 비기(秘技)로 전승되어 현대에까지 이른 일본의 무도는 적과의 싸움에서 이기기 위한 기술로서만이 아니라, 자신의 몸과 마음을 일체화시키는 지속적인 훈련에 의해서 완성되는 정신수양법이기도 하다.

　일본 무도는 크게 맨손으로 싸우는 체술(体術)과 무기를 가지고 싸우는 무기술(武器術)로 나눌 수 있다. 체술에는 스모(相撲), 유도(柔道), 가라테(空手), 아이키도(合気道) 등이 있으며, 무기술에는 검술(剣術), 궁술(弓術), 창술(槍術), 나기나타(薙刀), 포술(炮術) 등이 오늘까지 전한다.

　체술 중에서도 가장 오래된 스모는 1천 년의 역사를 자랑하고 있다. 일본의 국기이기도 한 스모는 6세기경 아악(雅楽)이 전해지면서 장신구를 몸에 달고 춤을 추는 것에서 비롯되었다고 한다. 그 후 알몸으로 춤을 추는 모습을 '스마이'라고 부르게 되었고, 이것이 변해 스모라는 명칭이 생겨나게 되었다는 것이 정설이다.

스모가 벌어지는 4개의 기둥으로 둘러싸인 씨름판(土俵)은 격투를 위한 장소만은 아니다. 일본인들에게 씨름판은 신이 강림하는 장소라는 믿음이 있다. 리키시(力士) 또한 단순한 격투가가 아니라 신 또는 신의 대리인 역할을 하며 정령(精霊)을 이끄는 사람이라고 여겨져 왔다.

스모선수가 시합 전에 다리 한 쪽씩을 번갈아 가며 들어올렸다가 내려놓는 동작을 취하는 것도 악령을 물리치기 위한 주술적(呪術的)인 힘을 상징하며, 씨름판에 소금을 뿌리는 것도 사기(邪気)를 없애기 위한 것이다. 이처럼 동작 하나하나에는 역사적인 의미가 담겨져 있으며, 무엇보다 중요한 것은 예(礼)이다.

유도는 1532년 다케노우치 히사모리(竹内久盛)가 창시한 다케노우치류(竹之内流)의 '허리돌리기'(腰の回し)에서 유래한다. 부드러운 것이 능히 강한 것을 제압한다고 하는 노자의 '유능제강'(柔能制剛)의 원리에 입각하여 메치기, 누르기, 조르기, 꺾기 등과 같이 상대방의 힘을 이용해 반격하는 기술이 많으며, 초기에는 유술(柔術) 또는 야와라(柔)라고 했다.

메이지 이전의 유술을 개량하여 오늘날의 유도로 세상에 보급시킨 인물은 고도관(講道館)의 창시자 가노 지고로(嘉納治五郎, 1860~1938)이다. 그는 유도를 단순한 격투기가 아닌 정신성을 중시하는 수행의 차원으로 끌어올렸다는 평을 듣는다.

가라테는 메이지시대에 오키나와로부터 전해진 류큐켄보(琉球拳法) 가라테(唐手)가 원형이다. 중국의 권법이라는 뜻의 '당수'(唐手)에서

'공수'(空手)로 글자가 바뀐 것은, 게이오(慶応)대학에서 가라테 연구회 사범으로 있던 후나고시 기친(富名腰義珍, 1870~1957)이 선(禅) 사상을 배운 것이 계기가 되었다고 한다. 선에서 공(空)은 '무한히 전개되어 가는 것'을 의미한다.

가라테는 실전(実戦)을 강조하는 오야마 마쓰다쓰(大山倍達: 한국명 최영의)의 극진회(極真会)를 비롯하여 유파가 많은 것으로도 유명한데, '가라테는 선수(先手)를 쓰는 일이 없다', '기술보다 심술(心術)'이라는 선인들의 가르침은 제파(諸派) 공통의 이념이라고 할 수 있으며, 이를 연마하는 사람은 선배들의 정신과 기술을 따르고, 나아가 스승을 뛰어넘는 독자적인 경지를 개척하는 것을 목표로 삼는다.

아이키도는 시합에서 우열(優劣)을 겨루는 무도는 아니다. 자신을 단련하고 정신을 수양하여 사회의 안녕과 질서에 공헌하는 것을 궁극의 목적으로 삼고 있는 무도이다. 아이키도의 사상과 기법을 이해하는 열쇠는 공(空), 수(水), 풍(風), 화(火), 지(地)라는 만물을 이루는 요소가 이루는 원운동(圓運動)에 있다. 모든 삼라만상도 원을 그리며 윤회(輪回)와 전생(転生)을 계속하고 있으며, 우주 혹성의 운행도 은하의 소용돌이도 모두 원을 그리고 있다.

아이키도의 특징적인 동작은 나선형으로 돌리면서 직선적으로 움직이는 것인데, 이 역시 원운동의 원리를 이용한 것이다. 합기도를 '움직이는 선'이라고 부르는 까닭도 여기에 있다. 개조(開祖) 우에시바 모리헤이(植芝盛平, 1883~1969)는 신체와 정신을 자연과 조화시킴으로써 우주와의 일체감을 얻게 되고 궁극적인 깨달음에 도달할 수 있다고 강조했다.

　이이자사 조이사이(飯篠長威斎, 1387~1488) 등을 시조로 한 검술은 몇 대를 거치면서 연구 · 개발되고 전승되어 오늘날의 검도에 이르렀다. 검술은 원래 살상(殺傷)을 위한 것이다. 상대를 베지 않으면 자기가 죽기 때문이다. 하지만 오늘날의 검도에서는 기술보다는 예가 중시된다. 도장에서 죽도(竹刀)로 맞아주는 상대나 선배는 스승으로서 공경하며 감사의 마음을 잊지 말아야 한다. 또한 도장은 정신수양의 장소이기 때문에 들어가고 나올 때는 반드시 예를 갖추어야 하며, 바닥을 닦는 것도 중요한 수련의 하나로 여긴다.

　좋은 자세에서 좋은 기술이 나오는 법이기 때문에 검도에서 정좌는 기본이다. 바른 정좌는 정신의 안정을 가져오고 집중력이 생기게 한다. 에도시대의 선승(禅僧) 다쿠안 소호(沢庵宗彭, 1573~1645)는 '검선일여'(剣禅一如) 즉 '검과 선은 같은 것'이라고 했다. 반드시 이겨야겠다는 호승심(好勝心)을 버리고 무아(無我)의 경지에 도달하고자, 어떠한 일에도 흔들림 없는 강인한 정신을 얻기를 추구한다는 점에서 검도 수련자는 선 수행자와 궤를 같이 하고 있는 것이다.

　활은 헤이안시대까지는 전투에서 없어서는 안 되는 중요한 무기였다. 하지만 철포(鉄砲)의 전래로 점차 비중이 낮아지고, 에도시대에 이르면 무기로서보다는 무사의 정신수양을 위한 방편으로써 중요성을 갖게 된다. 궁도에는 '일사절명'(一射絶命)이라고 해서 '활은 과녁을 맞히는 것이 아니라 자신의 혼을 쏴 맞히는 것'이라는 사상을 강조한다. 그래서 바른 자세 또한 중시하는데, 활과 화살, 손가락과 시위, 화살과

궁수의 몸은 열 십(十) 자 모양을 형성해야 하고, 화살을 쏘고 난 후의 모습 또한 좌우로 뻗어 있는 양팔과 동체가 아름다운 십자를 그려야 한다.

나기나타는 길이가 약 2미터 정도 되는 막대에 반달형의 폭 넓은 칼을 끼운 무기인데, 전국시대 이후에는 무가(武家) 자녀의 호신용으로 주로 쓰이기 시작했고, 메이지시대 이후에는 심신연마와 정신수양을 위하여 궁도와 함께 여학교 등에 널리 채용되었다.

무도에서 '잔심'(殘心)이란 상대를 공격한 다음에도 태세를 유지하고 마음을 가다듬어 반격할 준비를 하는 마음가짐을 말하는데, 나기나타를 수련함에 있어서도 '잔심이 있는 생활'이라고 하여 늘 예의를 잃지 않고 타인을 배려하며, 항상 기쁜 마음으로 후회 없는 삶을 살도록 가르치고 있다.

지금까지 살펴본 바와 같이, 본래는 적을 살상하기 위한 목적으로 수련하던 무술이 시대가 변함에 따라 정신적인 면을 강조하게 되었고, 오늘날 무도에서는 예의를 가장 중요한 덕목으로 꼽고 있다. '예(礼)로 시작하여 예로 끝난다'는 말은 모든 일본 무도를 배우는 사람들이 최초로 배우게 되는 이념으로, 아무리 기술이 뛰어나다고 할지라도 예의가 없고 품위가 결여된 사람은 진정한 무도인이라 할 수 없다. 시합에 나가서는 대전 상대에게 경의를 표하고, 평상시에는 꾸준한 수련을 통해 신체를 단련하고 정신수양에 정진하여 인격의 완성을 도모함과 동시에 사회에 공헌할 수 있도록 노력하는 것이 참된 무(武)의 길이라 할 수 있는 것이다.

13. 젓가락질을 못하면 밥도 먹지 마라

【유진우】

우리나라와 일본은 지리적으로 가까운 것은 물론 쌀을 주식으로 한다는 점은 같지만, 음식의 종류와 식습관 및 그에 따른 예절에는 많은 차이가 있다. 세세한 점을 열거하자면 끝이 없겠지만, 가장 눈에 띄는 것은 아마도 우리가 숟가락과 젓가락 모두를 사용해서 식사를 하는 데 반해 일본인들은 젓가락만으로 식사를 한다는 점일 것이다.

젓가락을 처음 사용한 것은 중국의 한(漢)나라 때이며, 우리나라에서는 신라시대부터 청동제 숟가락이 사용되었다고 한다. 그런 영향 때문인지 우리나라에서는 아직도 금속제 젓가락을 많이 사용한다. 일본에는 나라(奈良) 시대에 젓가락이 사용되기 시작했으며, 에도(江戸) 시대에는 1회용 젓가락인 '와리바시'(割箸)가 등장했다.

우리나라에서는 도시락이나 일부 음식점을 제외하고는 대부분 금속제 젓가락을 사용하는 데 비해 일본에서는 나무젓가락을 사용한다. 물론 플라스틱 제품을 사용하지 않는 것은 아니지만, 대부분의 가정에서는 물론 음식점에서도 나무젓가락을 선호한다.

젓가락의 형태는 우리와 마찬가지로 손에 쥐는 쪽이 아래쪽보다 굵다. 가정에서는 개인용 젓가락을 정해 사용하고 손님이 오면 1회용인 와리바시를 내놓는 것이 관례인데, 한 번도 사용하지 않은 깨끗한 젓가락으로 대접한다는 의미가 담겨 있는 것이다.

아직도 인도처럼 음식을 먹을 때 손을 사용하는 민족이 40% 정도나 되지만, 일찍부터 문명의 혜택을 받은 민족일수록 숟가락이나 젓가락 또는 포크와 같은 도구를 사용하고 있다. 도구를 사용한 식사는 보다 능률적이고 위생적이며, 세월이 흐름에 따라 점차 격식을 갖추게 되었다.

일본인들은 '하시오키'(箸置)라고 하는 젓가락 받침대를 사용한다. 우리나라에서는 손으로 잡는 수저의 윗부분이 식탁 바깥쪽으로 나오도록 놓기 때문에 한 손만을 사용해서 이것을 잡을 수 있다. 그러나 일본에서는 젓가락 받침대를 이용하기에 손으로 잡는 굵은 부분이 식탁에 밀착되어 있어서 한 손으로 바로 집기란 용이하지 않다. 따라서 젓가락을 집을 때에도 양손을 사용해야 한다. 먼저 오른손으로 굵은 부분을 잡아서 식탁에서 들어올린 후 왼손으로 젓가락 중앙부를 잡은 다음 다시 오른손의 엄지와 검지 사이에 끼우는 것이다.

하지만 이같은 순서에 맞춰 젓가락을 들었다고 해도 우리처럼 음식을 먹는 것은 아니다. 아주 특별한 음식을 제외하고는 젓가락만을 사용하기 때문에 식사 방법이 우리와 다른 것은 당연하다. 또한 숟가락을 사용않으므로 국을 먹을 때는 반드시 왼손으로 그릇을 들고 마시듯 해야 하는데, 물론 조금씩 먹어야 한다.

우리나라에서는 밥그릇이나 국그릇을 들고 먹으면 '거지처럼 들고 다니면서 먹지 말라'고 주의를 받는다. 그런데 일본에서는 밥그릇이나 국그릇을 식탁에 놓은 채 머리를 숙이고 먹으면 '개가 밥먹듯이 먹으면 안 돼!'(いぬ食いをしちゃだめ)라고 꾸중을 듣는다. 식습관의 차이가 이처럼 큰 문화의 차이를 만든 것이다.

일본인들은 식사를 할 때 밥그릇을 왼손으로 들어 입에 대고 젓가락으로 밥을 떠서 먹는다. 떠서 먹는다기보다 밥공기를 입에 대고 젓가락을 이용해서 밥을 입 안으로 긁어 넣는다는 표현이 옳을 것이다. 그리고 밥 그릇을 상에 내려놓은 다음, 국그릇을 들고 젓가락으로 건더기를 건져 먹고, 국물을 먹을 때는 건더기가 입으로 들어가지 않도록 젓가락으로 막으며 입을 그릇에 대고 마신다. 즉 들고 내려놓기를 반복하며 식사를 하는 것이다.

식사에 사용되는 그릇도 우리와는 상당한 차이가 있다. 우리나라의 밥그릇과 국그릇은 원기둥에 가까운 모양을 하고 있으며, 특히 국그릇은 숟가락을 넣어두어도 넘어지지 않도록 넓은 형태로 되어 있다. 하지만 일본의 밥그릇은 손에 잡기 쉽도록 밑이 좁고 위가 넓은 깔때기 모양을 하고 있으며, 국그릇은 열전도가 잘 되지 않도록 나무로 된 것을 주로 사용한다.

또 한 가지 주의해야 할 점은 반찬은 반드시 개인용 접시에 덜어 먹어야 한다는 것이다. 그리고 개인 접시에 음식을 덜어올 때는 별도로 준비된 젓가락을 이용한다. 만일 덜어먹을 수 있는 젓가락이 준비되어 있지 않을 경우에는 자신이 사용하는 젓가락 뒷부분으로 음식을 덜어

온 후 다시 집어먹던 쪽으로 바꾸어 먹어야 한다. 음식점 등에서 나오는 와리바시는 뒷부분으로 음식을 집을 수 있도록 약간 가늘게 만들어진 것도 많다.

음식을 권할 때에도 절대 젓가락으로 음식을 주고받아서는 안 된다. 젓가락으로 건네고 젓가락으로 받는 것은 장례식의 화장 절차에서나 하는 의례인 때문이다. 또한 식사를 하는 도중에 젓가락을 그릇 위에 올려 놓지 말아야 하는 것도 지켜야 할 예절이다. 잠시라도 젓가락을 내려놓아야 할 경우에는 반드시 젓가락 받침대에 올려놓아야 한다. 만일 젓가락 받침대가 없을 경우에는 젓가락을 싼 종이를 접어서 젓가락 받침대를 대신한다.

일본 음식에서 빼놓을 수 없는 생선회를 먹을 때도 우리처럼 상추 등의 야채에 싸서 먹는 경우는 거의 없고 생선살만 간장에 찍어 먹는데, 하얀 살로 된 부분부터 붉은 살 부분 순으로 먹는다. 생선구이는 머리쪽부터 살을 발라먹고, 위쪽을 먹은 후에는 뒤집어서 먹지 않고 그대로 놓은 상태에서 뼈를 발라낸 후 먹는 것이 예절이다.

무척이나 까다롭다고 생각할 수 있겠지만 우리보다 너그러운 부분도 있다. 우리는 국물이나 국수 종류를 먹을 때 '후루룩' 하고 소리를 내는 것은 예절에 어긋난다고 여기지만, 일본에서는 소리를 내고 먹어도 괜찮다. 오히려 우동 같은 국수 종류를 먹을 때는 맛있다는 의미로 일부러 소리를 내며 먹기도 한다.

술을 마실 때의 예절도 덜 까다로운 편이다. 술을 따를 때는 어느 손이든 한 손을 사용하면 되고, 잔에 술이 남아 있어도 첨잔을 할 수가 있다. 요즘이야 많이 달라졌지만 우리나라에서는 여성이 가족이 아닌 남성에게 술을 따르는 것은 금기시 되어왔다. 하지만 일본에서는 동석한 여성이 누구에게나 술을 따라도 흉이 되지 않는다.

비슷한 재료로 음식을 만들고, 비슷한 도구를 사용하지만 식사예절에서 이처럼 차이가 나는 것을 보면, 일본은 우리와 '가깝고도 먼 이웃'이라는 말을 실감하게 된다.

14. 쥐어 먹는 도쿄, 뿌려 먹는 오사카

【히다카】

우리나라에서 초밥이라고 하면 밥 위에 생선을 얹어 놓은 생선초밥이 대부분이지만, 일본의 초밥 즉 '스시'(寿司 또는 鮨)는 종류가 매우 다양하다. 니기리즈시(握り寿司:생선초밥), 오시즈시(押し寿司:나무상자에 밥을 담고 생선, 야채 따위를 얹어 누른 다음 적당한 크기로 자른 초밥), 치라시즈시(散らし寿司:밥 위에 야채, 회 등을 얹은 초밥), 차킨즈시(茶巾鮨:치라시즈시를 얇게 구운 계란으로 싼 것) 등이 있고, 이 밖에도 지방마다 다양한 초밥이 있다.

또한 비슷한 초밥이라도 지역에 따라 조금씩 차이가 있어 '쥐어 먹는 도쿄, 뿌려 먹는 오사카'라는 말이 있을 정도이다. 즉 치라시즈시의 '치라시'(散らし)는 '여기저기 뿌리다' 또는 '흩뜨리다'라는 뜻을 가진 '치라스'(散らす) 동사가 변한 것으로, 생선이나 야채를 밥 위에 뿌리듯 얹은 데서 비롯된 말인데, 이러한 형태는 주로 오사카에서 즐기고 있다. 반면, 손에 쥐고 눌러서 만든 니기리즈시는 도쿄인들이 좋아한다.

초밥점에서는 흔히 큰 찻잔에 녹차가 나오는데, 이것은 초밥을 노

도쿄는 니기리즈시를, 오사카는 치라시즈시를 즐겨 먹는다.

점(露店)에서 팔던 시대에 보온을 위한 목적과 함께 손님이 자주 청하지 않도록 한 번에 많은 양을 내놓았던 때문이라고 한다.

초밥은 동남아시아 수전경작민(水田耕作民)들이 생선이나 고기를 소금에 절여 곡물과 함께 발효시켜 보존하던 데서 비롯된 것으로, 일본에서는 이같은 종류를 나레즈시(熟寿司)라고 한다. 이것이 나중에는 밥을 그다지 길게 발효시키지 않고 쌀알 그대로 남겨서 같이 먹는 나마나레 종류로 바뀌었으며, 오늘날의 니기리즈시, 치라시즈시, 마키즈시(巻寿司) 등과 같이 식초로 맛을 낸 밥에 생선이나 조개를 곁들인 하야즈시 종류로 변한 것이다.

에도식 삼미요리(三味料理)라면 스시, 덴푸라(天数羅:튀김), 우나기노카바야키(鰻の蒲焼:장어구이)를 꼽는데, 식초로 간을 한 밥 위에 생선이나 조개류를 얹어 놓은 니기리즈시가 중심이다.

출출할 때 가볍게 먹을 수 있는 에도식 패스트푸드라고 할 수 있는 니기리즈시는 1820년경 에도 료고쿠(両国)에 있는 초밥점 '하나야 요베에'의 주인 요베에가 만들기 시작했다고 하지만, 그가 고안했다기보다는 도쿄 만에서 잡힌 신선한 생선을 일부러 소금 등으로 손질하는 것은 아깝다고 생각한 사람들이 비슷하게 시도했던 것을 마무리지었다고 보는 것이 옳다. 또한 이와는 달리 전의(殿医)가 만들어냈다고 하는 주장도 있다.

일본의 전통 풍속화 우키요에(浮世絵) 가운데는 강가를 찾은 서민들을 상대로 수레에서 초밥을 만들어 파는 상인의 모습이 그려져 있다. 당시에는 수레에서 초밥을 파는 형태가 일반적이었으며, 오늘날과 같이 가게를 차리고 손님을 맞는 스타일은 다이쇼(大正) 12년인 1923년에 일어난 관동대지진(関東大地震) 이후 증가했다.

초밥에 사용되는 생선도 시대에 따라 변화가 있는데, 에도시대에는 전갱이처럼 담백한 맛을 가진 생선이 인기였고, 지방질[脂肪]이 많은 참치는 하급이라고 여겨 잘 먹지 않았다. 그러다가 1855년 무렵에 참치가 많이 잡히자 이를 간장에 담가 초밥의 재료로 사용했다.

제2차 세계대전 전까지는 등부분보다 배부분인 도로(とろ)의 값이 쌌으나, 생활방식이나 맛에 대한 취향도 바뀌어 현재는 오히려 고급으로 여기고 있다.

오늘날 일본에서 가장 큰 쓰키지 수산시장에서 거래되는 참치의 90% 이상이 외국산인데, 이는 대부분 1990년 중반부터 스페인, 이탈리아, 호주, 멕시코 등지에서 본격적으로 시작된 축양(畜養 : 천연참치를 포획하여 수조에서 기른 다음 출하하는 것)에 의한 것이다. 또한 붕장어 역시 한국산이 다수를 차지한다.

니기리즈시에 사용하는 재료도 다양하다. 새우, 참치, 오징어, 방어, 소라, 대합, 가리비 등 전통적인 재료를 사용하는 경우가 많지만, 우메보시(梅干し:매실 절임)나 소고기, 도루묵 등 특이한 재료를 사용해 새로운 시도를 하기도 한다.

이제 니기리즈시는 '스시'(sushi)라는 명칭으로 불리며, 세계인의 사랑을 받고 있다. 호화로운 레스토랑은 물론 스시 바(bar) 또는 공장의 벨트컨베이어로부터 힌트를 얻어 만든 회전식 스시점에서도 즐길 수 있다. 영국의 런던에는 벨트컨베이어의 길이가 90미터에 이르고, 로봇이 음료수를 나르는 등 첨단기술설비를 갖춘 회전식 스시점도 있다고 한다.

한편 오사카는 메이지시대에 니기리즈시가 들어와 보급되기도 했으나, 제2차 세계대전 후까지는 오시즈시, 치라시즈시가 주류를 차지했다. 고모쿠즈시(五目寿司)나 바라즈시(解体寿司)라고도 불리는 치라시즈시는 밥 위에 얇게 구운 계란, 표고버섯, 당근 등의 야채와 피조개, 새우, 붕장어 등의 어패류를 색깔에 맞춰 배열한 맛깔스러운 음식으로, 이를 즐기는 사람들은 집에서 만들어 먹기도 한다. 재료를 말려서 밥과 섞으면 금방 치라시즈시가 되는 인스턴트 식품도 있을 정도이다.

'고한쇼쿠 네트워크 회의'라는 단체가 2002년에 인터넷을 통해 월별 인기 요리를 조사한 바에 따르면, 3월의 요리로 치라시즈시가 1위를 했다고 한다. 보기에도 화려한 치라시즈시는 평소에는 물론, 일본의 여자아이들의 축제인 히나마쓰리(雛祭り:3월 3일)나 특정기념일 등에 즐기는 음식이기도 하다.

15. 허준도 극찬한 일본인의 매실 사랑

【김용안】

늦겨울과 초봄에 걸쳐 매화꽃이 일본열도를 아련한 담홍색으로 물들이면, 일본인은 그 은은한 향기에 취하며 곧 만개(滿開)할 벚꽃의 환상에 젖는다. 매화꽃 전선(前線)과 벚꽃 전선이 서로 앞서거니 뒤서거니 하면서 열도를 지나갈 때, 사람들은 이를 노래로 표현하기도 하고 분재나 꽃꽂이를 통한 변주로 담아내기도 하면서 꽃과의 진정한 교감을 꿈꾼다. 이것은 상고시대의 『만요슈』(万葉集) 이래 줄곧 이어내려온 오랜 전통이다.

매화나무의 열매인 매실에 대한 일본인의 사랑 역시 이와 크게 다르지 않다. 『동의보감』(東醫寶鑑) 저자인 허준(許浚)이 극찬했을 정도로 일본인들은 매실을 이용하여 훌륭한 건강식품을 만들어 먹고 있다.

매화나무는 꽃을 피운 뒤 4월 말부터 5월 초에 걸쳐 자신의 능력 이상으로 달려있는 열매는 떨어뜨린다. 자기 몸을 잘 아는 매실이 스스로 낙과(落果)하여 섭생을 조절하는 것이다.

하지만 덜 익은 청매실에는 독이 있다고 알려져 있다. '아미다린'이라는 청산배당체(靑酸配糖体) 때문이다. 이 청산은 병충해로부터 과육(果肉)을 지키다가 열매가 숙성하면 씨로 옮아간다. 따라서 매실종자는 해충에게 피해를 입지 않는다고 한다.

일본인들이 즐기는 우메보시(梅干し:매실절임)는 일본식 절임인 쓰케모노의 일종이다. 매실을 소금에 절이고 햇볕에 말려서 자소(紫蘇)라는 식물을 이용하여 붉게 물들인 다음 매실식초에 담가 만든다.

해독제나 이뇨제로도 사용되며 식중독을 예방하는 효과가 있다고 알려진 자소의 잎을 갈아 짜낸 즙에는 안토시아닌계 색소가 함유되어 있는데, 이것이 매실의 구연산과 만나면 적홍색의 아름다운 반란을 일으키는 것이다. 맛뿐 아니라 색으로도 음식을 즐기는 것으로도 유명한 일본인들은 이를 더욱 아름답게 만들기 위해 도요(土用:입하 전 18일) 기간 동안 햇볕에 말려 색을 선명하게 한다.

하지만 자소를 이용하면 손이 많이 가고 비용도 많이 들기 때문에 최근에는 콜타르계 색소를 이용하는 경우가 늘고 있다. 또한 자소로 염색된 우메보시는 밤이슬에 3~4일 동안 놔두면 색이 변하지만, 인공색소를 쓴 것은 변하지 않기 때문이기도 하다. 콜타르계 색소의 104호는 돌연변이를 유발한다고 보고되었지만 사용은 여전히 줄지 않고 있어 연간 3천5백 킬로그램이나 소요된다고 한다.

우메보시는 식욕을 증진하고 정장(整腸) 작용도 있어 옛날부터 중요한 보존식으로 만들어져 왔다. 담고 나서 6개월 이상이 지나야 먹을 수 있지만 저장성이 높고 여러 해 보존할 수록 오히려 맛이 더 좋다고 한다.

'우메보시도 3년이 넘으면 약이다'라는 말도 있는데 최근에는 그것이 의학적으로 검증되었다. 4년 숙성한 우메보시를 약리적으로 분석해 본 결과 염분이 거의 검출되지 않은 것이다. 따라서 잘 숙성된 우메보시는 신장병이나 고혈압인 사람이 먹더라도 문제가 없다. 하코네(箱根)에서 가구점을 운영하는 사장의 집에서 1860년에 담갔다는 제조연월일 표시와 함께 들어있던 우메보시가 발견되었는데, 140년만에 개봉된 이 우메보시는 금다색(金茶色)에, 소금은 결정체가 되어 있었고, 차조기잎은 바싹 말라 흩어져 있었으며, 혀가 녹을 듯한 맛이었다고 한다. 지금도 일본에는 100년이나 120년 넘는 우메보시를 보관하고 있는 사람이 많다고 한다.

우메보시의 기원은 분명하지 않지만, 일반인이 먹게 된 것은 근세 후기로 전국적으로 보급된 것은 메이지기 이후로 본다. 미약하긴 하지만 어느 정도 방부효과를 가지고 있어 삼각초밥의 한가운데에 넣거나 도시락에 넣어서 여행 시에 휴대했다고 한다. 도시락의 밥에 우메보시를 넣으면 마치 일본국기처럼 보이므로 이를 '히노마루(日の丸：일장기) 도시락'이라고 부르기도 한다.

그 뒤 우메보시는 건강의 상징으로 정착되었으며 다양하게 개발되었다. 우메보시를 담그는 것은 마치 우리의 김장처럼 가정의 연중행사라고도 할 수 있는 작업이었는데, 메이지 말기에 치른 청일전쟁과 러일전쟁 시 군량으로 사용하고자 상품으로서도 생산되기 시작했다. 하지만 허준이 목격한 것을 보면 임진왜란 때도 이미 군에서는 사용한 것으로 보인다. 당시에는 와카야마현(和歌山県)이 군수(軍需)를 충당하는 생산기지 역할을 했고, 점차 규모가 확대되어 나중에는 전국 생산량의 60%를 만들었다고 한다. 오늘날에는 군마현(群馬県)과 도쿠시마현(德島県)도 명산지로 꼽히고 있다.

일본인은 매실을 이용하여 우메보시 외에 매실식초, 매실엑기스 등을 만들기도 한다. 매실은 해열작용, 감기 예방, 식중독 예방과 더불어 디프테리아, 포도상구균, 폐렴구균, 물바꿈 설사, 감기, 식욕부진, 기침이나 가래, 백일해, 변비, 피로회복 등에도 효과가 있다고 한다. 이는 1953년 영국의 크랩스(Hans Krebs) 박사가 '구연산 사이클'을 연구한 것이 계기가 되어 국제적으로 인정받게 되었다. 그는 구연산 사이클의 역산으로 매실이 세포노화나 혈관경화를 막고 피로회복에 많은 도움이 되는 것을 입증했다.

식사를 통하여 얻어지는 당이 체내에서 소화되면 포도당이 되는데, 그 과정에 유산(乳酸)이 발생한다. 유산은 체내의 단백질과 결합하여 세포나 혈관을 굳게 하여 노화를 일으킨다. 이때 구연산 등의 식물성 산미를 섭취하면 오키자루초산이 되어 유산의 과잉 생산이 완전히 제어되고, 탄산가스와 물로 분해되어 몸 밖으로 배설된다.

그러므로 피로할 때 구연산이 함유된 매실엑기스를 먹으면 산뜻하고 개운한 기분이 들며, 체내의 지방도 연소 및 분해되어 비만 방지에 도움이 된다. 매실엑기스를 과립(顆粒)으로 만든 것이 매단(梅丹)인데 오사카(大阪)에서는 초중고교의 수학여행 등에서 차멀미와 식중독 예방을 위해 반드시 상비할 것을 의무화했다고 한다.

이를 증명이라도 하듯 1974년 5월 4일 여성등반대 12명이 8,156

미터의 네팔 마나슬루 등정에 성공했을 때, 당시 식품담당이었던 나키시마 무쓰미는 20킬로그램의 우메보시를 가지고 가서 커다란 득을 보았다고 한다. 또한 마츠모토 고우사이는 87세로 천수(天壽)를 다하면서 '젊은이는 너무 몸이 편하면 안 된다. 우메보시의 신맛으로 늘 몸의 긴장을 유지하라'고 했다고 전하며, 식품영양학계의 권위자인 모리시타 게이이치 박사는 하루에 우메보시를 3개 이상 먹도록 권하고 있다.

일본인들은 매실절임의 속의 씨를 '어질 인'(仁) 자로 표현하며 '부처님'이라 부르고 있다. 지상의 모든 동식물이 자손의 번영을 원하고 있으나 매실의 씨만은 인간의 건강을 위해서 자신을 바쳐 희생하는 것이다. 이에 매실업자들은 매년 5월에 공양을 하여 아름다운 희생을 추모한다고 한다.

16. 일본의 전통 의상 기모노

【구견서】

　　기모노(着物)는 의복을 가리키는 말이지만, 일반적으로는 전통 의상인 와후쿠(和服)를 의미한다. 그러나 오늘날 기모노는 나가기(長着:긴 옷)를 의미하며, 문양이나 염색과 관계 없이 오비(帶:띠)로 허리를 묶는 원피스 형태를 띠고 있으며, 우와기(表着:겉옷)로 입는 경우가 많다.

　　기모노가 어느 정도 틀을 갖추게 된 것은 8세기경 나라(奈良) 시대부터라고 할 수 있다. 즉 지금의 기모노와 유사한 고소데(小袖)는 12세기 헤이안(平安) 시대 남녀 구분없이 입던 속옷이었으나, 13세기 가마쿠라(鎌倉) 시대에는 우와기로 입기 시작했고, 무로마치(室町) 시대에는 다소 길게 만들어 입었는데, 이것이 기모노라고 불리기 시작한 것이다.

　　옷을 길게 만들어 입게 된 것은 무로마치 막부가 정권을 강화하기 위한 정책에서 비롯되었다. 즉 막부는 세력을 강화하기 위해 조카마치(城下町:성을 중심으로 한 도시)를 만들어 상인들이 모여 살도록 하여 상업을 발전시켰다. 하지만 계급의 구분은 엄격했으며, 무사는 당연히 소비계급이었다.

한 곳에 정착하는 생활이 시작되자, 편리보다는 멋을 추구하게 된 사람들 사이에 하카마(袴:바지)를 입지 않고 웃옷을 길게 입는 것이 유행하기 시작했는데, 이것이 기모노의 원형이라 할 수 있다. 남자는 외출할 때 종종 하카마를 입고 다니기도 했지만, 여성은 기모노만을 입는 경우가 많아, 기모노는 점차 성별을 구별하는 기준이 되었다.

무로마치시대의 기모노는 멋을 강조하기 위해 화려한 장식이 있는 것이 특징이나, 남자의 기모노는 자유롭게 활동할 수 있도록 장식품을 달지 않는 대신에 형태, 재료, 염색, 맵시 등을 중시했다. 이것은 봉건사회의 엄격한 신분제도와 관련이 있다. 특히 에도(江戸) 시대 초기의 무사 사회에서는 지배자인 쇼군(将軍), 다이묘(大名), 하급무사 등과 같은 계급에 따라 기모노의 종류를 엄격히 구분했다. 또한 조닌(町人) 사회에서도 점주(店主), 지배인, 점원이 입는 기모노가 달랐고, 농민 역시 지주, 자작농, 소작농 등 신분과 위치에 따라 차이가 있었다.

예를 들면, 시로무쿠(白無垢:하얀색의 옷. 대개 비단을 사용한다)는 귀족이나 다이묘의 적자(嫡子)가 입었으며, 일반 대중은 마(麻)나 면으로 된 기모노를 착용했다. 그러나 조닌도 부유해지면서 시로무쿠를 입게 되고, 또한 메이지(明治) 시대에 이르러 양복을 입게 되자 복장에 의해 신분을 구분하는 구습(旧習)은 사라졌다. 오늘날 남자는 특수한 직업을 가진 사람 즉 가부키 등에 종사하는 예술인이나 스모선수 등이 기모노를 입고, 일반인들은 결혼식, 마쓰리(祭り), 장례식 등의 행사복으로 입는 경우가 많고 평상복으로는 거의 입지 않는다.

기모노는 오늘날 보아도 우아하고 아름답다.

무로마치시대만 해도 남녀 기모노는 크게 차이가 나지 않았다. 그러나 에도시대에 들어서 여자의 기모노는 점차 화려해지기 시작했다. 사람들이 지나치게 사치스러워지자 1683년에 막부는 금사(金糸)나 자수 등을 금지시켰지만, 1689년에는 은(銀) 250줄, 1712년에는 은 300줄 등을 허용하여 누구나 자유로이 기모노를 화려하게 장식하게끔 되었다.

특히 후리소데(振袖)는 본래 아동용으로 땀의 발산을 용이하게 하고 움직이기 편하도록 만든 것이었으나, 에도시대에 이르러 여자들이 입게 되면서 멋스러움이 강조되기 시작했다. 길이가 길어졌고, 오비의 폭도 넓어졌으며, 이에 따라 매듭이 커졌을 뿐 아니라 뒤로 묶는 형식이 정착되었다.

초기에는 남녀 모두 붉은색의 기모노를 입었지만, 점차 붉은색은 여성전용으로 되어 나중에는 옷의 색깔로도 남녀를 구분하게 되었다. 이와 함께 기모노를 여러 겹으로 입는 습관이 정착되어, 적어도 2장 이상, 많은 경우에는 4장을 겹쳐 입기도 한다.

여인들의 기모노는 가부키 같은 예능의 영향을 받은 한편 유녀(遊

女)들에 의해서 다양하고 화려하게 변했다. 유녀들은 기모노의 자수, 모양, 오비 그리고 가미가타(髮形: 헤어 스타일) 등을 새롭게 하여 변화를 주도하고 유행을 이끌었다.

기모노를 입은 영화배우

남자의 기모노가 계급을 구분하기 위한 것이었음에 반해, 여성은 신분을 구분하려는 목적을 가졌다고 할 수 있었다. 후리소데는 결혼하지 않은 여자가 입었고, 결혼을 하면 쓰메소데(つめ袖)를 입었다. 메이지 유신 이후에도 이런 풍습은 변하지 않았고, 폭넓은 띠와 후리소데는 결혼예복으로 이용되었다.

계절에 따라 입는 방법도 차이가 난다. 여름에는 우스모노(薄物)를 입고 겨울에는 아이기(合着)를 주로 입는데, 맨몸에 그대로 또는 속옷 위에 입기도 하고, 고시마키(腰巻)를 두르고 입거나 내복 위에 입기도 한다. 기모노는 입기가 매우 까다로워 혼자서는 힘들므로, 옷을 입혀주는 전문가가 있을 정도이다. 가격도 무척 높아 매년 치러지는 NHK 홍백전에 출연하는 인기 연예인 가운데는 수억 원대를 호가하는 기모노를 입는 이도 있다.

기모노 이외에는 상인이나 기능인들이 입는 시루시반텐(しるしばんてん)이 있다. 이는 점주(店主)가 오봉(お盆)이나 12월에 점원에게 주는

작업복의 일종으로, 앞면과 양면에 상점의 이름을 새기고, 등에는 '福' 자 등을 새겨 넣기도 한다.

이상에서 살펴본 바와 같이 기모노는 일상복이라기보다는 움직임이나 활동이 많지 않은 각종 행사나 의식 때에 입는 옷이다. 따라서 정중하고 엄숙하며 품위를 유지하기 위한 옷이라고 할 수 있다.

또한 기모노는 색상, 장식품, 천, 오비 등을 고급스럽고 화려하게 하여 아름다움을 최대한 강조한 옷이기도 하다. 교토(京都)나 아사쿠사(浅草)에 있는 게이샤(芸者)들은 물론 관광지의 온천이나 여관의 주인이나 종업원들은 화려한 기모노를 입고 손님을 맞는다. 기모노는 허리 아래로 양측이 갈라져 있어 다리를 살짝 보이게 하여 관능미를 느끼게 하는 것이다.

17. 감춤과 숨김의 미의식 기모노

【정기영】

"일본인들은 기모노를 입을 때 정말 속옷을 입지 않습니까?" 일본어를 처음 배우거나 일본에 관심이 있는 사람들로부터 이런 질문을 종종 받는다. 또한 기모노의 형태나 아름다움을 성(性)적인 것과 연관시켜 해석하거나 묘사하는 경우가 많은데, 이는 일본문화에 대한 무지와 편견으로 인한 오해에서 비롯된 것이라 할 수 있다.

기모노(着物)는 본래 의복 전체를 가리키는 말이었으나, 서양문물이 전래된 이후 양복과 대비해서 일본의 전통의상을 한정하는 말로 바뀌었다. 기모노는 나라시대 초기부터 입기 시작했는데, 중국 전통의상인 파오(袍) 양식에서 유래했다고도 하고, 고분시대(古境時代:3세기 말 7세기 전후)의 의상인 쓰쓰소데(筒袖:소매가 원통형이고, 소맷자락이 없는 옷)가 발전하여 고소데(小袖:소매 폭이 좁은 옷으로 과거에는 예복이나 갑옷 밑에 입었으나 오늘날에는 겉옷으로도 입는다)가 되었다는 말도 있다.

그 후 시대에 따라 조금씩 변천한 기모노의 독특한 아름다움은 17~18세기 일본의 의상 디자이너들이 이루어낸 것으로, 독특하고 고

상한 장식적인 스타일 덕분에 세계에서 가장 우아한 옷의 하나로 손꼽히고 있다.

이러한 변천사를 가진 기모노는 목적에 따라 옷감의 종류, 모양, 색상, 착용방식 등이 다르고, 기혼여성과 미혼여성이 입는 것이 다르며, 또한 예의를 갖춘 방문인지 아니면 가벼운 외출인지에 따라서도 달라진다. 따라서 기모노는 종류가 다양하며 각각 고유의 특성을 지니고 있는데, 이를 개략적으로 살펴보면 다음과 같다.

1. 도메소데

도메소데(留袖)는 기혼여성이 입는 예복으로, 검은 바탕에 좌우의 옷자락에만 무늬가 들어간 구로도메소데(黑留袖)와 분홍, 파랑 등 갖가지 색에 무늬를 넣은 이로도메소데(色留袖:미혼여성도 입는다)가 있다. 전자는 결혼식 때 양가 부모나 중매인 부부가 입는 격식을 갖춘 옷으로 하얀 천을 빨강, 청색의 순으로 몇 번이고 물들여 깊이 있는 검은색을 띠도록 만들며, 주로 사군자(四君子)나 길조를 나타내는 문양을 사용한다. 그리고 후자는 친족 이외의 결혼식이나 축하행사 때 입는 예복으로 색이 곱고 화려하며 무늬가 다양하여 널리 애용되고 있다.

2. 후리소데

후리소데(振袖)는 미혼여성이 입는 예복으로 기모노 가운데 가장 화려하다. 주로 성인식이나 사은회, 결혼식 등에 입는데, 길이에 따라 오후리소데(大振袖), 후리소데(振袖), 나카후리소데(中振袖), 고후리소데(小振袖) 등으로 나뉜다. 예전에는 후리소데에 5가지 문양만을 사용할 수 있었지만, 지금은 이같은 규제가 없어졌고 색상도 다채로워졌기 때문에 자신의 개성을 표현할 수 있는 여지가 많은 옷이라 할 수 있다.

3. 호몬기

호몬기(訪問着)는 일반적으로 가장 많이 입는 외출용 기모노로 연령이나 결혼 여부에 상관없이 입학식이나 피로연, 파티, 다과회 등 어느 정도 격식을 차려야 하는 자리에도 입고 나갈 수 있다. 동일한 모양의 무늬가 반복되는 감으로 만든 것이 많지만, 무늬가 옷자락에서 소매, 어깨, 옷깃으로 이어져 펼치면 하나의 완성된 그림이 보이는 것도 있다.

4. 쓰케사게

쓰케사게(付け下げ)는 호몬기보다 편하게 입는 약식 예복이다. 전쟁 중에 화려한 복식이 금지되었기 때문에 고안되었다고도 하고, 전후(戰後) 물자절약을 위해 간소하게 만들어졌다는 말이 있지만, 실상은 근대에 와서 만들어진 것이다. 언뜻 봐서는 호몬기와 구별하기 힘들지만 무늬의 배치가 다르다. 호몬기와 후리소데가 에바바오리(絵羽羽織:무늬가 바느질 자리를 따라 연결되어, 기모노 전체가 한 장의 그림처럼 된 것)식인데 비해 어깨, 소매, 깃 등에 독립된 문양이 있는 점이 차이가 난다.

5. 이로무지

이로무지(色無地)는 지리멘(縮緬:오글쪼글한 비단) 또는 무늬가 들어간 천에 물을 들여 만든 글자 그대로 전체적으로 문양이 없는 기모노이다. 검은색은 상복으로 입을 수 있으며, 문양이 있으면 약식 예복이 된다.

6. 고몬

고몬(小紋)은 자잘한 무늬의 옷으로 쇼핑, 맞선, 가벼운 파티 등에 입고 나가기에 가장 적절하며 평상복으로도 많이 입는다. 무늬가 작으며 기모노 가운데 가장 캐주얼하다고 할 수 있다.

7. 쓰무기

쓰무기(紬)는 원래 양잠농가에서 출하할 수 없는 누에고치를 이용하여 만든 것으로 잠시 외출하거나 주로 집에서 일상적으로 입는 옷이었으나, 최근에는 고몬과 같이 캐주얼한 사교복으로 입는 경우도 있다.

8. 모후쿠

모후쿠(喪服)는 영결식이나 오쓰야(お通夜 : 상가에서 밤을 새는 일) 등에 참석한 친족이 주로 입는 옷으로, 무늬가 없는 검은 천에 이쓰쓰몬(五つ紋 : 등과 좌우의 소매, 가슴 양쪽에 각각 하나씩, 모두 5개의 家紋)을 넣는 것이 정식이다. 또한 고인(故人)에 대한 예의를 갖춘다는 뜻에서 오비(帯 : 폭이 넓은 허리띠)까지도 검은색으로 통일해야 한다.

기모노는 이렇듯 여러 종류가 있고, 쓰이는 문양에도 의미가 담겨 있으며 때로는 가문(家紋)을 새기기도 한다. 가문은 헤이안시대에 황족과 귀족사회에서 생기기 시작했으며 무사계급이 등장하기 시작하며 정비되었다. 근세 이후 귀족과 무사 그리고 부유한 상인들이 가문을 새긴 기모노를 입기 시작했고, 그로써 집안을 알아볼 수 있게 되었다.

가문 이외에 기모노에 쓰이는 문양은 구상(具象)과 추상의 두 가지로 나눌 수 있다. 먼저 구상문양은 동식물, 도구와 기구 등을 문양으로 나타낸 것으로 실제 눈으로 볼 수 있는 형태로 된 것을 말한다. 많이 쓰이는 동물문양은 나비, 도미, 새, 잠자리, 사슴, 토끼, 공작, 사자, 용, 봉황, 학, 거북 등으로 나비문양은 아름답게 자라게 해달라는 뜻을 담고 있으며, 봉황과 학은 불로장수를, 도미는 경사스러운 일이 있음을 의미한다. 식물 문양은 소나무, 대나무, 매화나무, 오동나무, 난초, 국화, 작약 등인데, 매화나무는 경사로움, 사군자인 매란국죽(梅蘭菊竹)은 품위와 덕행을 갖춘 사람을 상징한다. 그리고 도구에는 우마차, 배, 바퀴, 부채, 데마리(手毬:공과 같은 놀이기구) 등이 있으며, 부채는 미래의 출세, 데마리와 우마차는 화려함과 고귀함을 의미한다. 이러한 문양 외에도 산, 폭포, 구름, 태양, 달, 강, 눈, 안개와 같은 문양들이 있다.

다음으로 원이나 삼각형, 사각형 등 기하학적인 모양을 사용한 추상적인 문양이 있다. 대표적인 것으로 삼잎을 닮았다고 해서 이름 붙여진 아사노하(麻の葉), 대나무 등을 세로로 엮은 듯한 모양인 아지로(網代), 파도 모양의 사이가이하(青海波) 등이 있으며, 아사노하문양은 아기가 태어났을 때 처음으로 입히는 배내옷에 많이 쓰이며, 사이가이하문양은 고소데(小袖)와 노(能:일본 전통예능의 하나) 의상에 자주 사용된다.

이와 같이 다양한 종류와 특성 그리고 문양을 가진 기모노는 일본

신비하고 우아한 미의식의 기모노

문화에서 하나의 큰 축을 이루고 있다 해도 과언이 아니지만, 그릇되게 이해되고 있는 부분도 적지 않다. 기모노를 으레 여성용으로 여기는가 하면, 이러한 차림을 한 여성을 에로틱하게 해석하여 헤픈 성문화(性文化)의 상징으로 여기기까지 한다. 속옷을 입지 않아 허리띠를 풀면 알몸이 드러난다거나, 오비를 묶을 때 등뒤에 장식용으로 매듭을 짓는 오타이코(お太鼓)가 베게나 허리받침용으로 고안됐다는 등의 얘기가 무성하다.

그러나 속옷을 입지 않는다는 오해는 유카타(浴衣)와의 혼동에서 비롯된 것으로 오늘날 기모노를 입을 때 속옷을 입지 않는 사람은 아무도 없을 것이다. 유카타는 유카타비라(湯帷子)가 변한 것인데, 온천이나 더운 목욕물을 가리키는 유(湯)와 얇은 홑옷을 뜻하는 가타비라(帷子)의 복합어로 헤이안시대 귀족들이 목욕을 마치고 물기와 땀을 빨아들이기 위해 걸쳤던 마(麻)로 만든 가운 비슷한 옷이다. 에도시대 이후 면(綿)과 대중목욕탕인 후로야(風呂屋)의 활발한 보급으로 유카타는 목욕가운 겸 잠옷이자 속옷으로 사용되었다.

즉 유카타 자체가 속옷이었기 때문에 속옷을 따로 입을 까닭이 없었고, 특히 무사계급의 인물은 이것만을 입고 외출하는 경우는 없었다. 물론 오늘날 외출용 유카타에는 반드시 속옷을 입지만 목욕가운용과 외출용 유카타 그리고 기모노를 같은 것으로 생각하는 외국인들에게는 속옷을 입지 않는다는 것이 자연스러운 발상일지도 모른다.

하지만 일본에는 현재 세계적으로 보편화되어 있는 속옷이나 우리의 전통적인 속옷과는 개념과 모양이 다른 쥬반(じゅばん), 고시마키(こしまき), 스소요케(す

そよけ:얇은 유카타 모양의 속옷 또는 허리를 감는 천 모양의 속옷) 등의 전통적인 속옷이 있다. 따라서 오늘날 일본인들이 기모노를 입을 때 이러한 전통적인 속옷을 입거나, 현대적인 속옷을 입는다고 생각하는 것이 옳을 것이다.

• • •

회화의 소재로 즐겨 사용되는 기모노를 입은 여인들

그리고 기모노 역시 우리 한복과 마찬가지로 감추고 숨기는 미의식(美意識)을 바탕에 깔고 있어 관능적 여성미를 드러내는 장치라고는 목 뒤의 깃을 크게 뒤로 젖혀 목과 어깨선 일부를 드러내는 것이 고작이다. 그것만으로도 일본 남성은 아름다움에 감탄한다는 말이 나올 정도이니 더 이상의 부질없는 연상보다는 전통의상 기모노를 예술적인 아름다움으로 승화시킨 일본인들의 노력을 높이 평가해야 할 것이다.

18. 열두 겹의 기모노

【조규화】

일본의 전통복식은 중국에서 직접 또는 우리나라를 거쳐 전해졌다고, 중국에 초점을 두어 해석하는 경우가 많다. 그러나 당시의 사서나 문헌, 유품 등을 종합해보면 우리나라에서 전래된 것이 대부분임을 알 수 있다. 우리나라의 옷이나 옷감, 장신구 등이 일본에 전래되었고, 이를 만드는 기술자가 직접 건너가서 활동하기도 한 것이다.

『고지키』(古事記)에 따르면 원시시대 일본에서는 '오스히'를 입었다는 기록이 있는데, 실물을 볼 수 없어 어떤 형태인지는 자세히 모르지만, 우리말의 '옷'과 발음이 유사한 것으로 보아 우리나라에서 전래되었음을 뒷받침한다고 볼 수 있다.

백제의 왕은 봉제공과 직조공을 일본에 보냈으며, 견직물인 금(錦)을 제직(製織)하는 공인과 그 일행이 다카마쓰즈카(高松塚) 고분(古墳)으로 유명한 야마토쿠니 히노쿠마(大和国桧隈)-현재의 나라현-에 정주하였다는 기록이 『니혼쇼키』(日本書紀)에 나타나며, 아야오리(漢織), 구레오리(吳織)의 공인들도 봉제와 제직을 전수했다고 한다.

이들 아야인(漢人), 하타인(秦人), 구레인(吳人)을 일본에서는 중국인으로 간주하지만 실은 모두가 우리나라 사람이었다. '아야'는 6가야의 하나인 아라가야(安羅伽倻)에서 유래하며, '구레'는 고구려에서, '하타'는 우리말의 '바다' 또는 울진군 해곡현의 옛 지명인 '하타'(波旦)에서 유래했다고 보는 것이 옳다.

고분(古墳) 시대 일본의 복식은 삼국의 영향을 받아 남자는 바지와 저고리(衣褌:기누하카마), 여자는 치마와 저고리(衣裳:기누모)인 2부 형식의 의복을 입었다. 백제의 곤(褌:바지)이 일본의 하카마(袴)가 된 것이다. 이같은 복식은 아스카(飛鳥) 시대까지 계승되었다.

나라 시대가 되면 중국 당(唐)의 영향을 받은 신라복식이 전해져 일본에서도 당풍의 복식이 나타난다. 일본 도쿄국립박물관 법륭사(法隆寺) 보물관과 정창원(正倉院)에는 귀화인 또는 도래인이라 불리던 당시의 한국인이 만들었거나 또는 우리나라에서 건너간 여러 가지 견직물과 의상 장신구가 있다.

예를 들면 정창원에 소장된 고마니시키(高麗錦:고려금. 색사를 넣어 문양을 나타내면서 직조한 평직의 견직물)은 710년에서 790년경에 제작된 것이며, 또한 도쿄국립박물관에 소장된 태자간도(太子間道)는 쇼토쿠(聖德) 태자의 깃발에 사용된 세계에서 가장 오래된 가스리(絣:ikat) 견직물로 당시 일본에서는 가스미니시키(霞錦)라고 불렀던 것이다. 『니혼쇼키』에는 682년 천무(天武)왕 때 신라에서 하금 또는 조하금(朝霞錦)을 보냈다는 기록이 남아 있다.

17세기경부터 만들어졌다는 '가스리'(絣:무늬가 될 부분을 실로 묶어

침염시킨 후, 건조시켜 그 색사를 가지고 다시 그 무늬가 되도록 직조하므로 붓이 살짝 지나간 것처럼 아물아물거리며 무늬가 생기는 염직물)란 일본의 대표적인 전통 직물로 국제적으로는 '이카트'(ikat)라고 하는 염직물이다. 앞서 예를 든 하금이 태자간도로 간주되므로 가스리는 신라에서 일본으로 전해진 것임을 알 수 있다. 그러나 일본에서는 태자간도를 중국에서 전래되었다고 하고, 가스리는 중국 혹은 남방에서 전래되었다고 하여 그 원류는 명확하지 않다고 한다.

우리나라의 민예를 극찬했던 야나기 무네요시(柳宗悅)는 '한국에는 가스리가 없다'고 주장했지만, 견직물로 만든 가스리는 하금을 비롯하여 1970년대까지 우리나라에서 만들어졌으므로 '견직물로 만든 가스리는 생산되었지만, 면직물이나 모시로 만든 가스리 염직물은 한국에 없다'고 수정해야 할 것이다.

특히 일본에서는 모시를 가라무시(苧麻)라고 하는데, '무시'는 우리 말의 '모시'에서 비롯되었다고 보이며, 또한 '가라'는 당(唐)을 가리키기 도 하지만 한(韓)을 일컫는 의미가 더 많이 작용했다고 보아야 할 것이다.

헤이안 시대에는 귀족사회를 배경으로 일본 복식사상 가장 아름답고 우아한 궁정[公家]의 여성복식이 나타난다.

귀족여성들이 조복(朝服)으로 입은 가라키누모(唐衣裳)는 가마쿠라 시대 이후 궁중 여인의 정장인 하레쇼조쿠(晴裝束)나 양가집 부인의 복장인 뇨보쇼조쿠(女房裝束)가 되었다. 12겹으로 이뤄진 당의상을 '주니히토에'(十二單)이라고 하는데, 원래는 나라시대 조복이었으나 점차 변해 헤이안시대에 확립된 것이다. 형태가 나라시대의 복식과 너무 달라서 얼핏 발생 계통을 다르게 생각하기 쉬우나, 옛 명칭이 그대로 남아 있음이 이를 뒷받침한다.

또한 속에는 히토에(単)를 입고 그 위에 12벌의 우치키(袿:규)를 겹쳐 입으므로 주니히토에라는 이름이 붙었지만, 반드시 12벌을 겹쳐 입는 것은 아니고, 20벌이나 겹쳐 입은 예도 있었고, 헤이안 말기에는 통상 5벌을 겹쳐 입었기에 이쓰쓰기누(五衣)라고 했다.

주니히토에는 히토에, 빨간색의 긴 바지인 하카마, 우치키(袿), 우치기누(打衣), 우와기(表着), 가라기누(唐衣), 모(裳) 등인데, 제일 안에 입는 속옷에 해당하는 히토에를 비롯해서 우치키, 우치기누, 우와기 등은 모두 같은 형태의 의복으로 직령(直領)의 곧은 깃에 넓은 소매가 달렸다. 다만 히토에는 홑겹이고, 우치키는 겹으로 만들어졌다는 것이 다르다. 우치기누는 다듬이 돌에 놓고 두드려 다듬어서 광택을 낸 옷으로 우치키 위에 입는다. 우치키는 여러 벌을 겹쳐 입으며, 맨 위에 입는 것을 우와기라고 한다.

특히 우치키는 차례대로 색을 달리하고 기장을 조금씩 길게 만들었기 때문에, 겹쳐 입으면 소맷부리, 치맛자락, 앞여밈에서 배색이 우아하고 아름다워 보였다. 또한 우치키의 겉과 안의 가사네이로메(重色目:배색)에는 사계절의 풀, 꽃, 나무의 이름을 붙여 자연의 정취를 느끼게 했다.

가라기누는 나라시대의 겉옷이었던 배자(背子)가 일본풍으로 변한 것으로 맨 위에 입는다. 상(裳)인 치마 역시 나라시대의 것이 장식화된 것으로, 밑에 입지 않고 그냥 등쪽 허리에 장식한다. 이들은 강한 의례적인 의미가 담겨 있으므로 정장 때는 반드시 갖춰 입어야 하는 옷이다. 그러나 중국의 당대에는 '당의'(唐衣)라는 용어가 없고, 우리 전통 복식에는 통일신라 때부터 있었으므로 이는 비록 중국이 원류이더라도 우리나라로부터 전래되었다고 여겨진다.

주니히토에를 다 갖춰 입으면 머리는 뒤로 길게 늘어뜨리고, 의식 때는 비녀를 꽂았다.

주니히토에는 헤이안시대의 일본식으로 변화되는 과정에서 자칫 장식적으로 변했다고 해석하기 쉽지만, 이것은 한국적인 것-넓게는 중국을 포함하여-을 바탕으로 일본의 풍토에 순응한 미적 표현이었다.

12겹으로 겹쳐진 복장은 당시 귀족이 살고 있던 주택의 건축양식이나 일본의 기후 풍토에 적합했으며 실용적인 면도 있었다. 마루나 방은 넓은데다가, 얇은 벽에 기초(几帳)나 발을 쳐서 바람을 막는 오늘날의 신사(神社) 같은 건물 안에서 움직임도 거의 없이 가만히 있던 여인들은 겨울의 추위를 막고자 긴 바지인 하카마를 비롯해서 두꺼운 옷을 입거나 옷을 여러 벌 겹쳐 입어야 했던 것이다.

이처럼 생활의 필요에 따라 발전된 복장이 세월이 흐르며 점차 장식적이 되어, 고귀함과 부유함을 표출시키는 부푼 형태를 가진 양감(量感)과 계절의 나무와 꽃을 연상시키는 다양한 색채와 아름다운 배색을 가진 복식을 낳은 것이다. 야나기 무네요시가 일본의 예술을 '색의 예술'이라고 했는데, 가사네이로메의 12겹이야말로 색채미의 정수를 이루었다고 할 수 있다.

헤이안시대 후기에는 속옷으로 입던 히토에 속에 소맷부리가 좁아진 하얀 고소데(小袖)를 입게 되었고, 방한을 위해서 겹쳐 입기도 했다.

가마쿠라나 무로마치 시대가 되면 귀족여인의 조복은 간소해지고, 고소데하카마(小袖袴) 위에 우치키를 겹쳐 입는 기누하카마(衣袴)가 일반화되어, 12겹의 가라기누는 의식 때만 착용하게 되었다.

속옷으로도 입던 고소데는 겉옷의 역할을 하게 되었고, 비록 형태는 단순했지만 문양에 정성을 들여 근세문화를 대표하는 의상이 되었으며, 오늘날에는 일본의 대표적인 전통의상 기모노가 되었다.

메이지 시대에는 양복이 예복으로 채택됨에 따라, 12겹의 주니히토에는 제사나 중요한 의식 때의 예복이 되었다. 3월 3일 히나마쓰리 -여자아이를 위한 전통축제-때 히나닝교(雛人形)에게 입히는 옷이나 황태자비의 결혼예복 등은 모두가 주니히토에이다.

19. 전통 헤어스타일 존마게

【유상희】

요즘은 사극에서나 볼 수 있지만, 일본 성인남자의 전통적인 헤어 스타일은 무척이나 특이하다. 우리식 농담으로 표현하자면 '속알머리' 는 빡빡 밀고 '주변머리'는 남겨 뒤로 상투를 틀어서 올린 독특한 모양 이다. 이같은 머리 형태를 '존마게'(丁髷)라고 하는데, 앞머리를 두부 (頭部) 중앙까지 반달 모양으로 자른-사카야키(月代 또는 月額)라고 한 다-다음, 남은 머리카락을 모아 머리 뒤쪽에 틀어 올려 '마게'(髷)를 만 드는 것이다.

'존'(ちょん, 点이라는 의미)과 '마게'(まげ)의 복합어인 존마게는 원래 머리숱이 적은 노인들이 겨우 틀어 올릴 정도의 작은 상투 즉 '점 같은 상투'라는 의미이다.

존마게는 지금으로부터 약 800~1,200년 전인 헤이안시대에 남자 들이 관을 쓰고 아래로 삐져나온 부분의 머리카락을 깎아버린 데서 유 래했으며, 가마쿠라시대와 무로마치시대에 본격적으로 유행하기 시작 했다고 한다.

과연 어째서 이처럼 독특한 헤어스타일이 생겨났는가를 살펴보면 비교적 그럴듯한 두 가지 설을 찾을 수 있다. 하나는 장군이 막부(幕府)를 설치하여 통치하던 무인시대에 투구를 쓸 일이 많은 무사들이 머리털로 인해 투구 속이 후텁지근한 것을 방지하기 위해서였다는 것이고, 다른 하나는 기(気)의 역상(逆上) 즉 흥분으로 인해 머리가 뜨거워지는 것을 막기 위한 방편이었다고 한다. 과연 어느 쪽이 사실인지 확인할 길은 없으나 존마게가 모자와 깊은 관계가 있다는 것은 분명하다.

에도시대 역시 무인이 통치하던 시대였기 때문에, 무사들의 헤어스타일은 당연히 존마게였다. 하지만 무사들만이 아닌 일반인들도 존마게 스타일을 했다는 것이 이전과는 다른 점이다. 에도시대 말기에는 서양식 병법을 배우는 무사들이 앞머리를 밀지 않고 길러서 마게가 눈에 잘 띄지 않게 한 헤어스타일을 했는데, 오늘날 스모선수들의 머리모양과 흡사한 것으로 '소하쓰' 또는 '소가미'라고 부르는 총발(総髪)이다. 이 소하쓰는 에도시대에 특수한 직업이나 신분인 사람, 예를 들면 구게(公家:조정에 출사하는 관리), 학자, 의사, 낭인(浪人) 등의 헤어스타일이기도 했다.

1868년 메이지유신(明治維新) 이후 일본 정부는 서양의 문화를 따라잡기 위한 첫걸음으로서 단발령을 내리고 양복을 입도록 강요했다. 전통을 중시하는 일본 사회로서는 대변혁이었다. 특히 무사가 존마게를 자른다는 것은 이만저만한 체면 손상이 아니었던 것이다. 비교적 자유롭게 복식(服飾)을 발전시켜온 조닌(町人:상공인)마저도 머리를 짧게 자르려 하지 않았다.

일황은 스스로 단발의 모범을 보이면서 국민들에게 압력을 가했으나, 노인 중에는 일본 남자의 심볼처럼 여겨지는 존마게에 대한 애착심을 버리지 못하고 전통적인 스타일을 고수하는 사람이 많았다.

존마게가 사라지고 일본인들이 머리를 자르기 시작한 것은 이발도구인 바리캉이 도입되면서부터였다. 바리캉은 프랑스 주재 일본 공사 나가타 게이타로(長田桂太郎)가 1883년 일본에 가지고 들어갔지만, 원래는 말의 털을 깎는 기계를 개조한 것이었기에 일반인에게는 쉽게 받아들여지지 않았다. 그로부터 2년이 지난 1885년에 한 이발사가 사용하기 시작했고, 본격적으로 유행한 것은 다시 10년이 지나서라고 한다.

서양의 새로운 문물은 일본이 가진 또 하나의 전통을 사라지게 만든 것이다.

개인적인 의견이지만, 존마게는 비록 전통적인 것이긴 해도 미(美)적 관점에서 보자면 그다지 높은 점수를 주기 힘들다. 일본 사극영화를 보아도 이러한 스타일이 잘 어울리는 배우는 찾아보기가 결코 쉽지 않다. 그래서인지 주인공의 헤어스타일은 존마게를 약간 변형하여, 머리카락을 앞으로 살짝 드리워 이마를 약간 가리는 경우가 많다. 아마도 주인공이 격식을 차리지 않아도 되는 낭인(浪人)인 경우가 많기에 가능한 것이겠지만, 이처럼 보다 자연스럽고 남자답게 보이기 위한 노력을 한다는 것은 일본인들의 눈에조차 존마게가 그다지 멋있게 보이지 않는 때문일지도 모른다.

20. 게다도 짝이 있다

【민성홍】

게다(下駄)는 나무로 만든 신발이
다. 적당한 두께의 나무를 발의 크기,
용도에 맞추어 잘라 밑창에 이자(二字)
모양의 흠을 파서 나무 날을 끼어 넣어
만든 것도 있고, 통나무를 파서 만든
것도 있다.

게다는 집안은 물론 밖에서도 신는
평상용 신발이지만, 나들이용이나 정
장용 신발은 되지 못한다. 왜냐하면 원
래 맨발에 신는 것이기 때문이다.

게다는 평상용 신발이다.

게다와 유카타(浴衣)는 서로 짝을
이루며 일본인들에게는 향수(鄕愁)를 일깨워 주는 복식문화의 유산이
라고 할 수 있다. 장마철의 끈끈하고도 무더운 날씨에 진저리치며 시달
리다가 날이 맑아지면, 그날은 목욕을 하고 산뜻한 기분이 되어 유카타

를 입고 게다를 신고, 선선한 저녁바람을 쐬이며 기분전환을 한다. 이
때 다비(足袋:일본식 버선)를 신는 사람은 없으니 당연히 맨발이다.

조리(草履)와 다비를 갖추는 고풍스러운 격식을 갖추기 좋아하는
노인들 중에는 옛 습관을 버리지 못하고 굳이 다비에 게다를 신는 경우
가 있으나, 이들 역시 목욕 후 유카타와 게다의 정취를 즐길 때는 절대
다비를 신지 않는다. 물론 늦가을부터 시작해서 겨울 동안에는 다비를
신는다. 다만 이때는 아무런 칠을 하지 않은 맨나무로 만든 게다를 신
는 것이 관습이다.

게다는 다음과 같은 종류가 있다.

1. 고마게다(駒下駄) : 통나무를 깎아 속을 파서 만든다.

2. 초호케이(長方形) : 직사각형으로 게다의 원조라고 할 수 있다.

3. 다마고가다(卵形) : 사방의 각진 부분을 깎아 둥글게 만든 것으로 교토
   (京都) 지방에서 개량한, 발달된 스타일의 게다이다.

4. 니와게다(庭下駄) : 원칙적으로 집안의 마당에서만 신는다. 둥근 것, 각
   진 것, 타원형 등 모양이 다양하다.

5. 봇구리게다(ぽっくり下駄) : 주로 어린 여자아이들이 새옷을 입고 신는
   게다.

6. 노메리게다(のめり下駄) : 게다 앞부분이 점차적으로 얇아지도록 비스
   듬하게 깎아 만든 것. 게다에 익숙하지 않은 어린아이들이 신는다.

7. 시구레게다(時雨下駄) : 비 또는 눈이 내리는 궂은 날에 신는 것으로 유
   키게다(雪下駄)라고도 한다. 발끝이 젖는 것을 막기 위한 덮개가 달려

있으며, 일반적인 게다보다는 딛는 날이 높아서 다카게다(高下駄)라고
도 한다.

"요즈음 젊은것들은 게다나 조리를 신을 줄도 모른단 말이야."

이렇게 한탄도 하고 핀잔도 주는 어른들이 있는데, 실제로 게다를 신
는 데는 매우 까다로운 격식이 있다. 기본적인 것으로 봄이나 여름에는 맨
발에 무늬가 있거나 색칠을 한 것을 신으며, 늦가을이나 겨울에는 다비를
신고 무늬를 새기거나 색칠을 하지 않은 나무로 만든 것을 신는다.

일본의 전통복식문화의 하나인 게다를 거론하자면, 절대 조리를
그냥 지나칠 수는 없다. 조리는 외출용 또는 나들이용 신발이며, 이에
반해 게다는 평상시, 즉 집이나 동네에서 신는 것이라고 할 수 있다.

여기서 주의해야 할 점은 우리나라 사람들이 여름철 피서지 등에
서 흔히 신는, 엄지발가락과 둘째 발가락 사이를 끼워 신는 것을 조리
라고 하는데, 이를 일본의 것과 동일시해서는 안 된다는 것이다.

'조리오 하쿠요니나루'(草履を履くようになる)라는 말은 글자 그대로
옮기자면 '조리를 신게 되었다'는 말인데, 이는 특히 여성들의 경우 '이
제 성인이 되었다'는 비유적인 표현이 된다. 부연 설명을 하자면 '이제
격식을 갖추고 어엿한 사회인으로서 남과 교제할 신분이 되었다'는 말
인 것이다. 또한 이 말은 '정장(正裝)을 하다'라는 의미로도 해석할 수
있다. 당연히 조리를 신을 때는 와후쿠(和服)를 입으며, 시로다비(白足
袋:하얀 버선)를 신는 것이 원칙이다.

이와 함께 현관에서 신을 벗고 안으로 들어갈 때 일본식 예의를 소개하고 넘어가야 할 것 같다. 특히 남의 집을 방문할 때, 바람직한 에티켓은 다음과 같다.

1. 들어간 방향 그대로 등을 보이지 않고 신을 벗는다. 현관 한가운데를 피하고 약간 옆으로 비켜 들어가서 무릎을 반쯤 구부리며 현관 쪽으로 몸을 틀고, 들어온 방향을 향해 신을 돌려놓는다. 이런 관습을 모르는 외국인 방문객을 맞이했을 때는, 그 집안주인이 손님의 신을 현관문 쪽으로 돌려놓는다. 이를 '데후네가타(出船型)로 놓는다'라고 한다.

2. 뒤로 돌아서서 신을 벗고 들어가는 것은 실례이다. 일본인 중에도 이러한 매너를 모르고 데후네가타만 알고 있어, 뒷걸음을 치면서 신을 벗는 사람이 많다. 특히 요즈음 젊은층은 더욱 그렇다. 일단 집 안쪽을 향해 신발을 벗고 올라가서 다시 무릎을 반쯤 꿇으면서 뒤로 돌아 신을 돌려놓는 것이 귀찮아서 그런지 모르겠지만, 남의 집안 쪽에 엉덩이를 향한 채 들어가는 것은 큰 실례가 된다.

또 일본어 가운데는 게다와 관련된 재미있는 말이 적지 않다.

1. 게다오 아즈케루(下駄を預ける) : '어렵고 부담스럽겠지만 꼭 좀 해주어야 되겠네. 부탁하네' 하는 심정으로 '모든 것을 맡기다' 또는 '일임하다'의 뜻이다. 자기가 신는 게다를 남에게 맡긴다는 것은 '이제는 나다니지 않겠으니 자네 마음대로 하게나'라는 의미를 가진다고 해서 생긴

말이다.

2. 게다오 하카세루(下駄を履かせる) : ① 실제보다 좀 좋게 꾸미다. ② 원래 가격보다 비싸게 매겨 속여 팔다. ③ 수량이나 점수를 실제보다 늘려서 처리하다. '점수를 좀 올려주고 졸업시켰다'(試験の点数に下駄を履かせて卒業させた)와 같이 '신을 신게 해주어야 나가서 활동을 할 수 있지 않겠냐'라는 뜻에서 비롯된 말이다. ④ 인쇄물의 교정을 볼 때, 맞는 글자가 당장 없을 경우, 임시로 〓 표시를 하다. 〓 가 이자(二字)처럼 생긴 게다의 날과 닮았다고 해서 생긴 말이다.

3. 게다오 하쿠(下駄を履く) : (다른 사람의 물건을 매매할 때, 중간에서 값을 조작하여) 실제가보다 비싸게 해서 차액을 속여 먹다.

4. 게다오 하쿠마데(下駄げたを履くまで) : ① CD 맨 마지막까지. ② 일이 완전히 끝나봐야. ③ 털고 일어나 봐야. '승부는 털고 일어나 봐야 아는 거지'(勝ち負けは下駄を履くまで分からないものさ)와 같이 쓰이는 말이다.

5. 게다토 야키미소(下駄と焼き味噌) : 겉보기에는 닮았어도 속은 엄청나게 다른 것을 비유하는 말이다. 게다처럼 생긴 나무판에 된장을 굽는 조리법을 적어두었는데, 고소하고 맛있는 된장과 발에 신는 게다는 전혀 다르고 격에서도 큰 차이가 있다고 해서 생겨났다.

6. 게다모 호토케모 오나지키노키레(下駄も仏も同じ木きれ) : 존엄하게 생긴 부처님이나 발에 걸치는 게다나 모두 같은 나무를 깎아 만든 것이라는 뜻이다. 즉 지금은 귀천(貴賤)의 차이가 있어 보이지만, 본래는 같은 출신임을 비유한 말이다.

마지막으로 요즈음 최대 관심사 가운데 하나인 부동산과 관계된 문제 하나. '주상복합주택'이라는 말을 일본어로 번역한다면 어떻게 될까?

한자 적극 의존파라면 '주상복합주택'(住商複合住宅)이라고 쓰겠지만, 차노마노고토바(茶の間のコトバ:다실에서의 대화)나 구라시노고토바(暮らしのコトバ:생활의 언어)파라면, 게다를 응용해서 '게다바키주타쿠'(下駄調履き住宅)라는 말을 만들 수 있을 것이다.

21. 유아의 성장을 축하하는 의례 시치고산

【권익호】

세계 어느 나라에나 독특한 통과의례가 있다. 성인으로 인정받거나 또는 결혼 등을 위해 반드시 거쳐야 되는 단계지만, 위생적인 이유로 또는 전쟁으로 인해 채 성인이 되기 전에 눈을 감는 경우가 많았던 옛날부터 비롯된 풍습이라고 할 수 있다.

일본에는 이같은 통과의례가 많다. 성년임을 인정받는 성인식은 물론, 아이에서 소년 또는 소녀가 되기 위해 반드시 거쳐야 하는 단계가 있는데, 대표적인 것이 '시치고산'(七五三)이다. 원래 이러한 풍습은 귀족이나 무사들 사이에서 행해지던 것이었지만, 에도시대에 이르러 서민층으로 확대되어 오늘날까지 이르고 있다.

시치고산은 11월 15일을 전후하여 어린이들이 신궁(神宮)이나 신사(神社)에 참배하는 풍습을 일컫는다. 근세에 이르러 에도(江戶)를 중심으로 시작된 시치고산은 문자 그대로 어린이의 나이가 각각 3세, 5세, 7세가 되는 해에 성장을 축하하기 위해 치르는 연중행사다. 5세의 남아(男児)와 3세 또는 7세의 여아(女児)가 참배하는 것이 일반적이지만,

지방에 따라 3세와 5세의 남아와 3세와 7세의 여아가 참배하기도 한다. 특별히 7·5·3과 같이 홀수를 선호하는 이유는 홀수는 양(陽)이요, 짝수는 음(陰)을 의미한다는 음양설에서 비롯된 것이라 볼 수 있다.

오늘날에는 거의 사라졌지만 여아가 3세가 되면 치르는 '히모오토시'(紐落し)와 '오비무스비'(帶結び)라는 풍습도 있다. 그때까지 옷에 메고 있던 히모(紐:끈)를 풀고[落し] 오비(帶:기모노의 띠)를 멘다[結び]는 뜻으로, 비록 성인은 아니더라도 유아에서 소녀가 되었음을 의미하며, 부모와 함께 우지가미(氏神:조상신)를 모신 신사나 그 지역의 유명한 신사 등에 참배하고 친척집을 방문하는 것이다.

또한 갓난아이 때는 짧은 단발머리로 지내다가, 3세가 되는 해부터 머리를 길러서 묶기 시작하는데 이를 축하하는 행사를 '가미오키'(髪置き) 혹은 '가미타테'(髪立て)라고 한다. 오늘날에는 이와 같이 하지는 않지만 명칭만은 그대로 남아 있어서 3세 때의 시키고산 축하행사를 이처럼 부르기도 한다. 지방에 따라서 정월이나 2월 또는 마쓰리(祭り)가 있을 때 행하는 곳도 있다.

남아가 5세가 되면 무사들의 예복인 하카마기(袴着)를 입히고 친지를 불러 잔치를 열기도 하는데, 이는 씩씩하게 자라기를 기원하는 것이다. 하지만 여아가 5세가 되었을 때는 특별한 행사를 치르지 않는다.

어린이가 7세가 되면 부모를 따라 조상신을 모신 신사나 신궁에 가서 참배를 하는데, 이는 유년기에 하는 마지막 축하행사로서 중요한 의미를 지닌다. 이때 전국적으로 다양하고 이채로운 행사가 벌어지는데, 예를 들면 규슈 남쪽 지방에서는 '나나토코이와이'(七所祝) 혹은 '나나토코조스이'(七所雜炊)라고 해서 1월 7일에 7세가 된 아이들이 각자 그릇을 가지고 자기 집과 이웃해 있는 집 7군데를 방문해서 조스이(雜炊: 야채, 고기 등을 넣고 끓인 죽)를 받아 먹는 풍습이 있다. 이는 복 받기를 기원하고, 병에 걸리지 않도록 비는 풍속에서 비롯된 것이라고 한다.

후쿠시마(福島) 일부 지역에서는 '나나쿠사이와이'(七草祝い)라고 해서, 1월 7일에 7세가 된 아이를 신사로 데리고 가서 신관에게 축복을 받기도 한다. 또한 '나나쿠사모라이'(七草もらい)라고 하여 7세가 된 아이들이 친척이나 이웃집을 방문하면 선물을 주었는데, 과거에는 그 종류가 다양했으나 오늘날에는 게다(下駄)를 주는 것이 보편적이다.

이러한 축하행사는 연령이나 날짜, 내용이 반드시 시치고산의 형태를 취하지 않더라도 성장 단계에 있어 하나의 커다란 분기점이 된다는 것을 보여준다.

일본에서는 7세까지는 '신(神)의 어린이'라 하여 유년기의 성장은 신의 뜻에 따랐다. 따라서 7세가 되면 유년기를 벗어나서 스스로 자신을 만들어갈 자격이 있다고 여긴다. 그러므로 신사를 찾아 조상신께 아이의 성장을 고함으로써, 신에게는 사회적으로 '이치닌마에'(一人前) 즉 온전한 개체로서 자격을 부여받은 다음에야 비로소 가문의 한 식구로 인정하는 것이다. 만약 7살이 되기 전에 아이가 사망하면, 장례를 치르지 않고 매장을 하기도 한다.

여아가 7세가 되면 '오비토키'(帶解) 혹은 '오비나오시'(帶直し)를 한다. 이전까지는 간단한 끈으로 옷을 묶고 지냈지만, 7세 이후로는 헝겊으로 만든 넓은 띠인 오비를 허리에 매고 지내도록 하는 것이다.

이 역시 유아에서 소녀로 성장했음을 인정하는 풍속이다.

　이처럼 시치고산은 유아의 성장기에 조상신을 참배하여 무사히 성
장하도록 기원함과 동시에 신 또는 지역사회로부터 인격체로서 인정받
은 의례라고 할 수 있다. 하지만 현대에 접어들면서 지역사회의 붕괴와
함께 메이지 신궁 등 유명한 신궁이나 신사에만 참배가 집중되는 반면
본래의 조상신을 숭배하고 참배하는 의식은 퇴색된 듯하고, 날짜 역시
11월 15일 전후의 주말로 바뀌어 가고 있다.

　비록 과거의 마을 공동체 의식보다는 핵가족화에 따른 가족의례로
서의 성격이 짙어졌지만, 올해도 11월 15일이 되면 시치고산을 맞이한 집
안의 사람들은 아이에게 하레기(晴れ着)를 입히고 신사를 찾을 것이다.

22. 일본의 전통 결혼식

【임경택】

사람은 일생중에 탄생, 성인, 결혼, 사망 등을 맞으며, 각각의 시기마다 특별한 의례를 행하여 다음 단계로 넘어간다. 프랑스의 인류학자인 A. 반 즈네프가 '통과의례'(passage rites)라고 명명한 이같은 의례를 통해 새로운 역할이나 신분을 획득하고, 그 다음 상태로의 이행을 확실하게 보장받는 것이다. 동아시아 사회에서는 이러한 의례를 통칭하여 관혼상제(冠婚喪祭)라고 하는데, 그 가운데 무엇보다 특별한 의미가 있으며 또한 성인식을 거친 후 맞이하게 되는 것이 바로 결혼이다.

19세기 말까지 일본사회에는 남녀가 자유롭게 상대를 선택하는 요바이(夜這い)의 관습이 있었다. 젊은 여성이 집에서 밤일을 하고 있을 때 젊은 남성이 방문하여 부모의 승락을 얻고 교제를 시작하는 것이다. 만일 부모가 교제를 허락하지 않을 경우, 와카모노나카마(若者仲間:또래의 젊은이 집단)가 두 사람을 도와 결혼에 이르도록 하는 것도 흔한 일이었다.

요바이가 일단락되면 혼례 후의 거처를 정하는데, 무코이리(婿入

り)와 요메이리(嫁入り)의 두 가지 유형이 있었다. 무코이리란, 결혼후 일정 기간 동안 남편이 쓰마도이(妻問い:처가살이)를 하다가 자신의 집으로 옮기게 되는 형태로 촌내혼(村內婚)을 전제로 하고 있다. 이에 반해 요메이리는 중세의 무가(武家) 사회에서 여성 노동력에 대한 가치

• • •

결혼예복을 입은 신랑 신부

폄하 및 유교 윤리에 기초한 남존여비적 사고에서 비롯되어, 근세 이후 서민층에까지 확산되어 정착된 것이다. 이 경우에 신접살림은 신랑의 집에서 시작하고, 의례의 단계가 매우 응축적으로 단기간에 이루어지며, 결혼 자체에 당사자의 부모들이 직접 관여하는 경향이 강한 특성을 보인다. 역사적으로는 전자에서 후자로 변화되어 왔으며 현재는 요메이리가 일반적이다.

　　두 사람의 결혼이 정해지면, 양가가 결합한다는 의미의 유이노(結納)가 행해진다. 이 유이노는 고대에는 납채(納采)라고 불리었는데, 『니혼쇼키』(日本書紀)에서 처음 발견된다. 이는 남성이 여성에게 증답품(贈答品), 즉 양가를 결합시키기 위한 연기물(緣起物)을 보내는 것이다. 그중에서도 '곤부'(昆布:다시마)는 '懇婦'(간절히 딸을 원함)와 음이 같으므로 딸을 달라고 청원하는 의미이며, 야나기다루(柳樽:만든 그릇)는 가나이기다루(家內喜多留)란 뜻으로 집안이 복되기를 기원하는 것이었다. 또한 '다

이'(多居)와 음이 같은 '鯛'(도미)는 며느리가 시댁에서 오래 살기를 바라는 것이었다.

유이노와 함께 가져온 음식들을 그 자리에서 함께 먹는 것이 원칙이었는데, 이는 양가의 사이를 가깝게 하고 정신적인 면과 물질적인 면이 결합된다는 것을 표현한 것이다. 유이노를 마치면 양가는 공동노동 조직인 유이(結)를 맺은 관계가 되고, 신부는 시댁의 노동력으로 간주되어, 심지어는 결혼식 전에 일을 도우러 오기도 했다.

이제 드디어 결혼식을 올릴 차례가 되었다. 전통적인 결혼식에서는 하루 동안에 양쪽 집에서 혼례를 행하는 것을 원칙으로 했다. 자신의 집에 며느리를 맞이한다는 것은 행운을 부르는 일로 믿었기에 이 의례는 매우 중요한 것이었다.

혼례 전날 오후에 신랑은 나코도(仲人:중매인)와 친척 몇 사람과 함께 출발하여 혼례일 새벽에 신부의 집으로 들어가는데, 이를 에치겐(迎講)이라 한다. 신부의 집에서 혼례를 마치면, 이번에는 신랑의 집에서 식이 치러진다. 신부의 집 대문 앞에는 야리비(遣り火)가 피워지고, 신부는 친정의 우물에서 물을 길어 병에 담아 간다. 신랑의 집 앞에는 도리비(取り火)가 피워져 있고, 도착한 신부는 시댁의 우물에서 길은 물을 자신이 가져온 물과 섞어 마신 후 병을 깨뜨린다. 이제부터 시집의 사람이 되겠다는 의미를 표현한 상징적인 의례인 것이다. 신부는 주로 말이나 가마를 타고 신랑의 집으로 향하는데, 두 집 사이에 존재하는 시공간에서 부정한 것들이 붙어 온다고 여겨, 신랑의 집에 들어설 때 이를 털어버리는 의례가 행해진다.

그중 대표적인 것이 시리타타키(尻叩き)이다. 시댁의 부엌을 통해 들어온 신부가 문지방을 넘을 때 젊은이들(주로 12~13세의 남녀)이 볏짚단으로 신부의 엉덩이를 두드리는 것이다. 이와 같은 의례는, 신부가 친정의 딸로서는 일단 사망하고 시댁의 며느리로서 새롭게 탄생한다는 것을 의미하는 것이다. 그것은 신부의 의상에서도 잘 나타나는데, 특히 얼굴을 덮는 하얀 천은 망자(亡者)와 갓난아이도 햇빛을 피하기 위해 사용하는 것으로, 소위 생과 사의 경계를 통과한다는 점에서 혼례 역시 장례나 탄생과 같은 의미를 지니고 있다고 여기는 때문이다.

요메이리 직후에 신부가 먹는 음식에도 상징적인 의미가 담겨 있다. 오치쓰키조니(落着雑煮)와 요메노메시(嫁の飯)가 그것이다. '오치쓰키'란 안정(安定)을 의미하며, '요메노메시'는 쌀밥으로 며느리가 쌀의 주술력을 통해 생식력을 증진시킨다는 의미가 있다고 한다.

혼례식의 하이라이트는 신랑과 신부의 결속을 의미하는 삼삼구도(三三九度:3회씩 9번에 걸쳐 잔을 비우는 것)라 할 수 있을 것이다. 지금도 이같은 헌배(献杯)의 형식은 혼례 때에만 사용되는데, 이는 9가 최고의 양수(陽数)라는 이유에서이다.

헌배는 우리의 폐백과 비슷한 것으로 부부의 잔과 부모의 잔 그리고 형제의 잔을 받아 마시는 순서로 진행되는데, 이 과정에서 이로나오시(色直し)가 행해진다. 즉 부부의 잔을 받을 때는 붉은색 옷을 입고, 잔을 비운 뒤에는 콩을 뿌려 액귀를 막는다. 다음에 부모, 형제 및 친척들의 잔을 받은 뒤에는 하얀 옷으로 갈아입고 신랑집의 신단과 불단에 참배한다. 이러한 이로나오시는 현재의 피로연에서는 빼놓을 수 없

일본의 전통 결혼식

는 연출이 되어 있다. 그것은 의상을 바꾸어 새로운 공간에 임한다는 것이며, 시대에 정착한다는 것을 의미한다.

혼례식을 거친 신부는 지역사회의 주민들에게도 히로(披露:자신을 보여주는 것)를 하는데, 시어머니가 며느리를 데리고 마을의 집들을 방문함으로써 시집뿐만 아니라 지역사회의 한 사람이 되었음을 인정받는 것이다.

첨언하면, 일본의 결혼식에서 와리바시(割り箸:가운데를 쪼개 사용하는 나무젓가락)는 부부가 헤어질 위험이 있다고 해서 사용하지 않는다.

23. 일본의 전통 장례식

【임경택】

어느 누구도 피할 수 없고 반드시 다다르게 되는 인생의 종착역은 바로 죽음이다. 어느 한 사람의 죽음은 그를 둘러싼 공동체, 즉 아직 종착역에 다다르지 않은 살아 있는 사람들과도 불가분의 관계를 맺고 있다. 남겨진 이의 몫은 다름 아닌 장례식을 치르는 것이다. 일본의 경우, 장례식이 이루어지는 의례공간은 대부분 집이지만, 의식의 형태는 불교에서 비롯되어 전승된 것이 많다.

일본에서는 사람이 죽으면 영혼이 육체에서 이탈하는 것을 막고자 다마요비(魂呼び:초혼제)를 행한다. 평소에 고인이 사용하던 그릇을 젓가락으로 두드리면서 걸어다니거나, 지붕에 올라가 됫박을 두드리는 것이다. 음식물을 담는 그릇에는 주술적(呪術的)인 특별한 힘이 있다고 여기기 때문이다.

다마요비를 마치면 시신을 오모테자시키(表座敷)로 옮기고, 병풍을 거꾸로 세워 가린 다음, 망자(亡者)를 기타마쿠라니시무키(北枕西向き)로 눕힌다. 그리고 시신에 하얀 천을 덮고 석가입멸(釈家入滅)의 모습을 따라 양손을 합장하는 형태로 가슴 위에 모으고, 근처에 칼을 두어 부정한 것들이 접근하지 못하도록 한다. 특히 고양이가 시신을 넘는 것을 극히 꺼리는데, 이는 고양이가 망자의 혼을 가져간다고 생각하기 때문이다. 망자의 음식을 마련하는 일도 무척이나 중요하다. 이를 마쿠라메시(枕飯) 또는 마쿠라단고(枕団子)라고 하는데, 쌀의 주술력에 의지해서 영혼을 안전하게 보호하는 것이다. 마쿠라메시는 출관(出棺)과 함께 묘지까지 가져가 묘 위에 올려두고, 밥을 사방에 뿌려 아귀(餓鬼)가 먹을 수 있도록 하는 한편 악령이 근접하는 것을 막았다.

옛사람들은 육체를 떠난 영혼이 그 집을 떠나지 않고 머물면서 다시 살아날 기회를 엿보고 있다고 생각했다. 따라서 장례란 영혼이 유해로 되돌아올 수 있도록 다른 사악한 것이 침범하지 못하게 하는 의례로 여겼던 것이다. 따라서 시신을 닦는 유칸(湯灌)을 행하기 전까지는 사자(死者)라는 인식을 하지 않았다.

장례는 망자의 가족보다는 지역사회의 조직에 의해 집행되는데, 소시키구미(葬式組) 혹은 소시키코(葬式講)가 그것이다. 이웃한 다섯 집 정도가 구성원이 되어, 장례에 필요한 도구를 공동 구입해서 사용하고 스님과의 상담, 친척 및 지역민에게 부고, 유칸 및 입관, 부의금 접수 및 통계, 보관 등 장례식 일체를 집행하는 것이다. 이처럼 일본의 지역사회에서는 도시나 농촌을 막론하고 장례식과 화재 처리는 마을 공동체의 일로 간주되어 왔다. '무라하치부'(村八分)라는 말은 설령 집단 제재 중일지라도 화재와 장례식만큼은 예외적으로 도와준다는 것을 의미하는 것이다.

장례식의 절차는 토장(土葬)인가 화장(火葬)인가에 따라 상당히 달라지는데, 요즘에는 화장한 뒤에 수습한 유골을 불교식 공양탑 하단에 납골하는 형태가 일반화되어 있으므로, 두 가지 장법(葬法)이 혼합된 상태로 전승된다고 할 수 있다.

임시로 솥을 걸어 끓인 물로 망자의 근친인 구야미닌(悔み人)이 시신을 목욕시키는 유칸이 끝나면 수의(寿衣)를 입힌다. 일본인들의 수의는 승려의 여행 복장으로 보시를 위한 주머니, 염주, 장갑, 각반 등이 있는 점이 특이한데, 이는 망자가 승려의 길을 떠나기 시작하여 마침내는 호토케(仏)가 된다는 불교적 사관(死観)에서 비롯된 것이라 볼 수 있다.

토장의 경우에는 입관이 끝나면 아나호리(穴掘り : 산일)가 시작되며, 묘지를 정함에 있어서는 음택(陰宅) 사상보다는 승려나 사찰의 개입이 절대적이었다. 이러한 유칸과 아나호리 등은 소시키구미가 해야 할 중요한 일들이었다.

부고를 받은 지역민들은 고덴(香奠)을 지참하여 문상을 한다. 고덴이란 향을 바친다는 것이지만, 오늘날에는 부의금을 의미하는 말이 되었다.

유칸과 입관이 끝나면 유족과 근친자들이 시신과 함께 밤을 새는 오쓰야(お通夜)를 맞게 된다. 앞서 언급한 바 있듯 오쓰야의 목적은 육체에 영혼을 다시 불러들이는 것으로, 예전에는 일반 문상객이 함께 하기도 했지만 현재는 간략화되어 대개 유족들만 밤을 새운다.

다이쇼(大正) 시대에 이르러 영구차가 등장하기 전까지 장례식의 중심은 '노베오쿠리'(野辺送り)였다. 노베오쿠리란 상가에서 장지까지 시신을 옮기는 과정으로 행렬의 선두에는 돗자리에 물건을 싸서 옆구

리에 끼고 국자를 들고 가는 이세마이리(伊勢参り)가 선다. 이세마이리의 인도에 따라 출상(出喪)이 시작되는데, 이때 반드시 가져가야 하는 것이 불이다. 마목(麻木)을 묶어서 그 끝을 약간 태운 뒤 그것을 어깨에 메고 가는데, 이는 불에 의한 정화(淨化)를 의미한다고 하겠다.

토장이 아닌 화장의 경우에는 유골을 수습하는 절차가 포함된다. 문상객은 두 사람이 한 조가 되어 히로이바시(拾い箸)라는 젓가락으로 유골을 수습하는 것이다. 유골을 수습한 후에는 간호도키(願解き)를 행한다. 이는 망자의 영이 생전에 가지고 있던 생각들을 전부 풀어놓고 가지 않으면 세상에 대한 미련으로 인해 원령(怨靈)이 될 수도 있으므로, 이를 방지하는 의례라고 할 수 있다. 여러 가지 형태가 있지만, 망자가 생전에 입던 의복을 거꾸로 들고 흔드는 것이 일반적이다.

삼라만상에 영혼이 깃들어 있다는 애니미즘을 기본으로 하는 일본인의 신앙체계 안에서, 죽은 영혼은 건물 밑이나 풀숲 등 아주 가까운 공간으로부터 조금씩 멀어져 어느 특정한 곳으로 가게 된다고 믿었다. 이러한 망자의 영혼을 위한 의례는 대부분 불교적인 사자공양으로 행해진다. 중요한 것은 49재 후, 1주기, 3주기, 17주기, 25주기, 33주기이며, 33주기로써 사자공양은 종료된다.

또 사후 33년이 되면 다른 형태의 소토바(卒塔婆)를 세우는데, 이를 '도부라이아게'(弔いあげ)라고 하며 위패를 강에 흘려보내는 곳도 있다. 33년이 지난 망자는 '고센조사마'(ご先祖様)라는 조상신으로 일괄되고, 매년 정월과 오봉(お盆) 때 이들이 찾아온다고 여기는 것이다.

24. 수백 년을 잇는 전통 시니세

【오준영】

우리는 종종 매스컴을 통해 일본에서 일류 대학을 졸업한 사람이 아버지의 뒤를 이어 우동집을 운영한다는 소식을 듣곤 한다. 이러한 내용이 우리나라에 소개되는 이유는, 사회적 신분을 사농공상(士農工商)으로 구분한 유교사상의 영향을 받아 문(文)을 숭상하고 상업을 가장 하위의 직업으로 여겨왔던 우리들의 사고방식이나 직업의식과는 커다란 차이가 있다고 여겨지는 때문일 것이다.

일본에서 가업을 계승하는 것은 보편적인 현상이다. 메이지유신 이후 근대화와 더불어 새로운 산업이 다발적으로 등장하는 가운데서도 봉건제도 아래 명맥을 유지해왔던 가업계승의 전통은 지금도 이어지고 있다. 일본의 거리를 걸어본 경험이 있는 사람이라면 '창업 120주년 감사 세일!'이라고 적혀 있는 가게 앞을 지나친 적이 적어도 한두 번은 있을 것이다. 이처럼 대대손손 몇 대씩 가업을 계승해서 이어온 가게를 시니세(老舗)라고 하는데, 문자 그대로 '오래된 가게'라는 뜻이다.

하지만 이 시니세라는 칭호는 단순히 물리적 시간의 경과에 의해서 부여받는 것이 아니다. 전통과 격식, 그리고 신용을 고루 갖추었을 때 비로소 인정받게 되는 것이다. 물론 엄밀히 따진다면 몇 대씩 대물림된 가게라면 그동안 노하우가 축적되어 좋은 물건을 만들었을 터이고, 좋은 물건을 팔아 신용을 쌓았으니까 쇠하지 않고 몇 대에 걸쳐 번창할 수 있었던 것이라 할 수 있으리라.

우리 속담에 '부자라도 3대를 넘기지 못한다'라는 말이 있듯이 일본에도 '산다이메'(三代目) 라는 말이 있다. 이는 '3대째'라는 뜻으로, 이때쯤에 선조들이 일궈놓은 신용과 부에 만족하면서 고생을 모르고 자기 때문에 가업을 경영할 신념과 의지가 없어 위기를 맞게 된다는 말이다. 그렇지만 실제로 3대째 몰락을

손님의 발길이 끊이지 않는 오랜 전통의 식당

맞이한 경우는 흔치 않았기 때문에, 결과적으로 이 말은 선조들이 이루어놓은 부와 신용을 계승시키기 위해서는 끊임없이 자기계발에 힘쓰지 않으면 안 된다는 경종의 의미로 널리 사용되고 있다.

시니세에서 산다이메와 더불어 빼놓을 수 없는 것이 '노렌'(暖簾)이다. 햇볕을 가리기 위해 점포의 처마에 드리운 천을 가리키는 말인데, 원래는 찬바람을 막아서 즉 따뜻하기[暖] 위해 발[簾] 사이에 천을 대어

만든 장막을 일컫는 것으로 주로 선가(禪家)에서 사용하던 것이었다. 에도시대에 이르러 상점 등에서 여기에 옥호(屋号)를 적어 처마에 드리우기 시작하면서 간판과 같은 역할을 하게 되었고, 나아가 상업문화를 상징하는 말로 쓰이게 되었다. 상인들은 노렌에 점포의 역사와 선조들의 혼이 서려 있다고 믿는 때문에 상가에 화재가 났을 때 이를 건지려다 불에 타 죽는 일도 적지 않았다고 한다.

에도시대에는 충실하게 일을 한 점원에게 가게를 따로 차려주는 경우도 많았다. 이를 '노렌와케'(暖簾分け)라고 하는데, 분가에 필요한 자본을 원조해주거나 상품을 공급해주기도 했으며 심지어는 오랫동안 쌓아온 경영의 노하우를 전수해주기도 했다.

이처럼 일본인들은 자신의 가업을 대물림하고 때로는 분가시키면서 가게를 확장시켜 나갔는데, 이러한 풍토 속에서 자신의 일을 소중히 여기고 좋은 물건 만들기에 혼을 쏟는 장인정신(匠人精神)이 자연스레 싹트기 시작한 것이다.

일본의 가업계승 전통을 이해하기 위해서는 가계전승의 습속과 연관지어 살펴볼 필요가 있다. 우리나라의 경우 가계를 잇는 근간은 핏줄이다. 아들이 아버지의 직업을 잇지 않아도 서로 핏줄만 통해 있으면 그 일가는 후세로 이어진다는 이야기다. 이에 비해 일본의 가계를 잇는 근간은 핏줄이 아닌 가업이다. 따라서 친자식이 아니더라도 가업을 잘 꾸려갈 능력이 있는 사람에게 가계를 잇게 했다. 가업이 곧 핏줄이었던 셈이다.

이같은 가업계승의 전통을 보다 구체적으로 이해하려면 사회구조

속에서 파악해야 한다. 일본도
우리나라와 마찬가지로 유교주의
국가였다.

16세기 말경 천하를 통일한
도요토미 히데요시(豊臣秀吉)가
중앙집권체제를 강화하기 위한 목
적으로 신분을 사무라이(侍)와 평
민으로 계층화할 때 유교사상을
그 전거로 삼았으며, 그의 뒤를 이
어 집권한 도쿠가와 이에야스(德

• • •

70년이 넘게 가업을 이어온 나베요리집

川家康) 또한 당시 정치와 사회사상의 주류를 이루었던 주자학을 바탕
으로 사회적 신분을 사농공상으로 구별했던 것이다.

당시의 사상가들은 사회를 기능에 따라 이처럼 구분하는 것이 만
물의 질서에 걸맞는 일이라고 여겼다. 그리고 사회가 제 기능을 다하
기 위해서는 이 네 가지 계급이 유기적으로 맞물려 돌아가야 한다고 생
각했기 때문에, 그 틀이 깨어지지 않도록 신분을 세습화시켰다. 물론
계층 간에 이동이 전혀 없었던 것은 아니지만, 대부분은 그 틀을 벗어
나지 못했다. 우리나라나 중국에서는 과거(科擧)라는 제도를 마련하여
능력이 출중한 사람을 관직에 등용시켰지만, 일본은 양국에 비해 훨씬
폐쇄적이고 귀족적이었으며 과거와 같은 인재등용을 위한 제도적 장치
또한 없었기 때문에 신분상승의 가능성은 매우 희박했다.

이처럼 계층 이동이 엄격하게 제한되어 있던 사회구조 속에서 개

141

인이 추구할 수 있는 것은 자기 직분과 생활에 최선을 다하는 것이었다. '아무리 가난하더라도 다른 직업을 넘보아서는 안 된다. 변함없이 성심성의껏 기술을 닦는다면 언젠가는 번창할 것이다.' 일본인들은 자식에게 이러한 훈계를 했다고 한다. 이 말에는 신분상승에 대한 좌절감이나 체념이 녹아들어 있지만, 그와 더불어 분수를 지키면서 성실하게 일하면 나름대로 완성된 인생을 이룰 수 있다는 모럴도 내포되어 있다.

우동집을 해도 몇 백 년씩 이어지게 된 배경이 바로 여기에 있었던 것이며, 이것이 장인정신으로 승화되어 오늘의 제조왕국이자 경제대국인 일본을 만든 것이다.

25. 배고프면 웃겨라! 라쿠고

【송영빈】

　'라쿠고'(落語)란 우리의 만담(漫談)처럼 스토리가 있는 우스운 이야기로, 마지막에는 '오치'(落ち)라고 하는 반전(反転)의 요소가 있는 마무리를 가미시켜 청중의 흥을 돋우는 화술(話術)을 말한다.

　전국시대에 다케다 신겐(武田信玄)이나 도요토미 히데요시(豊臣秀吉)와 같은 무장들은 지식이나 기술을 배우기 위해서 또는 전쟁으로 피폐해진 마음을 치유하기 위해 무인, 학승, 시인 등으로 구성된 집단을 휘하에 두고 있었다. 이들 가운데 돈치모노(頓知者)라고 불리는 사람들이, 오늘날에도 공연되는 「만두가 무서워」(饅頭こわい)와 같은 재미있는 이야기를 지어 들려주었고, 이것이 라쿠고의 원형이 되었다고 한다.

　전쟁이 끝나고 사회가 안정이 되자 일자리를 잃게 된 돈치모노들은 생계를 위해 길거리에서 공연을 함과 동시에 라쿠고를 개발하는 데 힘썼다. 웃겨야 먹고 살 수 있었기 때문이다. 특히 더욱 웃기는 라쿠고를 만들기 위해 이야기가 점점 길어졌고, 서민들을 위한 문학이 발전함에 따라 이에 영향을 받은 라쿠고도 단순히 웃기는 이야기에서 점차 예술로 발전하게 되었다. 이같은 노력을 기울인 덕에 인기도 높아져 라쿠고를 전문적으로 공연하는 요세(寄席)가 만들어지면서 확고한 위치를 갖고 '라쿠고카'(落語家)가 탄생된 것이다.

라쿠고는 도쿄에서 발달한 도쿄라쿠고(東京落語)와 오사카 및 교토를 중심으로 한 가미가타라쿠고(上方落語)로 나뉜다. 도쿄라쿠고는 표준어인 도쿄말을 쓰는 라쿠고로 에도시대에 아사쿠사의 센소지(淺草寺) 경내에서 이야기를 시작한 것이 유래가 되어 점차 인기를 끌게 되고 이후 요정에서도 공연되었다고 한다. 메이지시대에 접어들어 산유테이 엔초(三遊亭円朝)가 기존의 라쿠고를 집대성하여 근대 라쿠고를 확립했다.

메이지 정부가 예술에 대한 관리 규제를 강화하면서 라쿠고가 저속적인 것이라며 탄압을 하자, 그는 라쿠고연구회를 만들어 질을 높이기 위해 흩어졌던 이야기들을 모아 집대성하게 된다. 이때 집대성된 것을 '고전 라쿠고'라고 하며 대략 2~3백 편의 이야기가 전한다. 고전 라쿠고의 경우, 청중은 이미 다 알고 있는 내용을 다시 듣게 되는 것이므로 라쿠고카(落語家:라쿠고를 공연하는 사람)가 얼마나 등장인물의 특성을 재미있게 표현하고, 이야기의 내용을 밀도 있게 구성하느냐에 따라 성패가 좌우된다.

현재 대략 5백여 명의 라쿠고가가 있으며 야나기야 코상(柳家小さん)은 인간 국보로 지정될 정도로, 라쿠고는 전통예술로 확실하게 자리매김하고 있다.

라쿠고는 '마쿠라'(枕)라 불리는 도입부와 본문에 해당하는 '시다에'(下絵) 및 이야기로 구성된 부분, 그리고 '오치'(落ち)라고 불리는 3부분으로 구성된다. 마쿠라는 본문으로 들어가기 앞서 세상 돌아가는 이야기라든지 시사문제를 곁들이거나 고사성어를 예로 들면서 이야기의 복선을 깔거나 하여 청중을 라쿠고의 세계로 끌어들이는 역할을 한다.

라쿠고카 중에는 늘 똑같은 마쿠라를 하는 사람이 있다. 예를 들면 '제가 야나기노보리입니다. 세상이 넓다고 하지만 야나기노보리라고 하면 세계에서 저 하나밖에 없습죠. 다시 말해서 세계 유일의 인간을 여러분들이 지금 보고 계신 거지요'라며 관객을 웃기고 본문으로 들어가는 사람도 있다. 라쿠고는 혼자서 공연하지만 내용에는 여러 인물이 등장하기 때문에 이들의 특징을 잡아 각기 다른 말투와 표정 및 동작으로 관객을 웃기는 것이 중요하다.

라쿠고는 내용에 따라 약 17가지 분류가 있는데, 그 가운데 대표적인 것을 들면 다음과 같다.

1. 곳케이 바나시(滑稽噺) : 가장 일반적인 것으로 우습고 괴상한 내용이 많다.
2. 닌조 바나시(人情噺) : 웃기는 것을 목적으로 하지 않고 마음의 심층(深層)을 리얼 터치로 표현한다.
3. 시바이 바나시(芝居噺) : 이야기 도중에 가부키(歌舞伎)식으로 바뀌는 것이다.

4. 가이단 바나시(怪談盲) : 유령이나 귀신이 나오는 이야기이다.

이 밖에도 유곽을 무대로 하는 등 서민적인 주제를 갖고 만인이 공감할 수 있는 인간의 삶을 소재로 한 내용이 대부분이다.

라쿠고카는 스모와 마찬가지로 계급이 있다. 젠자(前座)라고 해서 스승이나 선배의 잡일을 돕고 간단한 이야기를 하는 하위 계급 젠자(前座)와 '후타쓰메'(二つ目) 무대에 오를 때 전통의상인 하오리(羽織)를 입을 수 있고 비교적 긴 이야기를 할 수 있는 계급 '후타쓰메'(二つ目), 마지막은 라쿠고카 최고의 지위에 속하는 신우치(眞打)다.

오치가 기발한 대표적인 라쿠고를 소개하면 다음과 같다.

「아타고야마」(愛宕山)

멍청한 하인이 주인과 함께 교토에 있는 아타고산에 놀러 갔다. 거기서 금화를 부메랑처럼 접어서 날리는 놀이를 하고 있는데 바람이 갑자기 불어 계곡으로 떨어지고 말았다. '저걸 주워오면 네게 주겠다'는 주인의 말에 하인은 찻집에서 우산을 빌려 마치 낙하산을 탄 듯 계곡으로 뛰어내린다. 그런데 내려간 것까지는 좋았는데 어떻게 올라가야 할지 고민하다가 결국 옷을 찢어서 만든 끈을 나무에 걸치고는 겨우 올라온다.

"어이, 살았구만, 수고했네."

"예에, 보시는 대로 살았구만요."

"그런데 금화는 어디 있어?"

"어라? 계곡에 놓고 왔네!"

여기서 "어라? 계곡에 놓고 왔네!"라는 부분이 '오치'이다. 오치는 모든 내용이 결국 허사였다는 것을 한마디로 표현하는 극적 요소라고 할 수 있다.

「덴타구」(転宅)

첩의 집 앞에서 서방이 말한다.

"내가 그동안 너를 위해 모아놓은 돈인데 잘 간수하도록 해. 요즘 도둑이 많으니 문단속 잘하고. 내일 나머지 돈 가지고 다시 올게."

이 이야기를 엿들은 도둑. 서방이 사라지자 첩이 사는 집에 들어가 위협한다.

"어이, 돈 내놔!"

"돈이 어디 있다고 내놓으래! 혼자 사는 가엾은 여자 집에 인정사정도 없이 들어와! 어머, 잠깐! 그리고 보니 자기 참 잘생겼네. 실은 말이야 서방이 못생긴데다가 너무 무뚝뚝해서 이제 헤어질 생각이거든……."

"뭣이라? 서방과 헤어진다고! 너 같이 예쁜 여자가? 잘 생각했어."

"어머, 자기도 그렇게 생각해? 나도 실은 당신 같은 사람과 사는 게 소원이었다우."

"뭐라구, 정말?"

뜻이 맞은 두 사람은 다음날 서방이 나머지 돈을 갖고 오면, 돈을 훔쳐 멀리 도망가서 평생을 같이 살기로 약속한다. 그 증표로 도둑은 자신이 가지고 있던 돈을 여인에게 맡기고 사라진다.

이튿날 여인의 집 앞. 아무리 기다려도 여인이 신호를 보내지 않자, 답답해진 도둑은 옆의 담배가게 주인에게 묻는다.

"옆집 사람은 어디 갔소?"

"아, 옆집 오키쿠를 찾아오신 분이구먼. 실은 어젯밤에 도둑이 들었다지, 뭐유~."

"도, 도둑이 들어요?"

"그래서 오키쿠는 도둑을 꾀여 결혼하자고 하곤 돈까지 뜯었다던데, 나중에 어떤 보복을 당할지 모른다며 밤에 황급히 집을 비우곤 어디론가 가버렸다우."

"뭐, 뭐…… 뭣이라고?"

"아무튼 오키쿠는 대단해. 역시 라쿠고카의 딸이라 연기도 잘하지."

이 이야기에서 오치는 '역시 라쿠고카의 딸이라 연기도 잘하지'라는 부분으로, 여태까지 알려지지 않았던 여주인공의 정체를 밝힘으로써 이야기가 첩의 완승(完勝)임을 알려준다.

26. 외설스런 목욕문화 혼욕

【이숙자】

일본인은 아마도 세계에서 가장 목욕을 즐기는 민족일 것이다. 일본에서 목욕문화가 발달하게 된 요인으로는 기후와 지리적 요인을 꼽을 수 있다. 일본은 사계절이 뚜렷하게 구분되지만, 여름은 습기가 많고 무더운 편이며 장마철에는 더욱 심하다. 그러므로 끈적끈적한 느낌을 없애기 위해 목욕을 자주 할 수밖에 없다 보니 자연스럽게 목욕문화가 발달한 것이다.

또한 일본에는 화산이 많다. 물론 이로 인해 지진도 자주 발생하지만, 용암으로 인해 뜨겁게 데워진 지하수가 곳곳에서 분출된다. 때문에 화산 지역에는 예외없이 이름난 온천(溫泉)이 있고, 목욕을 즐기는 일본인들은 이곳을 찾는다.

이같은 요인 외에도 목욕이 종교적 의미를 띤 의례(儀礼)의 하나로 중시되었던 점도 빼놓을 수 없다. 불교에서는 때를 씻는 것은 불자(仏子)로서의 중요한 덕목으로 여기고 목욕의 공덕을 강조하고 있다. 그러므로 사원에는 목욕탕을 설치하여 집에 욕실이 없는 서민도 탕에 들어가 입욕(入浴)을 할 수 있도록 시욕(施浴)을 행했고, 이러한 문화가 널리 퍼진 것이다.

일본의 입욕 방식은 '후로'(風呂)와 '유'(湯)이라는 말로 표현된다. 오늘날에는 두 가지가 같은 의미로 사용되고 있으나 옛날에는 완전히 다른 입욕 형식이었다. 물에 몸을 담그는 개념이 아닌 후로는 '조키후로'(蒸気風呂)에서 비롯된 말로 오늘날의 사우나와 비슷한 시설이라고 할 수 있다. 이에 반해 몸을 탕에 담그는 현재의 목욕방식은 온천문화의 소산으로, 원래는 종교적인 의미로 '탕'(湯)만이 아닌 강과 바다물에 몸을 담그고 때를 닦아내는 것이 원류라고 여겨지고 있다. 이것이 오늘날의 욕실로 발전한 것이다.

일본의 목욕문화에서 특히 주목할 만한 것은 혼욕(混浴)의 전통이 있었다는 점이다. 에도(江戸) 시대에 성행한 센토(銭湯·돈을 내고 들어가는 목욕탕)는 일종의 공중목욕탕으로 남녀를 불문하고 여럿이 뒤섞여 들어 가는 이리코미유(入り腐み湯)가 있었다.

이러한 대중탕이 생겨난 것은 물이 그다지 풍족하지 않았기에 커다란 욕조에 물을 담아두고 여러 사람이 함께 목욕을 하도록 했던 풍습에서 비롯되었다고 볼 수 있다. 또한 료칸(旅館)에 내탕(内湯)이 없었던 시절, 손님들은 모두 자연스럽게 노천의 공동탕에 들어갔다. 따라서 센토는 일반적으로 서민들이 애환을 나누던 중요한 사교장이기도 했다.

하지만 센토는 아침나절에는 주로 노인들이 찾았고, 오후에는 부녀자들이 이용했으며, 남성들은 일을 마친 후인 저녁에서 밤늦은 시간에나 올 수 있었다. 때문에 남녀가 함께 많이 만나는 기회는 비교적 많지 않았다. 더구나 모든 목욕탕에서 혼욕을 허락한 것이 아니었다. 남녀가 따로 들어가는 별탕(別湯)도 있어서 12~13세 된 계집애가 남탕에 들어가면 모친이 꾸짖기도 했으며, 양가집 규수들은 집에서 목욕을 하거나 여성전용탕에 가는 경우가 많았다고 한다.

하지만 에도의 서민들이 즐겨 찾던 욕탕은 출입구인 '자쿠로구치'(柘榴口)부터가 어두워서 남녀가 은밀히 만나기 쉽고, 이에 따라 풍기문란 행위도 빈번하게 발생했기에 몇 번의 금지령이 내려지기도 했다. 또한 에도시대 발달한 일본 민속화 우키요에(浮世絵) 화가들은 머리를 감거나 물장난을 치는 요염한 여성의 자세를 소재로 삼아 화폭에 담기도 했다.

일본인의 개방적인 성문화를 설명할 때 단골로 다뤄지는 혼욕문화는 유교적 관념이 투철한 한국인이나 프라이버시를 중시하는 서양인의 눈에는 도무지 이해가 가지 않는 특이한 현상이 아닐 수 없다. 18세기 초 통신사였던 신유한(申維翰)은 자신의 저서 『해유록』(海遊錄)에 남녀가 혼욕하는 장면을 보고 매우 충격을 받았다고 기록하고 있으며, 개화기에 일본을 방문한 한국 선비는 여관에서 목욕을 권하기에 옷을 입은 채로 탕 안에 들어갔는데 여자종업원이 손님의 등을 밀어주려고 들어오는 바람에 기절할 뻔했다고도 한다. 근엄한 유교적인 사고방식을 가진 한국인의 눈에 일본의 혼욕문화는 분명 부도덕하고 음란한 것으로 인식된 것은 당연하다.

또한 일본이 서양문물을 받아들이기 시작한 메이지(明治) 시대 이후, 일본을 찾은 외국인들의 눈에 비친 센토는 당연 이질적인 요소가 아닐 수 없었다. 전혀 부끄러움 없이 남녀가 사이좋게 목욕하는 센토에 대해 이해를 할 수 없었기에, 일본인은 부도덕한 민족이라고 본국에 보고했다고도 전한다.

에도 막부(幕府)는 이리코미유(入り腐み湯)가 음풍(淫風)을 조장하고 풍기를 문란하게 한다고 해서 1751년에 법으로 혼욕을 금지했지만, 이는 상류계층에서만 지켜졌을 뿐이었다. 간세이(寬政) 개혁시에는 혼욕을 전면 금지하고 1791년 1월에는 '남녀입욕탕정지'(男女入浴湯停止)라는 지침이 나올 정도였다. 이에 따르면 시간을 정하여 남탕과 여탕을 구분하는 것조차 풍기문란의 여지가 있으므로 금하고, 홀수날에는 남자가 사용하고 짝수날에는 여자가 사용하도록 엄격히 구별하도록 했다.

금지령이 발표된 이후 남탕과 여탕이 구분되었다. 하지만 엘리트 무사들이 많이 살던 에도에서는 법령이 비교적 잘 지켜졌지만 오사카 등지의 유야(湯屋)에서는 욕조만 별도로 두었을 뿐 입구와 탈의실, 씻는 장소는 남녀공용인 곳이 많았다고 한다. 더구나 지방일수록 금지령은 통하지 않고 전통문화인 혼욕은 건재를 과시했다.

'간세이' 개혁 10년 이후에는 오히려 에도에서 조차 곳곳에 이리코미유가 부활되어 혼욕문화는 쇠퇴할 줄 몰랐다. 그러나 1841년부터 1843년까지 걸친 덴포(天保)의 개혁에 의한 막부의 철저한 단속으로 욕조의 중앙에 칸막이를 설치하거나, 남녀의 입욕일시를 구분했으며, 남성전용 또는 여성전용의 센토가 생겨나기도 했다.

메이지시대가 되자 정부는 혼욕을 막부의 구습(舊習)으로 규정하여 매우 엄격하게 통제했고, 이를 위반하는 경우에는 영업정지 처분을 내리기도 했다. 그러나 오랜 풍습은 그리 쉽게 바뀌지 않았다. 실제로 혼욕이 없어진 것은 1890년 동양의 전통 윤리의식인 '남녀칠세부동석'에 따라 7세 이상부터는 혼욕은 금지라는 법령이 발표되고 나서부터였다. 1993년에는 여관 내의 목욕탕도 혼욕금지라는 법률이 만들어졌다.

여관업법에는 욕실을 성별로 구분할 것과 욕실에서 10세 이상의 남녀를 혼욕시켜서는 안 된다는 규칙이 있다. 혼욕이 법적으로 금지된 만큼, 현대를 살고 있는 일본인들에게 있어 남녀가 따로 입욕하는 것은 당연한 일이 되었다.

온천으로 유명한 마쓰야마

따라서 새롭게 지어진 목욕시설에서 혼탕(混湯)이 없고, 남녀가 함께 들어갈 수 있는 곳은 목욕시설이 아닌 풀장의 형태로 만들 수밖에 없다. 물론 혼욕의 습관은 금지법 이전부터 있었기에, 아직도 매우 드물게 남아 있기는 하다. 특히 나이든 이들에게 있어 고생한 시절의 그리운 기억이랄 수 있는 센토는 단순히 몸을 씻는 시설이라기보다는 지친 심신을 달래 주는 곳이자 사람들과의 교류장으로서의 역할을 했다고 볼 수 있다.

가족이나 지역의 연결고리로 중요한 시설이었던 센토는 쇼와(昭和) 시대 이후 경제가 고도로 성장함에 따라 집집마다 개별적인 목욕시설이 갖춰지면서 이용객의 수도 점차 감소되었고 현저하게 줄어들었다. 이미 에도시대부터 고도로 세련된 문화적 전통을 갖고 있던 센토가 생활양식과 사고방식의 변화에 따라 사라져 갔다고 할 수 있다. 이제 혼욕은 본산인 일본에서조차 잊혀진 문화이자, 일본인조차 외설스러운 느낌을 갖는 금기(禁忌)의 단어로 여겨지게 된 것이다.

27. 다리야 모여라! 고타쓰

【명성룡】

추운 겨울날, 따뜻한 온돌방 화롯가에 둘러앉아 밤이나 고구마, 가래떡 등을 구워 먹으며 할머니의 구수한 옛날이야기에 귀를 기울이던 정겨운 광경은 이제 「그때를 아십니까?」 같은 TV 프로그램을 통해서나 볼 수 있는 옛 추억이 되고 말았다. 지금은 집집마다 난방시설이 잘 되어 있어서 화로를 찾아볼 수 없지만, 예전에는 겨울을 나기 위해서는 반드시 필요했던 난방기구였다.

우리나라의 화로가 있듯, 일본에는 고타쓰(炬燵)가 있다. 우리가 겨울에 '따뜻한 아랫목이 그립다'라는 표현을 입에 올리듯이, 일본인들은 '고타쓰가 그리운 계절이 되었군요'(炬燵が恋しい季節になりましたね)라는 말을 한다.

지진이 자주 발생하는 일본은 목조(木造) 가옥이 많아 우리의 온돌과 같은 난방시설은 설치하기가 어렵다. 그러므로 2차 대전 이후 산업의 근대화에 따른 주택의 개량과 함께 냉·난방 시설의 획기적인 변화가 일어나기 전까지는 고타쓰가 유일한 난방기구라 할 수 있었다.

오늘날에도 일본 가정에서 흔히 볼 수 있는 고타쓰는 교자상과 비슷한 테이블 밑판에 발열장치인 적외선등(赤外線灯)을 달고 이불을 덮은 뒤 그 위에 상판을 덮은 형태의 전기식이 보편화되어 있지만, 예전에는 실내에 다다미 반 장 정도의 네모난 크기로 바닥을 파고 숯불을 피워 취사용으로도 사용한 이로리(囲炉裏:거치식 화로) 위에, 나무로 만든 사각의 틀을 올려놓고 그 위에 이불을 덮은 형태였다.

　　고타쓰의 일본식 한자 표기인 '炬燵' 또는 '火燵'는 뜻과는 상관없이 음이나 훈을 빌어 쓰는 차자(借字)로, 가도우시(火榻子)의 당송음(唐宋音)에서 유래되었다는 설이 유력하다. 또한 '시지'(榻:しじ)는 마차에 타고 내릴 때 사용하는 발판인데, 그 모양이 고타쓰야구라(炬燵櫓:화로 위에 올려놓고 이불을 씌우는 나무 틀)와 닮았다고 해서 붙여진 이름이다. 고타쓰는 형태에 따라 호리고타쓰(掘り炬燵)와 오키고타쓰(置き炬燵)로 나뉜다. 호리코타쓰는 이로리 위에 야구라(櫓:나무로 만든 사각 틀)를 올려놓고 그 위에 이불을 덮은 것으로, 무로마치(室町) 시대에 등장한 전통적인 형태라고 할 수 있다. 이에 비해 오키고타쓰는 오늘날 사용하는 전기식과 유사한 형태로, 화로와 나무 틀인 야구라를 하나의 구조물의 형태로 만들어 그 위에 이불을 덮어 사용한 것인데 이동이 간편해 에도(江戸) 시대에 이르러 널리 보급되었다고 한다.

　　오늘날의 고타쓰는 전기식 발열장치인 적외선등을 사용하여 난방을 하지만, 전기가 보급되기 이전까지의 고타쓰는 주로 목탄이나 연탄을 사용했기 때문에 화재의 위험성이 많았을 뿐만 아니라 연탄가스 중독으로 목숨을 잃는 사람도 많았다고 한다. 특히 화재의 위험성을 줄이기 위해, 에도시대에는 돼지[亥]가 화난(火難)을 막아 준다는 오행설이 유행하여, 음력 10월 즉 해월(亥月) 첫 해일(亥日)부터 고타쓰를 사용했다고 한다. 이를 '고타쓰기리'(炬燵切り)라고 한다.

우리나라 사람은 3명만 모이면 때와 장소를 가리지 않고 고스톱을 즐기듯이, 일본인들은 3명 이상이 모이면 마작(麻雀)을 즐겨 한다. 고스톱에는 군용담요가 제격이듯이, 고타쓰의 이불 위에 덮는 상판을 뒤집으면 훌륭한 마작판이 되기도 한다.

또한 우리나라에 '온돌에서 냉면'이라는 말이 있듯이, 일본에는 '고타쓰에서 귤'이라는 말이 있다. 추운 겨울 날 따뜻한 온돌방에서 얼음이 둥둥 떠 있는 차가운 동치미 냉면을 먹는 것은 생각만 해도 하나의 즐거움이 아닐 수 없다. 마찬가지로 일본 사람들도 따뜻한 고타쓰 이불 밑에 다리를 넣고 둘러앉아 시원한 귤을 먹으며 정겨운 이야기를 나누는 것을 겨울의 즐거움으로 여기고 있다. 귤뿐만 아니라, 고타쓰에서 스키야키(すき焼き：소고기와 야채 등 자신이 좋아하는 재료를 끓는 물에 데쳐 날계란을 찍어 먹는 요리)를 해 먹기도 한다. 이렇듯 오늘날 일본 가정에 널리 보급되어 있는 고타쓰는 단순한 난방기능뿐 아니라, 오락 및 요리 등의 다목적 용도로도 사용되고 있다.

하지만 고타쓰에도 단점이 있다. 고타쓰는 하반신을 보온하는 족온(足溫) 난방기구로 전기 히터와 같은 별도의 난방기구가 없으면 상반신은 춥기 마련이다. 그래서 겨울 아침 좀처럼 솜이불에서 벗어나지 못하는 신세가 되듯이 고타쓰에 앉아 있다 보면 등이 시려운 나머지 고타쓰 이불 밖으로 목만 내놓은 채 눕게 되고, 한번 이 속에 들어가면 좀처

럼 벗어나기 어려운 고타쓰족(族)이 되고 만다. 일본의 전통시가인 하이쿠(俳句:5·7·5의 음률을 지닌 17자의 정형시)에 '고타쓰 이불 벗어나는 것은 사랑을 버리는 것과 같네'(炬燵出ず恋を捨てたる如くない)라는 노래가 있는 것을 보아도 이같은 사실을 알 수 있다.

하지만 고타쓰 이불을 덮어 쓰고 잠드는 것은 절대금물이다. 감기에 걸리기 쉽기 때문이다. 또한 따뜻한 고타쓰 이불 속은 공기 순환이 안 되기 때문에 발을 깨끗이 씻고 들어가는 것은 기본 에티켓이다. 그렇지 않으면 숨쉬기조차 어려운 발 냄새를 감당할 수 없을 것이다.

이처럼 고타쓰는 일본인들에게 없어서는 안 될 난방기구이지만, 옛날 우리나라 선비들이 체면을 중시하여 곁불을 쪼지 않았듯 사무라이(侍)들만은 아무리 추워도 고타쓰를 멀리했다고 한다.

우리나라 말에 '아랫목 차지'라는 말이 있듯이, 일본에는 '바보와 고양이는 상석에 앉는다'(バカと猫はヨコザに座る)는 속담이 있다. 이는 분별력이 없는 바보와 고양이는 제멋대로 고타쓰의 상석에 앉는다는 것을 비꼬는 말이다. 우리나라 온돌방의 아랫목은 어른이나 손님이 차지하는 상석으로 아녀자는 감히 넘볼 수 없는 자리였듯이, 일본의 고타쓰에도 앉는 자리가 정해져 있으며, 일반적으로 조상의 위패를 모셔두는 불단(仏壇)을 등진 자리가 주인이 앉는 자리로 '요코자'(ヨコザ), 부엌에 가까운 것이 안주인이 앉는 자리로 '카카자'(カカザ), 그 맞은편이 손님이 앉는 자리로 '카쿠자'(キャクザ), 마지막으로 남은 것이 아이들이나 아랫사람이 앉는 자리로 '시모자'(シモザ)라고 한다

이처럼 단순한 난방의 역할뿐 아니라, 한 이불을 공유한다는 점에

있어서 가족이나 친구 등이 서로 친밀감을 온몸으로 느낄 수 있는 대화의 공간으로써의 중요한 역할을 담당한 다다미 반 장 정도의 크기에 지나지 않는 일본 고유의 난방기구 고타쓰도, 우리의 화로와 마찬가지로, 최근 일본 가정에서도 전기 스토브, 에어컨디셔너, 도코단보(床暖房:우리의 보일러 난방과 비슷한 바닥 난방) 등의 현대식 난방기구에게 그 자리를 내주고 있는 추세이다.

28. 새해맞이는 신사참배로

【김후련】

일본인의 각종 의례와 연중행사는 고유의 종교인 신도(神道)와 밀접한 관계를 맺고 있으며, 신사에서 행해지는 것이 대부분이다. 새해맞이도 예외는 아니다.

새해를 맞이하는 정월(正月)에는 신을 맞아들이면서 한 해의 풍요로운 결실을 기원하는 행사를 한다. 민속신앙에 의하면 정월은 '쇼가쓰사마'(正月様)가 찾아오는 때이다. 쇼가쓰사마를 '도시가미'(年神 또는 歲神) 또는 '도시토쿠진'(年德神)이라고도 부르는데, 농사의 풍작을 보증해주는 신이다.

지금도 아이들은 정월이 되면 다음과 같이 도시가미를 맞이하는 노래를 부른다.

오쇼가쓰사마 오셨다. 어디까지 오셨나? 어디어디까지 오셨다. 무엇을 타고 오시나? 굴거리나무를 타고 흔들흔들 오신다.

정월의 대표적인 풍속 가운데 하나가 가도마쓰(門松)이다. 가도마쓰는 대문 입구에 세우는 소나무 장식을 가리키는 말로, 12월 13일이나 연말에 산으로 가서 소나무를 베어 오는데, 이를 '소나무 맞이하기'(松迎え)라고 한다. 옛사람들은 도시가미가 소나무에 빙의한다고 여겼기에 내방한 신이 머물 곳을 마련하고자 했던 것이다. 하지만 오늘날에는 이를 단순한 정월의 장식물 정도로 생각해서 공항이나 역사, 백화점이나 상점의 출입구에 크리스마스트리처럼 세우는 경우가 많다.

가도마쓰가 전국적으로 보급된 것은 메이지유신 이후 의무교육이 시작되면서부터이다. 따라서 집 입구에 그것도 좌우에 두 그루의 소나무를 세우는 것은 그다지 오래된 관습은 아니며 세우지 않는 곳도 많다. 궁중에서는 가도마쓰를 세우지 않으며, 도야마(富山)나 오사카(大阪) 지방도 마찬가지다.

그러나 가도마쓰를 세우지 않는 지방에서도 정월에는 반드시 현관에 '시메나와'(注連繩)라는 금줄을 친다. 신화에 따르면, 태양신 아마테라스오미카미(天照大御神)가 천상의 동굴 안으로 몸을 숨기자 사람들은 제의를 행한 뒤 신이 다시 동굴 안으로 숨지 못하도록 시메나와를 둘러쳤다고 한다. 그러므로 시메나와를 둘러친 곳은 신성한 장소임을 나타내는 표시인 것이다.

정월을 맞이하기 위해 치는 시메나와를 특별히 '도시나와'(年繩)라고 하며, 금줄을 쳐서 그 안은 정결한 곳이라는 표시를 해놓고 새해 첫날에 신을 맞이하는 것이 관례였다. 옛날에는 일가의 가장이나 장남이 직접 줄을 꼬아서 만들었으나, 오늘날 도회지에서는 시장에서 사는 경우가 대부분이다. 또한 시메나와에는 왕새우, 등자나무, 다시마, 곶감 등을 장식하는데, 이는 풍작을 기원하는 풍습에서 유래한 것이다.

정월의 신을 맞이하는 또 다른 풍습으로 도시다나(年棚)가 있다. 도시다나는 실내에 모시는 도시가미의 신좌(神坐)로 가가미모치(鏡餅: 신께 대접하는 떡), 등불, 제주(祭酒) 등을 바친다. 도시다나는 도시노카미가 오는 방위, 즉 길한 방위에 설치되기 때문에 해마다 그 방위가 바뀐다.

옛날에는 섣달 그믐날 저녁에 신년을 맞이할 준비를 전부 끝마치고 가족이 모두 모여서 신년을 맞이하기 위한 음식을 만들었다. 왜냐하면 옛날 일본에서는 해가 진 뒤부터 다음 날 해가 질 때까지를 하루라고 여겨, 초하루의 경계를 섣달 그믐날 밤이라고 생각한 때문이다. 섣달 그믐날 밤에 신께 음식을 바치고 그것을 먹음으로써 한 해를 맞이했다. 따라서 섣달 그믐날 저녁에 도시다나에 등불을 켜고 제를 올린 다음 가족이 모여서 음식을 먹는 것은 새해를 맞이하기 위한 중요한 의식이었던 것이다.

오늘날에는 섣달 그믐날 저녁에 가족들이 함께 모여서 TV를 통해 생중계되는 일본 각지의 제야의 종소리를 들으면서 지내는 경우가 많다. 이날 절에서 치는 제야의 범종은 108번 울리는데, 이는 108가지 번뇌를 없애기 위한 것이다.

가정에 따라서는 하쓰모데(初詣)나 에호마이리(惠方参り)를 하러 나선다. 섣달 그믐날 밤 12시를 한 해의 경계로 생각해서 12월 31일 밤중부터 다음해 1월 1일에 걸쳐서 행하는 첫 참배를 하쓰모데라고 한

다. 하쓰모데는 지역의 씨족신인 우지가미(氏神)나 자신이 태어난 토지를 수호하는 우부스나카미(産土神), 그리고 진호신(鎭護神)인 진주사마(鎭守樣)등을 참배하는 것이 오래된 형태이다. 그러나 지금은 유명한 신사나 절에 그것도 그 해에 길한 방위에 해당하는 신사나 절을 찾는 에호마이리가 성행하고 있다.

매년 정초가 되면 이세(伊勢) 신궁이나 메이지(明治) 신궁과 같은 큰 신사에는 매년 정초가 되면 경내는 하쓰모데를 하러 나온 참배객들로 인하여 발들일 틈조차 없을 정도로 인산인해가 된다. 일본 전국의 다른 신사들도 마찬가지다. 일본인들은 정초에 인근의 신사에 가서 하쓰모데를 하면서 새로운 한 해를 기원하는 것이 관례이기 때문이다. 실제로 매년 일본 국민의 70% 이상이 하쓰모데를 한다고 한다. 그것도 한군데가 아니라 여러 군데를 방문하는 사람도 꽤 있어서 정초에 하쓰모데를 하는 인구는 일본의 인구를 상회할 정도이다.

그래서 해마다 정월의 첫 참배로 붐비는 큰 신사나 사원에는 임시로 설치된 큰 새전(賽錢) 상자를 마련한다. 지금은 약식으로 돈을 바치지만, 새전은 공물의 일종으로 신에게 봉헌하는 폐백의 의미를 갖는 동시에 죄를 씻는 과료이기도 하다. 신사에 따라서는 새전 상자 위에 커다란 방울을 달아두는 곳도 있다. 참배객들은 밧줄을 당겨서 방울을 울리는데, 이는 신께 보은(報恩)한다는 의미가 담겨 있다.

정월 아침에는 일가가 모여서 도소(屠蘇:약주)를 마시며 축하하고 오조니(お雜煮)라는 떡국을 먹는다. 우리와 마찬가지로 일본인들도 정월에 떡국을 먹으면서 새해를 축하하지 않으면 정월 기분이 나지 않는

다고 한다. 또한 붓글씨를 쓰거나 연하(年賀)에 대한 답례를 하는 것도 오랜 전통행사이다.

일본에서도 정월이 되면 뿔뿔이 흩어져 있던 가족들이 모두 모여 즐거운 시간을 보낸다. 특히 아이들이 가장 기다리는 때이기도 한데, 오토시다마(お年玉:세뱃돈)를 받을 수 있는데다가 즐거운 놀이들이 기다리고 있기 때문이다. 옛날에는 연날리기와 딱지, 제기 비슷한 것을 탁구채 같은 것으로 서로 치고 노는 하네쓰키(羽根突き), 가루타(歌留多) 등을 하면서 놀았으나, 요즘은 컴퓨터 게임 등을 즐기는 식으로 아이들의 정월놀이 문화도 많이 바뀌어 가고 있다.

29. 복 나와라 와라, 뚝딱!

【강용자】

"이상하고 아름다운 도깨비 나라. 방망이로 두드리면 무엇이 될까? 금 나와라 와라 뚝딱, 은 나와라 와라, 뚝딱!"

지금도 귀에 생생한 이 노래처럼 두드리면 금은보화가 쏟아지는 도깨비방망이가 있다면 얼마나 좋을까? 아라비안나이트에 등장하는 알라딘의 요술램프, 진시황이 찾았다는 불로초(不老草)나 우리나라의 복주머니, 복조리 또는 오늘날 열풍을 일으키고 있는 로또복권 등 모두가 같은 맥락에 있다고 하겠다.

우리의 이웃나라인 일본에서는 이러한 심사를 부추기는 주술적인 행위들과 부적들이 성행하고 있다. 야오요로즈(八百万:수많은)의 신을 믿는 다신교적 특성이라고도 하지만, 경제적 동물이라 불리는 그들의 일상생활이 온통 미신으로 점철되어 있다는 것 또한 일본의 이중적 성향이다.

미신적인 수많은 행위 가운데 연중행사로 이뤄지고 있는 것이 세쓰분(節分)의 마메마키(豆蒔)이다. 세쓰분이란 원래 계절의 갈림길에 해당하는 입춘, 입하, 입추, 입동을 가리키는 것으로, 오늘날에는 봄의 세쓰분에 치르는 마메마키만 연중행사로 남은 것이다.

일본인들은 입춘을 봄이 시작하는 날이자 한 해의 시작인 설날로 여긴다. 따라서 그 전날인 세쓰분이 묵은 해의 마지막 날이 된다. 일본은 과거에는 음력으로 치러지던 전통행사를 모두 양력으로 바꾸어, 입춘을 양력으로 2월 4일로 고정했으니, 세쓰분은 2월 3일이 된다. 이날 치르는 행사가 마메마키인데 '오니와소토 후쿠와우치'(鬼は外福は内: 악귀는 물러가고, 복은 들어와라!) 하고 외치며 볶은 콩을 뿌리는 것이다. 마메마키를 한 뒤에는 뿌려진 콩을 다시 주워 나이만큼 먹으며 그해의 건강을 빈다. 이는 겨우내 쌓였던 피로감과 무기력 등 사기(邪気)를 털어내고 행운을 맞아 새롭게 태어나는 날이라는 의미를 가진다.

마메마키는 무로마치(室町) 시대에 중국 명대(明代)의 습속이 전해진 것으로, 한반도를 통해 전래된 음양오행설(陰陽五行説)을 바탕에 깔고 있다.

마메마키의 콩은 딱딱한 것을 볶아 사용한다. 딱딱한 것은 오행 가운데 쇠[金]을 상징하는 것으로, 예로부터 역병과 재앙은 금기(金気)에 속한 것으로 여겨왔다. 그래서 콩을 불로 볶으면 화극금(火剋金) 즉 불이 쇠를 이긴다는 원리에 따라 나쁜 기운을 억누르게 된다고 여기는 것이다. 쇠 기운을 억누르는 것은 또한 금극목(金剋木)의 원리에 따라 쇠 기운에 억눌린 나무의 기운 즉 봄을 부르는 것이기도 하다. 게다가 딱딱한 것이라면, 밤이나 팥 등도 있음에도 유독 마메(豆:콩)를 사용하는 것은 '마오멧쓰루'(魔お滅する:마를 멸하다)라는 표현에서 비롯된 것으로 언령신앙적(言霊信仰的)인 발상이 한 몫을 한 것이기도 하다. 이러한

민음은, 먼 옛날 산에 살던 도깨비가 마을로 내려와 행패를 부리자 마을사람들이 볶은 콩을 뿌려 눈을 멀게 해서 퇴치했다는 설화에서도 볼 수 있다.

콩을 뿌리는 역할은 그 집의 주인이나 장남 혹은 도시오토코(年男)가 담당한다. 도시오토코란 그해의 간지(干支)와 동일한 해에 출생한 사람을 일컫는 말이다. 또한 음양도(陰陽道)에서는 액년(厄年)에 해당하는 나이 즉 남자는 25세, 42세, 60세, 여자는 19세, 33세인 사람을 가리키기도 한다.

마메마키는 전통적인 연중행사 가운데 남녀노소를 불문하고 가족 모두가 함께 행할 수 있어 인기가 높다. 요즈음은 콩 대신 땅콩이나 초콜릿, 캔디 등을 뿌리기도 하며, 도깨비로 분장한 일행들이 가가호호를 방문하여 어린아이들을 놀래 주기도 한다. 이때 어린아이들은 미리 준비해두었던 볶은 콩을 한 웅큼씩 뿌려대며 이들을 쫓아낸다. 이 밖에도 12개의 콩을 구워 구워진 상태를 보고 1년 동안 각 달의 운세를 점치는 콩점도 치는데, 콩을 순산(順産)의 부적으로 쓰는 경우도 있다.

마메마키처럼 주술적인 힘에 의지하기를 좋아하는 일본인들은 복을 부르거나 소원을 이루기 위해 엔기모노(緣起物)라는 인형을 지니고 다니기도 한다. 상점 앞에 놓여 있는 마네키네코(招き猫)나 입시철이면 합격을 기원하며 신사 경내의 나무에 매다는 에마(絵馬)가 대표적인 것들이다.

이 밖에도 사업의 번영, 입신출세, 집안의 안정, 금전운 등의 행운을 준다는 칠복신(七福神), 본래는 농기구나 청소용구로 사용되었으나 복을

복을 부르는 마네키네코

끌어모으는 경사스런 물건으로 상징되는 구마데(熊手), 정월 초이틀에 좋은 꿈을 꾸기 위해 베개 밑에 넣고 자는 보물선 그림, '오후쿠상'(お福さん) 또는 '오카메'(おかめ)라고도 불리는 오다후쿠(お多福), 신이나 부처의 사자로서 신통력을 지녔다는 용(竜), 오뚜기처럼 생긴 다루마닌교(達磨人形), 방울소리에 신을 부르는 힘이 있다는 12간지(干支)의 띠방울, 순산의 부적인 이누하리코(犬張り子) 등 수많은 행운의 부적이 있다.

이들 가운데 가장 인기있는 것은 마네키네코(招き猫)이다. 마네키네코란 직역하면 '끌어들이는 고양이'로, 고양이가 손짓하며 사람을 부르는 것처럼 보이지만, 실제는 자신의 얼굴을 닦는 모습이다. 고양이는 예민한 감각으로 날씨의 미세한 변화도 감지해서 비가 올 것 같으면 얼굴을 닦는데, '고양이가 얼굴을 닦으면 비가 온다'는 속담이 비롯될 정도이다. 또한 고양이는 사람이 다가가면 과민해진다. 마음이 불안해진 고양이는 주위를 어슬렁거리거나 얼굴을 닦으며 불편함을 떨쳐버린다. 따라서 상인들은 손님이 오기를 비는 마음으로 가게 앞에 앞발을 들고 얼굴을 닦는 고양이의 입상(立像)을 두는 것이다.

마네키네코에는 왼발을 든 고양이와 오른발을 든 고양이의 2종류가 있다. 왼발을 든 고양이는 손님을 반긴다는 의미가 있고, 오른발을 든 고양이는 돈이나 행운을 불러들이기 위한 것이다. 본래 마네키네코는 왼발을 들고 있으며, 현재도 60% 이상이 이 모습을 한 것이지만 근래에 와서는 오른발을 든 마네키네코의 수가 늘어나고 있다. 이는 오늘날 일본인들의 금전에 대한 욕망이 커지고 있음을 반영한다고 볼 수 있다. 또한 발을 든 높이도 차이가 있는데, 발을 높이 들면 들수록 손님이나 행운을 더 많이 불러온다고 한다.

마네키네코는 색깔에 따라서도 의미가 다른데, 삼색(三色)으로 만들어진 것이 가장 인기가 있다. 유전학적 연구에 의하면 고양이에게서 삼색 유전자의 발현 가능성은 매우 희귀한 일로, 그러한 희소가치 때문에 삼색 마네키네코는 선원들에게 행운의 상징으로 소중히 여겨지고 있다.

두 번째로 인기 있는 것은 하얀색으로, 이미지가 순수하고 맑기 때문이라고도 하지만, 생산이 편리하다는 단순한 이유에서 널리 퍼졌다는 견해도 있다. 드물긴 하지만 검정 마네키네코는 악마를 물리치는 부적으로도 사용된다. 신비한 검은 고양이의 전설에서 비롯되었는데, 스토커에게 시달리는 젊은 여성들에게 인기가 많다. 그리고 붉은색의 것은 악령과 병을 쫓을 수 있고, 금색은 돈을 부르며, 분홍색은 사랑을 얻는 의미를 가지고 있다.

일본 전통문화의 하나인 세쓰분(節分)과 현대 대중문화의 하나인 마네키네코에서 공통적으로 발견할 수 있는 마음은 '복을 받고, 잘 살고 싶다'는 간절한 바람으로, 이들의 역할은 불투명한 내일에 대한 희망을 키워주는 것이라 할 수 있다.

30. 어린이날도 남녀 구별이 있다

【이선옥】

일본의 전통적인 명절로 여아(女兒)를 위한 3월 3일의 '히나마쓰리'(雛祭り)가 있다. 아이가 건강하게 자라고 훌륭하게 성장하게 행복해지기를 기원하는 행사로, 이 날에는 집에 붉은 천을 덮은 단(壇)을 만들고 히나닌교(雛人形)를 장식한다. 첫째 단에는 다이리비나(内裏雛:왕과 왕비), 둘째 단에는 산닌칸조(三人官女:3인의 궁녀), 셋째 단에는 고닌바야시(五人囃士:5인의 악사), 그리고 넷째 단에는 사다이진(左大臣:좌의정)과 우다이진(右大臣:우의정) 그리고 떡 같은 음식과 살림도구 등을 놓는다. 8단의 호화로운 것도 있지만 대개는 좁은 주택 사정으로 인해 3~4단인 경우가 많다.

인형과 장식물의 종류를 보면 알 수 있듯이 호화로운 궁중생활에 대한 일반 서민들의 선망을 나타낸다고 할 수 있다. 인형들은 3월 3일이 지나면 바로 치워지는데, 오래 두면 결혼이 늦어진다는 속설 때문이다. 여성의 가치관이 바뀌고 있지만 오늘날에도 전통명절로서 지켜지고 있으며, 대합을 넣은 맑은 장국, 생선초밥, 히시모치(菱餅:마름

열매로 만든 떡)등의 음식을 차려 친척들과 모여 즐거운 시간을 갖기도 한다.

3월 3일이나 4일에 치르는 행사로 '나가시비나'(流し雛)가 있다. 액을 때운다는 의미에서 인형을 강물에 띄워 바다로 보내는 풍습인데, 중국에서 3월 3일 태어난 3명의 여자아이가 3일만에 사망했기 때문에 수장(水葬)을 하고 제사를 드렸다는 데서 유래한 것이다. 에도시대 중기부터 전국으로 퍼졌는데, 와카야마현(若山県)과 돗토리현(鳥取県)의 행사가 성대하기로 유명하며, 가와시마(川島) 신사에서는 전국에서 가져온 인형들을 모아서 배에 실어 바다로 보내기도 한다.

3월 3일이 여아를 위한 것이라면, 5월 5일은 남아(男児)를 위한 날이다. 물론 이 날은 어린이날로 남녀 어린이 모두에게 즐거운 날이지만, 본래는 '단고노셋쿠'(端午節句)라고 하여 남아의 성장을 축하하고 기원하는 날이다. 사내아이가 있는 집에서는 고이노보리(鯉幟:천이나 종이를 이용하여 잉어 모양으로 만든 깃발)를 지붕이나 바깥에 꽂아둔다. 잉어는 폭포를 거슬러 올라가 용이 된다는 전설까지 있을 만큼 강한 힘을 상징하므로, 앞으로 닥쳐올 인생의 어려움을 이겨내고 힘차게 잘 자라기를 기원하는 것이다.

이날에는 창포(菖蒲)로 목욕을 하기도 하는데, 일본어로는 창포가 '승부'(勝負)나 '상무'(尚武)와 발음이 같기 때문에, 승부에 강해진다는 의미를 가진 의식이라고 할 수 있다. 무로마치시대에는 종이로 만든 투구에 창포꽃을 장식했고 에도시대에는 단을 장식하는 무사인형과 고이노보리가 나타났다.

단고노셋쿠의 유래에 대해서는 두 가지 설이 있다. 하나는 초(楚)나라가 진(秦)에게 망하자 비분강개한 굴원(屈原)이 벽라에서 투신한 것이 5월 5일이므로, 그의 애국심과 충정을 기리기 위한 행사에서 비롯되었다는 설이며, 다른 하나는 고대 중국에서는 단오절에 전염병을 막고 사기(邪気)를 물리치기 위한 제사를 지내던 습속에서 연유한 것이라는 설이다.

막부시대에는 이날 약초를 캐거나 사냥을 하기도 했지만. 점차 사내 아이를 위한 축제일로 바뀌어 오늘에 이르렀다.

5월 5일에는 히나마쓰리 때와 마찬가지로 집안에 장식을 한다. 다만 장식품에는 차이가 있어, 첫째 단에는 갑옷과 투구를 가운데 두고 양쪽에 활, 창, 칼을 두거나 무사인형을 놓고, 둘째 단에는 투구, 지휘용 부채, 고이노보리 그리고 후키나가시(吹流し)라는 기드림을 둔다. 셋째 단에는 좌우에 막사용 불을 세우고 창포로 빚은 술과 가시와모치(樫餅 : 떡갈나무 잎으로 싼 떡)나 치마키(柏餅 : 띠나 대나무잎으로 감아서 찐 떡)을 놓거나 또는 귀신을 쫓는다는 인형을 놓기도 한다.

31. 일본의 증답문화

【김영순】

일본인의 생활 속에는 '소토'(贈答:선물을 주고받음) 행위가 중요한
의미를 지닌다. 오넨가(お年賀:새해인사), 오추겐(お中元:음력 7월 15일
백중의 인사), 오세이보(お歳暮:연말인사) 등의 정기적인 것을 비롯하여
결혼이나 출산 등의 축하 선물, 남의 집을 방문할 때의 데미야게(手土
産), 받은 선물 등을 이웃에게 나누어 주는 오스소와케(おすそわけ)·오
후쿠와케(お福わけ) 같은 비정기적인 것까지 합하면, 일본인의 생활 속
에서 남에게 선물을 해야 하는 경우는 상당히 많다.

선물에 대해서 오카에시(お返し:답례)를 기대하는 것도 일본적 특
징이라 할 수 있는데, 답례는 축하할 일에는 배로 하고 조문시에는 반
액으로 하는 것이 일반적이다.

현대 일본사회에 있어 증답문화(贈答文化)는 인간관계의 윤활유 역
할을 한다고 볼 수 있는데, 서로가 상대를 위해 경비를 지출했다는 것
을 확인함으로써 둘의 관계가 농밀한 것이라는 것을 확인하고 있는 셈
이다. 즉 증답은 사람과 사람을 잇는 가교로서 중요한 커뮤니케이션의

한 방법이라 할 수 있겠다.

그렇다면 오넨가나 오추겐을 하는 이유는 무엇일까? 역사적으로는 고대 중국에서 상원(上元)의 1월 15일과 중원(中元)의 7월 15일, 하원 (下元)의 10월 15일에 죽은 자의 명복을 빌고 선조의 영령에 제물을 바치는 습관에서 그 유래를 찾을 수 있는데, 일본에서는 한 해의 중간인 백중과 연말에 부모나 스승 또는 자신이 신세를 지고 있는 사람에게 선물을 전달함으로써 상대의 영혼을 축복했으며 점차 오늘날과 같은 형태로 정착된 것이라 한다.

에도시대에는 무사가 조합을 결성하고 있었는데, 이때에 조원들은 준혈연(準血緣)이라는 의미로 조장에게 선물을 보냈다. 그런데 메이지시대에 이르러 주도권을 잡은 관리에게 고가의 선물을 보내는 악습이 생기게 되면서, 단순한 축복이 아닌 이해(利害)를 동반하는 색채를 띠게 된다. 이것이 상인의 세계에도 확산, 금전적 가치가 높은 것으로 변화되어 일본인이 본래 갖고 있던 증답사상은 완전히 변질되기 시작했다.

한편 이러한 증답품에는 미즈히키(水引:선물 포장에 두르는 끈. 경사에는 홍백이나 금 또는 은색을, 흉사에는 흑백이나 남백색을 사용한다)와 노시(のし:선물 포장의 장식품)라는 장식을 한다. 이는 무로마치시대에 중국과 무역을 하면서 생긴 풍습이다. 즉 중국에서 온 물품은 모두 수입품이라는 표시로서 상자를 빨강과 하양의 끈으로 묶었는데, 이를 축하를 위한 물건으로 인식하여, 이후 홍백의 미즈히키는 축하용이 되고, 흉사에는 흑백을 사용하게 된 것이다

불필요하다고도 여겨지는 이 미즈히키라는 장식이 증답문화 속에

정착되게 된 이유는 무엇일까? 일본 고대에는 미즈히키가 영혼을 묶는 다고 하는 믿음이 있었다고 한다. 즉 미즈히키를 두른 것은 단순한 물건이 아닌 영혼이 담긴 것이라고 여긴 것이다. 또한 미즈히키는 가문에 따라 매는 방법이 다른데, 이는 한 집단이 동일한 방법을 취함으로써 공동체로 인식했기 때문이다. 오늘날에는 기성품을 사기 때문에 매는 방법은 통일되어 있지만, 원래는 가문마다 각각의 독자성이 있었다. 예를 들어 천황가의 문장은 16겹 꽃잎의 국화이기 때문에 16겹 꽃잎의 꽃 형태를 취하고 있다.

한편 노시는 '노시아와비'(のしあわび:넓게 저민 다음 펼쳐서 말린 전복) 에서 온 말이다. 사면이 바다로 둘러싸인 일본은 어패류가 풍요하여 예로부터 신선한 생선을 선물하는 습관이 있었는데, 특히 전복에는 연장 (延長) 또는 영원이라는 의미가 담겨 축하를 위한 선물에 사용되게 된 것이다. 이 때문에 병문안, 제사, 흉사 등에는 노시를 사용하지 않는다. 또한 노시의 본체는 전복이기 때문에, 어류를 선물할 경우에는 중복되므로 사용하지 않는다. 이러다가 나중에는 비린내 나는 것에는 노시를 두르지 않게 되었고, 닭고기나 달걀에도 사용하지 않게 된 것이다.

이와 같이 일본인이 서로 선물을 주고받는 소토의 근간에는 영혼을 나눈다는 의식이 존재하므로, 인간적인 교류를 원하는 마음을 형태로써 나타낸 것이 본래의 미즈히키와 노시의 모습이라 하겠다. 물건으로 상대를 풍요롭게 하기 위한 것이 아니기 때문에, 이들을 사용하는 것이다. 오늘날에는 번거로움을 줄이기 위해 미즈하키와 노시가 인쇄

된 포장지를 사용하기도 하는데, 이를 '노시가미'(のし紙)라고 한다.

마즈히키는 경사스러운 일은 반복되라는 의미에서 몇 번이라도 풀고 맬 수 있는 '꽃매듭'이 주류를 이루는데, 이는 축하 내용과 관계없이 사용할 수 있다. 그러나 혼례는 일생에 단 한 번이므로 매듭을 풀면 다시 맬 수 없다고 해서 '완결매듭'을 사용한다. 이같은 매듭을 '부부매듭'이라고도 한다. 또한 양가 및 남녀가 하나가 되는 것을 의미하여 5줄로 이루어진 미즈히키 2개를 합쳐서 10줄로 만들어 사용하기도 한다.

일본의 한 식품회사가 조사한 바에 따르면, 연말에 선물을 하는 오세이보를 하는 가정이 1983년에는 80%였고, 1986년에는 90%를 넘었으며, 2001년에는 96.3%로 증가했다고 한다. 이는 오세이보가 경기와 관계없이 연중행사로 자리매김했음을 시사한다. 오세이보의 정착과 더불어 그 의미도 변하고 있는데, 80년대 초에는 회사 관련이 상위를 차지했으나, 후반에는 부모·친척·형제 등 혈연관계가 증가했고, 90년대 후반부터는 친구·지인(知人)이 늘어 개인적인 이벤트로 행하고 있는 것을 알 수 있다.

선물의 종류를 살펴보면, 80년대에는 실용성이 주류를 이루었으나, 90년대 이후에는 상대를 기쁘게 한다는 정서적인 측면에 중점을 두게 된다. 이는 상품 목록의 변천으로 보아도 알 수 있는데, 80년대 인기상품이 조미료나 식용유임에 비해, 90년대에는 커피, 햄, 소시지와 같은 기호성 식품이 인기를 끌고 있다.

2002년의 조사에 의하면, 오세이보를 예정하고 있는 가정은 96%, 증답예정건수는 4.3건, 1건당 평균 금액은 4,315엔이며, 상대는 부모(52.1%), 친척(37.5%), 상사(28.5%), 형제와 지인(각 26.4%)의 순이었다. 또한 상대가 좋아하는 것, 부담스럽지 않은 것, 여유로움을 즐길 수 있으면서도 실용적인 것 등을 선물의 선택 기준으로 삼았다고 한다.

한 가지 흥미로운 사실은, 2002년도 선물하고 싶은 상품으로는 맥주 28.5%, 커피 24.0%, 산지직송 특산품 21.5%, 햄이나 소시지 16.7%, 조미료 또는 식용유 13.2%인데 반해, 받고 싶은 상품으로는 상품권 66.3%, 맥주 34.3%, 세제 32.7%, 커피 31.3%, 산지직송 특산품 21.3%의 순서라는 점이다. 즉 받고 싶은 것으로 상품권이 압도적으로 많은 것은 증답 선물이 단순한 물건이 아닌 영혼이 담긴 것으로 여겼던 본래의 취지에서 벗어난 세태를 단적으로 보여주는 예라 하겠다.

32. 언제나 붓과 함께

【최충희】

동방예의지국인 우리나라에 비할 바는 아니지만 일본인도 무척 예의가 바른 민족이라고 생각하는 사람이 많다. 이를 증명이라도 하듯 일본인들은 선물은 받으면 반드시 답례를 한다. 우리의 시각으로 보면 모처럼 보인 성의에 대해 너무 사무적으로 대하는 것 같아서 섭섭하게 여길 수도 있을 것이다. 물론 예외도 없지는 않지만 선물뿐만이 아니라 편지를 받으면 바로 답장을 쓰는 일본인들이 많다.

우리나라에서도 연말연시가 되면 웃어른이나 평소 가까이 지내는 사람들에게 연하장을 보낸다. 지난해 동안 보살핌에 감사하고, 새해에도 변함없는 관심을 바란다는 인사인 것이다. 최근에는 딱딱한 연하장보다는 화려하면서도 재미있는 크리스마스 카드를 보내는 경우가 더 많아진 듯하다.

그런데 연하장을 보내는 풍습은 우리나라보다 일본이 더 발달되어 있다. 우리나라에서는 친한 사람에게는 엽서로 된 연하장을 보내고 손윗사람에게는 봉투에 넣어 전하는 것이 일반적인데, 일본의 연하장은 거의 엽서 형태이다. 그것도 그냥 엽서가 아니가 복권이 붙어 있는 경우가 많다.

만약 일본인으로부터 받은 엽서가 있다면, 다시 한 번 잘 살펴보자. 아마도 겉면에 주택복권번호 같은 숫자가 적혀 있을 것이다. 이것이 바로 행운번호이다. 마치 복권처럼 1월 15일에 당첨번호를 발표하는데, 1등에게는 꽤 값이 나가는 상품이 주어진다.

필자도 안식년을 보내기 위해 일본에 가 있을 때, 현재 일본 국립대학의 교수로 있는 옛 유학 시절의 친구에게서 받은 연하장이 당첨되어 팩시밀리를 경품으로 받은 적이 있다. 경품에 당첨되어 기쁘기도 했지만, 그 연하장을 보낸 친구를 더 잘 기억하게 되었다는 점에서 더욱 좋은 일이라 생각되었다. 그래서인지는 몰라도 그해에는 특별히 좋은 일이 많았던 것 같고, 이후에도 그 친구와는 매년 연하장을 주고받는다. 물론 그때마다 당첨되었던 옛 일을 필두에 적으며 서로의 행운을 빌어주니, 우리의 우정은 더욱 깊어질 수밖에 없다.

연하장과 관련된 또 다른 일이 기억난다. 1988년 서울올림픽을 앞두고 모 TV 방송국에서 생활일본어강좌 진행을 맡아 원고 준비에 쫓기다 보니 일본에 있는 친구와 지인, 심지어는 지도교수께조차 연하장을 보내지를 못했다. 이 사실을 깜박 잊고 있던 내게, 1월 말경에 일본에서 몇 통의 위문편지 비슷한 묘한 내용의 글들이 배달되었다.

처음에는 나도 무슨 영문인지 몰랐는데, 일본에서는 매년 연하장을 주고받는 사이에서는 집안의 가족 중에서 누군가가 세상을 떠나거나 흉사(凶事)가 있을 때는 연하장을 보내지 않는다는 사실을 깨달았

요즘은 인쇄된 연하장도 사용한다.

다. 바빠서 연하장을 보내지 못한 것인데 상대방은 내게 좋지 않은 일이 있다고 생각하여, 조심스레 그것도 거의 한 달이 지나서야 근황을 물어온 것이었다. 바쁘게 지내다보면 연하장 정도는 보내지 않을 수도 있을 것이라고 생각할 수도 있지만, 일본인들의 상식으로는 다르게 생각할 수도 있다는 것을 새삼 깨닫고, 그 이후부터는 연하장을 꼬박꼬박 보내고 있다.

마찬가지로 누구라도 일본인에게 연하장을 보내거나 받을 때는 거의 평생 계속하겠다는 각오(?)를 해야 할 것이다. 만약 계속해나갈 자신이 없다면 다시 한 번 생각해봐야 한다. 정말로 집안에 좋지 않은 일이 있을 경우에는 시간적인 여유를 가지고 '올해에는 집안에 좋지 않은 일이 있어 연하장을 받을 수 없다'는 엽서를 먼저 보내는 것이 예의로 되어 있다.

연하장에는 만년필이나 볼펜 같은 필기구가 아닌 붓으로 내용을 적는 게 일반적이다. 하지만 오늘날에는 붓글씨를 제대로 쓰는 사람이 많지 않기 때문에 붓글씨체로 기본 문들이 쓰여진 기성제품의 엽서가 성행하고 있다. 하지만 격식을 차릴 줄 아는 사람은 가능하면 서툴더라도 붓글씨로 쓰려고 노력한다. 이런 사람들에게 많이 팔리는 필기구로 붓펜이라는 것이 있다. 최근에는 우리나라에도 붓펜이 들어와 축의금이나 부조금 봉투를 쓸 때 사용되기도 하는데, 이 필기구야말로 일본의 생활문화에서 비롯된 산물이라고 할 수 있다.

우리나라를 비롯한 일본, 중국 등 동양에서는 글씨를 보고 인품을 판단하는 경향이 있는데, 일본에서는 이력서나 연하장 등을 쓰기 위해 붓글씨를 배우는 사람이 의외로 많다. 서도(書道)를 배우기 위해 학원을 다니고, 심지어는 붓글씨에도 급수를 정해 자격증을 발급하기도 한다.

일본에는 연말연시뿐 아니라 엽서를 교환하는 시기가 또 있다. 다름 아닌 '쇼추미마이'(暑中見舞)라는 것으로, 우리말로 번역하자면 '더위 문안편지' 정도라고 할 수 있다. 일본 여름의 더위는 가히 살인적이다. 기온으로 보면 우리나라와 별 차이가 없는데, 습도가 높다 보니 불쾌지수가 높고, 그러다 보니 자연히 짜증이 나기 마련이다.

그래서 일본에서는 한여름인 7월 중순에서 8월 중순에 걸쳐 더위에 어떻게 잘 지내는지를 묻는 편지를 주고받는 것이다. 연하장 정도의 의무사항은 아니나 쇼추미마이를 교환하면서 서로의 안부를 묻는 풍속으로 지금도 흔히 행해지고 있는데 이때에도 연하장처럼 붓글씨로 엽서를 적는 게 보통이다. 또한 환자에게도 문안편지 즉 '뵤키미마이'(病気見舞)를 보내는 경우가 많다.

33. 일본의 추석 오봉

【최종훈】

우리에게 추석이 있듯, 일본에는 '오봉'(お盆)이라고 하는 명절이 있다. 오봉은 '우라봉'(盂蘭盆) 또는 '우라봉에'(盂蘭盆会)라고도 불리는데, 이는 범어(梵語)의 '울람바나'(ullambana:거꾸로 매달림)의 한역(韓訳)이며,『우란분경』(盂蘭盆経)이라는 불경이 근거가 된다.

『우란분경』에 따르면, 죄를 지어 지옥에 떨어져 고통받고 있는 어머니를 구하기 위하여 석가의 제자인 목련(目蓮)이 7월 15일에 1백 가지 음식을 그릇[盆]에 담아 차리고, 많은 승려들을 모아 공양(供養)을 드리자 어머니는 지옥에서 구원을 받고, 성불할 수 있게 되었다고 한다. 울람바나의 뜻이 '거꾸로 매달림'인 이유는 목련의 어머니가 지옥에서 거꾸로 매달려 있었기 때문이라고 한다.

이같은 고사(故事)를 본받아 중국에서는 6세기 무렵부터 7월 15일 백중(伯仲)에는 여러 가지 음식을 만들어 조상의 영전이나 부처에게 공양하게 되었으며, 7세기경에 일본에 전래되었다.

우란분은 우리나라나 중국에는 순수한 불교적인 행사로 남아 있지만, 일본에서는 범국민적인 행사가 되었고 그 의미 또한 상당히 토속화되었기 때문에, 기원과는 상관없이 명절처럼 생각하는 사람들이 대부분이다.

우리의 추석은 유교에서 비롯된 풍습으로 음력 8월 15일에 행사를 치르지만, 일본의 오봉은 불교에서 유래하였으며 원래 음력 7월 15일에 행해지던 행사였다. 오늘날에도 음력 7월 15일에 하는 곳도 있기는 하지만 일본은 달력과 대부분의 행사를 양력 위주로 고쳤기 때문에, 오늘날에는 양력 8월 15일에 오봉 행사를 치르는 경우가 많다. 더구나 양력 8월 15일은 일본의 종전기념일(終戰記念日)과 일치하기 때문에 분위기가 고조되는 듯하다.

음력 7월 15일에 볼 수 있었던 둥근 보름달을 볼 수 없다는 것이 아쉽긴 하지만, 일본의 추석이라 할 수 있는 오봉에 열리는 다채로운 행사 가운데 대표적인 것들을 소개하면 다음과 같다.

1. 무카에비

무카에비(迎え火:맞이하기)는 8월 13일에 치르는 행사로, 조상의 영혼을 맞이하기 위해서 묘소나 강가, 길거리, 대문 등에서 불을 피우는 것이다. 지금은 이러한 풍습도 점점 볼 수 없게 되었지만, 옛날에는 음력 7월 13일이 되면 조상의 묘소 앞에서 피운 불을 양초로 옮겨 붙여 집으로 가지고 가거나, 조상의 영혼을 짊어진 모습으로 집으로 돌아가곤 했다. 해안 지역에서는 바닷가에 불을 지피고 바다 건너로부터 오는 조상의 영혼을 기다렸다.

오봉 기간 동안에는 불단에 특별히 봉다나(盆だな:제물 선반)를 설치하여 사탕, 과자, 과일, 국수, 경단 등의 공물(供物)을 올려놓고, 스님이 시주를 돌며 독경(読経)을 한다.

지역에 따라 호지(法事:불교식 제사)를 지내는 곳도 있으나, 대개 격식을 차린 제사는 지내지 않으며, 불을 밝힌 불단에 향을 피워 꽂고 합장하며 참배하는 것이 일반적이다. 무카에비도 화재를 염려하여 전깃불로 대신하는 경우가 많다.

2. 오쿠리비

13일에 맞이한 조상의 영혼을 16일에 배웅하는 것이 오쿠리비(送り火:배웅하기)다. 이날은 이른 아침에 본다나를 치우고, 여러 가지 공물과 함께 가지나 오이 등으로 만든 정령마(精霊馬)를 돗자리에 싸서 강이나 바다에 띄워 보낸다. 이가 변형된 것이 오봉 기간 동안 피웠던 불을 등롱으로 만들어 강에 띄워 보내는 도로나가시(灯籠流し:등롱 띄우기)라는 행사이다.

3. 하카마이리

오봉 때 가장 중요한 것은 하카마이리(墓参り:성묘)다. 일본의 묘는 보통 절 안에 있으며, 묘를 관리해주는 것도 절이다. 오봉 일주일 전에 묘소에 가 청소를 하는 곳이 많다(일본의 묘는 분묘가 아니기 때문에 벌초를 할 필요는 없다). 13일날 피우는 무카에비와 함께 하고 있는 지방도 있다. 일부 지방에서는 마을 안에 묘지를 만들어, 마시고 노래하는 등

의 큰 소란을 벌이는 곳도 있다. 이는 즐거운 마음으로 떠들썩하게 조상님을 맞이하자는 뜻이다.

우리의 추석이 가을에 있는 것과는 달리 일본의 오봉은 한여름인 양력 8월 15일이기 때문에 뙤약볕 아래서 성묘를 하는 것이 그리 쉬운 일만은 아니다.

4. 봉오도리

오봉 행사에서 빼놓을 수 없는 것이 봉오도리(盆踊り)이다. '봉'은 '오봉'이며, '오도리'는 '춤'의 뜻이다. 이는 하나의 민속춤인데, 마을 사람들이 저녁에 유카타(浴衣)라고 하는 무명 홑옷을 입고 마을 광장에 모여, 통나무를 짜 만든 높이 3~4미터 정도의 야구라(櫓)라는 망대(望台) 주위를 돌면서 춤을 춘다.

보통 신사나 절 구내에서 거행하며 지방에 따라 조금씩 다른 차이는 있다. 장단을 맞추고 흥을 돋우기 위해 쓰이는 하야시(囃子)도 여러 가지가 있어 큰북, 목탁, 손뼉만으로 흥을 돋우는 고장도 있기는 하지만, 최근의 경향은 커다란 스피커를 사용하여 민요나 가요 등을 틀어 놓고 시끌벅적하게 하는 곳이 많다. 도쿠시마(德島)의 아와오도리(阿波踊)가 유명하다.

봉오도리의 취지는 원래 저승에서 찾아온 조상의 영혼들이 이승에 있는 후손들과 함께 즐겁게 춤추고 다시 저승으로 돌아갈 수 있도록 하자는 것이었다. 그러나 현재 봉오도리의 뜻은 일반적으로 '노료 봉오도리다이카이'(納祺盆踊り大会:납량 봉오도리 대회)라고 불리는 것을 보아

도 알 수 있듯이, 한여름의 무더위를 잠시라도 잊어버리고 시원한 저녁 바람을 즐기자는 데 있는 것 같다.

오봉은 추석보다 한 달쯤 빨라 한여름에 있으며, 그 기원도 추석과는 다르다. 또한 원래의 행사와는 다르게 토속적인 요소가 많이 가미되어 명절이 되었다. 이와 같이 한국의 추석과 일본의 오봉은 상당히 다르다. 다만 조상의 영혼을 모시는 마음과 귀성차량으로 붐비는 고속도로는 별 차이가 없는 것 같다.

34. 인생은 길게, 한 해는 즐겁게

【배정열】

일본어로 매월 마지막날인 그믐을 '미소카'(晦日)라고 하며, 12월의 미소카 즉 한 해의 마지막 날을 '오오미소카'(大晦日)라 한다. 이날은 장사나 사업을 하는 사람은 물론, 일반 가정에서도 설날 준비로 대단히 바쁘게 보낸다. 12월을 주니가쓰(十二月)라는 일상적 표현 외에 '시와스'(師走)라고도 하는데, '평상시 분주할 것이 없는 스승까지도 뛰어다닌다'는 뜻으로 모든 사람들이 바쁘게 지내는 달이라는 뜻이다.

12월 중에서도 오오미소카는 특별한 의미를 갖는다. 이날 한밤중에 새해를 맞이하기 때문이다. 옛날 일본에서 하루를 따지는 방법은 색달랐다. 아침부터 다음날 아침까지가 아니라, 해질녘인 저녁부터 다음날 저녁 때까지를 하루라고 여겼다. 그래서 오오미소카의 저녁부터 다음날 저녁까지가 새해의 첫날인 것이다. 즉 오오미소카는 한 해의 마지막이 아니고 새해가 시작되는 첫날이었다.

이날에는 잠을 자지 않는 것이 보통이다. 잠을 자면 얼굴에 주름이 생기거나 머리가 센다고 믿기 때문에, 깜빡 잠이 들더라도 '벼를 쌓

는다'(稲を積む)라는 표현으로 대신했다. 지역에 따라서는 마을 주민 모두, 혹은 젊은층이나 어린이들이 신사나 사당에서 밤을 뜬눈으로 보내고 설날을 맞이하는 곳도 있다. 이러한 행위는 강림한 새해의 신과 함께 하루를 함께 한다는 의미이며, 날이 새면 먹는 조니(雜煮:떡국) 역시 신진교쇼쿠(神人共食:신과 함께 먹는 것)라는 뜻을 담고 있다.

오오미소카의 저녁에는 정월의 신이 이미 강림해 있기 때문에, 밤이 되기 전에 모든 준비를 마치는 것이 보통이다. 가족들은 옷을 갈아입은 다음 도시카미다나(年神棚:신을 모시는 제단) 앞에 모여 제사상의 음식을 먹기도 한다. 이 제사 음식을 오세치(お節)라고 하며, 대표적인 것이 도시코시소바(年越そば:새해맞이 메밀국수)이다. 5세기 중엽부터 재배되어 에도시대에 널리 보급된 메밀은 그믐이나 이사, 상량식(上梁式) 등의 특별한 날에 국수를 만들어 먹는 습관이 생겨 오늘까지 전하고 있다.

또한 이날은 일본의 추석에 해당하는 오봉(お盆)과 마찬가지로 조상의 혼령을 위해 제사를 지내는 날이기도 하다. 중부지방에서 관동지방까지 미타마메시(御靈飯:혼령에게 밥을 바치는 것)의 풍습이 전해져 오는 마을이 많으며, 고대 수필집의 하나인『마쿠라노소시』(枕草子)에는 혼령이 나타났다는 이야기가 실려 있고, 중세의『쓰레즈레쿠사』(徒然草)에는 교토(京都)에서는 보기 힘들지만 관동지방에는 아직도 혼령들에게 제사를 지낸다고 기록되어 있다. 또한 이즈미 시키부(和泉式部)의 와카(和歌)에 혼령이 방문한다는 노래도 있다.

이 밖에도 신사에서 피운 불을 각 가정으로 가져와 도시카미다나에 모시는 풍속이 전해오는데, 교토(京都)의 기온 야사카(八坂) 신사의 오케라마쓰리와 히라노(平野) 신사의 이미
비마쓰리가 그 대표적 예이다. 신사에 따
라서는 밤새도록 햇불을 밝혀두는 곳도
있다. 최근에는 NHK의 가요청백전을 보
고 12시가 다 되어 가까운 신사나 사찰에
첫 참배를 하러 가는 것이 일반적이다.

　각 사찰에서는 제야(除夜)의 종소리
가 울려퍼진다. 종은 모두 108번을 치

설날의 대표적 풍물 가도마쓰

는데 12개월, 24절기(節気), 72후(候)를
합산한 숫자라고도 하고, 중생의 심신을 괴롭히고 득도(得道)를 방해하
는 108번뇌를 상징하기도 하여, 이를 없앤다는 의미가 있다.

　설날의 대표적인 풍물로 가도마쓰(門松)와 가가미모치(鏡餅), 시메
나와(しめ縄:금줄)를 들 수 있다. 대문 앞에 세우는 장식인 가도마쓰는 신
이 강림하는 장소로 소나무와 대나무로 만들지만, 지역에 따라서는 동백
나무, 비쭈기나무 등의 상록수를 이용하기도 한다. 이같은 풍습은 서민
들 사이에서 유행한 것으로 교토의 상류사회에서는 행해지지 않았다. 오
늘날에도 일왕이 거주하는 황거(皇居)에는 가도마쓰를 세우지 않으며,
이세시(伊勢市)와 도야마현(富山県) 등의 지방에서도 찾아볼 수 없다.

　가가미모치는 신불(神仏)에게 바치는 둥글넓적한 하얀 떡이다. 하
얀 종이 위에 떡을 2겹으로 포개놓고 다이다이(橙:귤의 일종)를 올려놓
는다. 그것은 '대대'(代代:だいだい)라는 말과 음이 같아 길이 번창하라

189

는 의미가 담긴 것이다. 대개 관동지방에서는 사각형으로 자른 떡을, 관서지방에서는 동그란 떡을 주로 먹지만, 장식용인 가가미모치는 전국적으로 둥글넓적한 떡 2장을 사용한다.

가가미모치에도 신이 강림한다고 여겨 집안 곳곳에 둔다. 도코노마(床の間)가 있으면 그곳에, 없을 경우에는 TV 위나 각 방 심지어는 화장실에까지 두기도 한다. 화장실을 지키는 신은 평상시는 눈을 감고 있다가 설날에만 눈을 뜬다고 여기는 때문이다. 여기에 오징어나 다시마, 왕새우 등을 함께 놓는 경우도 있다.

가가미모치는 11일경에 거두어서 단팥죽이나 떡국을 만들어 먹는다. 이때 떡을 칼로 자르지 않고 손이나 망치로 부수어 먹어야 한다. '기루'(切る:자른다)라는 말은 인연을 끊는다는 뜻을 가지고 있기 때문이다.

시메나와는 부정한 것으로부터 격리하여 지킨다는 의미로, 신사의 하이덴(拝殿)이나 신목(神木) 등에 걸어둔 금줄이나 스모 선수가 허리에 두르는 요코즈나(横綱)와 같은 의미를 가진다. 즉 금줄의 안쪽은 부정한 것이 범하지 못하도록 정결한 상태를 지킨다는 것이다. 신사의 시메나와는 굵은 밧줄을 가로로 걸고 그 위에 세로로 3개의 줄을 늘어뜨리는 것이 보통이며, 둥그런 모양이나 학의 모양을 한 것도 있다. 일반적으로 각 방과 현관,부엌, 화장실, 가가미모치를 두는 곳에 두르며 자동차에 달기도 한다.시메나와는 가도마쓰와 함께 대개 7일이나 15일경에 거둬들이지만,구정까지 장식해두는 곳도 있다.

35. 말띠 여성은 결혼하기 힘들어

【오 경】

아득한 옛날에 선현(先賢)들은 하늘에 있는 별의 움직임을 보고 시간을 정했다. 처음에는 해가 뜨고 지는 것으로 낮과 밤을 나눠 하루를 정했고, 세월이 흐름에 따라 생활의 편리와 역사의 기록 등을 위해서 달과 계절, 그리고 해를 구분짓게 된 것이다.

특히 수렵이나 농경에 의존하던 생활을 하던 고대인들에게 날씨나 계절은 무척이나 중요한 것이었다. 그러므로 변화의 사이클을 미리 알고 대비하기 위한 노력이 결실을 맺어 달력을 만들게 되었다. 물론 초기의 달력은 현재처럼 복잡한 구조가 아닌, 낮과 밤의 수(数)를 계산해서 다음의 우기(雨期)나 폭풍이 올 날을 예상하는 정도의 것이었다.

중국으로부터 역법(曆法)과 함께 전해진 자축인묘진사오미신유술해(子丑寅卯辰巳午未申酉戌亥)의 12지(支)는 중세 이후 널리 보급되었다. 이를 통해서 연월일과 시각 또는 방향을 표시한 것은 물론이거니와 민간 여성에서는 남녀의 궁합을 비롯하여 관혼상제, 여행, 이사, 가옥 신축 등 다방면에 걸쳐 길흉 판단의 근거가 되었다. 12지는 12가지 동

12지를 나타내는 도자인형

물을 상징하기도 하는데, 후한(後漢)의 왕충(王充)이 지은『논형』(論衡)에 처음 나타나며, 그 표상은 동물이 아니라 식물의 발생과 번성, 쇠퇴의 윤회를 의미하는 것이라고 한다.

12지 외에 서수(序數)에 해당하는 갑을병정무기경신임계(甲乙丙丁戊己庚辛壬癸)의 10간(干)도 있다. 10간은 다시 음양(陰陽)으로 나뉘는데, '갑병무경임'은 양, '을정기신계'는 음으로 구분된다.

10간은 12지와 만나 60갑자(甲子)를 이룬다. 즉 갑자(甲子)부터 시작하여 계해(癸亥)로 60가지의 조합을 이루는데, 태어난 지 60년이 지나서 태어난 해의 간지를 다시 맞이하는 것이 환갑(還甲), 즉 환력(還歷)인 것이다. 환갑을 맞이한다는 것은 한 인생을 마감하고 새로운 인생을 맞는다는 의미를 갖는다. 그래서 새로 태어난 아이[赤兒]의 경우와 마찬가지로 옛날에는 빨간 두건을 선물했으며, 오늘날에는 빨간 재킷 등을 축하의 의미로 전한다.

후세에는 삼라만상을 목화토금수(木火土金水)의 5가지 요소로 분류하고 오행설(五行説)에 따라 10간을 배열하여, 갑을은 오행의 나무[木]에, 병정은 불[火]에, 무기는 흙[土]에, 경신은 쇠[金]에, 임계는 물[水]에 배치시켰다. 오행은 서로 생(生)하고 극(剋)하며 만물의 변화를 주도하는데, 이같은 사상이 주로 남녀의 궁합에 적용되어 길흉을 판단하는 기준이 되었다. 즉 성정이 불인 남자와 흙이나 나무인 여자는 상생(相生)의 관계이므로 길하고, 반대로 불인 남자와 쇠나 물인 여자는 상극(相剋)이므로 흉하다고 여긴 것이다.

또한 이를 바탕으로 태어난 해의 간지(干支)가 개인의 운명을 결정한다고 믿기도 했다. 그 가운데 천간 병(丙)은 불인 동시에 오행 가운데 가장 세력이 강하며, 또한 지지 오(午)는 말로서 12가지 동물 가운데 가장 잘 달리며 체력 또한 우수하다고 여겼다. 이처럼 불과 말이 겹치는 해가 '히노에우마'(丙午)인 것이다.

이러한 생각이 '병오년에 태어난 여성은 너무 성격이 강해서 함께한 남자는 모두 파멸하기 때문에 결혼하지 말라'는 식으로 고착되어 말띠 여성을 꺼리는 속신(俗信)을 낳게 된다. 이를 밑받침해주는 것으로 에도시대의 야채상의 딸 오시치(お七)의 이야기가 있다.

16세의 소녀 오시치는 자신이 반한 남자를 보고 싶은 마음에 여러 가지로 궁리하던 끝에 혹 화재가 발생하면 그 남자가 불을 끄러 와주리라고 믿어 집에 불을 질렀다. 그런데 불이 옆집으로 옮겨 붙고 에도 전체로 확대되어 10만여 명의 사상자를 낸 대화재가 되었으니 이것이 메이레키노다이카(明暦の大火)이다. 화재 현장에는 오시치가 봉납(奉納)한 에마(絵馬:기원을 이루기 위해 신사나 절에 바치는 말이 그려진 판그림)가 있었는데, 거기에 병오년이라 쓰여져 있었기 때문에 결국 오시치는 화형(火刑)에 처해졌고, 이를 계기로 히노에우마 신앙이 급속히 퍼지게 되었다. 실제로 일본에서는 병오년에 해당되는 1906년과 1966년에는 출생률이 25%나 감소했다고 한다.

반면에 2002년 11월, 중국 산동성(山東省) 연대시(煙台市)의 한 산부인과에서는 월평균 신생아 탄생율을 훨씬 웃도는 280여 명의 아기가 태어났다. 이는 2003년이 양의 해라서 운세가 좋지 않기 때문에 말의 해에 아이를 낳으려고 서두른 때문이라고 한다.

우리나라에서도 2002년은 백말띠의 해라는 이유로 출산을 미뤘기 때문에 분유업계에서는 '백말띠 악몽'이라는 유행어까지 생겨날 정도였다. 하지만 이는 그릇된 것으로 굳이 따지자면 흑말띠의 해라고 할 수 있다. 임오년(壬午年)의 임은 오행상 수(水)로서, 색은 흑색인 때문이다. 실제 백마의 해는 경오년(庚午年)으로 1930년과 1990년이다.

이렇듯 특정한 해에 아이가 태어나면 나쁘다는 속신은 나라와 지역에 따라서 다르다. 하지만 일본인들은 말띠 여성들에 대해서는 편견을 가지고 있으면서도, 한편으로는 말은 신(神)이 타는 동물로 생각했다. 그렇기 때문에 신사(神社) 경내에 마전(馬殿)을 지어서 신마(神馬)로서 받들기도 했으며, 말을 봉납하던 의식이 오늘날에는 에마(絵馬)를 바치는 형태로 변해 내려오기도 한다.

특히 장기(将棋)를 둘 때 쓰는 '馬'자가 거꾸로 쓰여진 '히다리우마'(左馬)를 소중히 여기기도 하는데, 이는 '우마'를 거꾸로 읽으면 '마우'(舞う:춤추다)로 읽혀지는 때문이다. '마우'라는 발음은 옛날부터 경사스러운 자리에서 추는 '마이'(舞い:춤)를 연상시키므로 히다리우마는 복을 불러오는 것으로 여긴 것이다. 그러므로 히다리우마를 갖고 있으면 무병재해, 가운성세, 만복초래, 사업성공 등 행복한 인생을 보낼 수 있다고 하는 속신을 낳았다.

　또한 일본에는 말띠인 연예인이 적지 않다. 가장 널리 알려진 사람으로는 유명한 가수 시이나 린고(椎名林檎)를 들 수 있다. 그의 왕성한 활동만 보더라도, 말이 가진 왕성한 기운이 연약하고 순종적이어야 할 여성성을 망친다는 것이 근거없는 편견임을 알 수 있다. 오히려 말의 왕성한 기운을 받아 정력적이고 활기찬 인생을 보낼 수 있다는 긍정적인 사고로 받아들일 수 있는 예가 될 수 있을 것이다.

36. 승려라고 왜 결혼을 못해?

【최경국】

오늘날 일본의 종교는 역할 분담이 되어 있다고 해도 과언이 아니다. 신도(神道)는 탄생과 결혼을, 기독교는 결혼식의 일부를 담당하며, 불교는 장례를 담당하고 있다.

동경타워에 올라가 시내를 바라볼 때 군데군데 묘지가 많이 눈에 띄는 것을 의아하게 여기는 사람들이 많은데, 도시에 있는 사원에도 묘지가 있는 때문이다. 이처럼 여러 종교가 혼재된 일본에서 불교의 종교적 위상과 승려의 생활은 우리와는 많은 차이가 난다.

일본의 불교는 한반도를 통하여 전해졌다. 552년 백제로부터 전래된 불교를 받아들일 것인가 하는 문제를 두고 소가(蘇我)와 모노노베(物部)가 싸웠으나, 결국 숭불파(崇仏派)인 소가가 승리를 거두었고, 그 후 쇼토쿠 태자(聖德太子)는 불교의 진흥에 힘썼다.

나라시대에는 동대사(東大寺)를 비롯하여 많은 절이 세워졌고, 남도 육종(南都六宗)이라고 불리는 각 종파가 세력을 확대하였다. 당시만 해도 호국(護国)을 목적으로 하는 학문불교(学問仏教)의 성격이 강했지만, 헤이안시대가 되면서 사이초(最澄)와 구카이(空海)에 의해 당나라로 부터 천태종(天台宗)과 진언종(真言宗)이 전해져 널리 퍼졌다.

　가마쿠라시대에 이르자 불교는 귀족만의 전유물에서 확대되어 일반 민중을 대상으로 하게 된다. 헤이안시대 말기부터는 말법사상(末法思想)이 유행하여 정토왕생(浄土往生)을 위한 겐신(源信), 호넨(法然) 등에 의한 염불(念仏)이 무사와 서민층에 널리 침투했으며, 가마쿠라시대에는 신란(親鸞), 도겐(道元), 니치렌(日蓮) 등과 같은 각 종파의 개조(開祖)가 등장하여 새로운 불교가 흥성하기 시작했다.

　무로마치시대에 이르러 불교는 착실히 세력을 다지게 되었지만, 가마쿠라시대처럼 혁신적이지는 못했고, 에도시대에는 기독교를 믿는 것을 막기 위해 엄중한 쇄국정책을 펴는 한편 적극적으로 불교를 옹호했다. 각 종파는 본산(本山)과 말사(末寺), 절과 단가(檀家:일정한 절에 속하여 보시하는 집안)의 관계를 엄격하게 지켜, 개인의 신앙보다는 집안의 종파에 얽매이게 되었다. 특히 이 단가제도는 기독교를 금지함과 동시에 신분의 차별 없이 갓난아기까지도 절에 등록하게 하여, 이 등록부가 호적의 역할까지 담당하도록 했다. 오늘날까지도 일본인 거의 모두가 특정한 절의 단가로 등록되어 있고, 가족 중 한 사람이 사망하게 되면 불교의식에 따른 장례를 치르고 절의 묘지에 묻히게 되는 것이다.

　대학원을 졸업하고 석사조교로 근무하면서 12월 말에 가서 1월 초에 돌아오는 일정으로 학생들을 인솔하고 일본에 간 적이 있었다. 홈스테이(homestay)를 신청했는데, 묵을 곳이 엔노지(円応寺)라는 절로 결정되었다. 연말연시를 절에서 보내게 되었기에 음식이 풍요로운 시기에 고기를 못 먹는 것이 안타까워 북어와 오징어를 챙겨 갔다.

후쿠오카에서 간략한 행사를 마치고 사가의 엔노지에 도착한 것은 8시가 넘었을 무렵이었다. 일찍 해가 지는 겨울밤, 수많은 묘지를 통과하여 산중의 절에 도착하였다. 늦은 밤에 찾아온 손님을 반가이 맞아주는 스님을 화롯불을 사이에 두고 첫 인사를 나누었다.

내가 식사를 하지 못했다고 하자, 스님은 잠깐 기다리라고 하더니 곧 상을 준비했다. 식당에 간 나는 놀라지 않을 수 없었다. 소채(蔬菜) 반찬을 곁들인 단출한 식사일 것으로 생각했는데, 먹음직한 스테이크가 차려져 있는 것이 아닌가? 절에서는 고기를 먹을 수 없다는 상식이 깨지는 순간이었다. 맛있게 식사를 하는 나를 물끄러미 쳐다보던 스님은 목이 마를 것이라며 내게 음료수를 주셨는데, 그것은 일본인들이 즐기는 산토리 위스키였다. 다시 한 번 상식이 깨지는 순간이었다. 절에서 그것도 맥주도 아닌 위스키를 먹을 수 있으리라고 상상인들 했을까?

식사를 마치고 다시 스님의 방으로 돌아왔다. 스님이 손뼉을 두 번 치자, 옆의 여닫이문이 열렸고 문 밖에 서 있던 사람들이 내게 인사를 했다. 스님의 부인과 두 아들, 두 딸, 그리고 장모님이라고 했다. 여태껏 내가 가지고 있던 스님에 대한 선입견 즉 고기를 먹지 않고, 술을 마시지 않으며, 결혼을 하지 않는다는 생각이 모두 깨지는 순간이었다.

하지만 이는 일본에서는 당연한 일이다. 게다가 일련정종의 스님들은 머리까지 기르니 일반인과 전혀 다르지 않다.

또 한 가지 일본의 절이 한국과 다른 점은 절 안에 신사를 모시고 있는 점이다. 일본의 불교는 신도와 밀접한 관계를 맺고 있는데, 이를 '신불습합'(神仏習合)이라고 한다. 물론 불교가 전래된 초기에는 신도신앙과 충돌했으나 698년 이세태신궁사(伊勢太神宮事)를 시작으로 신사와 사원이 동거하는 형태가 출현한다. 승려에 의해 신이 전생의 죄업을 없애기 위해서 불교에 귀의했다고 선전되고, 신은 보살의 이름을 얻게 된다. 또한 보살은 부처의 사자로서 인간에게 가까운 존재가 된다.

하지만 14세기에 이르러 내셔널리즘의 발생과 함께 이런 관계가 역전되는 현상이 발생한다. 근세에 접어들자 민족주의와 국수주의를 주장하는 유학자와 국학자들은 신도가 우월하다는 주장을 펴게 되었다. 메이지 정부는 신불분리령(神仏分離令)과 폐불훼석(廃仏毀釈: 불법을 폐하고 석가의 가르침을 버리는 일) 운동을 벌여 불교계는 커다란 타격을 받게 되었다. 승려의 환속이 속출했다. 이러한 핍박 속에서 종단은 절을 유지시키기 위한 방책으로 승려들의 결혼을 허락하게 된 것이다.

내가 묵었던 절은 선종의 일파인 조동종(曹洞宗) 계열로, 스님은 오사카의 절에서 둘째아들로 태어나 수련도장인 에이헤이지(永平寺)에서 6년 동안 수행을 하고 있었다고 한다. 그러던 중 규슈 엔노지를 이어갈 스님이 불의의 사고로 사망했다. 죽은 스님의 큰딸은 이미 결혼을 했고, 둘째딸이 아직 미혼이기 때문에 스님과 결혼시켜 절을 잇겠다는 뜻이 총본산에 접수되어, 스님이 데릴사위로서 오게 된 것이었다.

오늘날 일본의 불교사상은 많이 퇴색하여 일부에서는 장례식 불교라고 폄하하고도 있지만, 최근에 들어 창가학회(創価学会), 입정교성회(入正佼成会) 등 신종교라고 불리는 불교가 탄생하여 많은 신도를 모으고 있다. 현재 일본 불교의 종파를 보면, 정토종(淨土宗), 조동종(曹洞宗), 일련종(日蓮宗), 천태종(天台宗), 진언종(眞言宗), 임제종(臨濟宗), 진종(眞宗) 등이 있고 신도수도 약 9천만 명에 이른다고 한다.

37. 신에게도 전공이 있다

【송영빈】

일본인의 신(神)에 대한 생각은 무척이나 독특하다. 우리나라에서도 많은 화제를 모았던 미야자키 하야오(宮崎駿)의 애니메이션 「이웃집 토토로」(となりのトトロ)나 「센과 치히로의 행방불명」(千と千尋の神隠し)만 보더라도 수많은 신들이 등장한다. 전지전능한 신이 있는가 하면, 우리의 삼신할머니에 해당하는 신도 있고, 밭의 신, 논의 신, 입시에 합격하게 해준다는 학문의 신, 그리고 음식의 신과 화장실의 신까지 헤아릴 수 없을 정도로 많은 신이 있다. 즉 만물에 신이 있다고 믿는 것이 일본 신앙의 특징으로, '야오요로즈의 신'(八百万の神:팔백만의 신, 즉 무수히 많은 신을 뜻함)이라는 말이 있을 정도이다.

이처럼 다양하고 많은 신들은 각각의 역할도 다르다. 즉 신에게도 전공이 있으며, 신을 받드는 일도 오래 전부터 전문화, 분업화되어 있었다. 워낙 많은 신이 있으므로 일일이 인사를 드리기도 힘든 만큼, 마을의 대표인 다이신코(代参講)가 신불(神仏)을 찾아가 참배하고 모든 사람들의 부적을 가져왔다. 또한 마을 대표가 참배를 오면 식사에서부터

기도까지 도와주는 오시(御師)라는 종교인이 있었다. 오늘날의 관광 가이드와 같은 존재라 할 수 있을 것이다.

도요타 자동차가 분업과 협력으로 세계 최고의 경쟁력을 갖는 기업으로 유명한 것처럼, 분업에 의한 전문화는 기업뿐 아니라 신앙에도 존재했던 것이다. 그러면 이제 일본인들이 섬기는 다양한 신과 그들의 전공에 대해 알아보기로 하자.

썩 유쾌하지는 않지만 가장 특색 있는 신으로 '화장실의 신'을 꼽을 수 있다. 화장실에 무슨 신이 있냐고 생각하기 쉽지만 상당히 중요한 존재이며 무척이나 오랜 역사를 가지고 있다.

우선 신도(神道)에서 말하는 화장실의 신을 보면, 여기에도 전공이 있어서 '대변의 신'과 '소변의 신'으로 나뉜다. 일본열도를 만들었다고 하는 이자나기노미코토(伊弉諾尊)의 대변에서 나온 신이 하니야스비코와 아니야스비메이고, 그의 소변에서 나온 신이 미쓰하노메이다.

불교에서는 우스사마묘오(臼樣明王)를 '변소의 신'이라고 한다. 우스사마묘오는 부동명왕(不動明王)의 화신으로 아수라(阿修羅)와 범천(梵天)이 싸울 때, 범천이 만든 대변의 성을 먹어치워서 아수라를 도왔다는 데서 기원한다.

화장실의 신은 실생활과도 무척 밀착되어 있다. 관동지방에서는 아이가 태어나면 셋친마이리(雪隱參り)라고 하여 변소에 참배하는 풍습이 있다고 한다. 지역에 따라서는 젓갈로 대변을 쥐어 아기에게 핥도록 하는 흉내를 내도록 하기도 한다.

이러한 풍습에는 두 가지 의미가 담겼다고 해석할 수 있다. 하나는 변소는 위험한 곳이기 때문에 아이가 빠지지 않도록 기원하는 것이고, 다른 하나는 대변이나 소변에 뭔가 영험한 힘이 있다고 믿는 때문이다. 또한 오키나와에서는 환자의 상태가 나빠지면 변소에 상을 차려서 기도를 하는 습관이 있었다고 한다. 옛날에는 대소변이 농사를 짓는 데 중요한 비료가 되었기 때문에 강력한 힘이 깃들어 있다고 여겼던 것이다.

집에 있는 신을 들자면 첫 번째로 가미다나(神棚)를 꼽을 수 있다. 에도시대 중기부터 오시들이 점차 전국을 돌며 이세(伊勢) 신궁의 부적을 팔기 시작했는데, 이를 보관하는 장소로 각 가정에서 가미다나를 만들게 된데서 시작한 것이다. 이세진구는 건국신(建国神)인 아마테라스 오미카미(天照大御神)를 모신 사당으로 각 가정에 단군의 위패를 모셔 놓고 있다고 생각하면 이해가 쉽다.

이 가미다나보다 역사가 긴 것이 있는데 행사가 있을 때마다 제단을 가정에 만드는 풍습이다. 정월에는 도시가미다나(歲神棚)를 만들어서 도시가미사마(歲神様)를 부르고, 오봉(お盆)에는 분붕(盆棚:분을 놓는 시렁)을 만들어서 조상님들의 혼을 모신다는 것이 그것이다. 이 밖에 큰 가미다나 외에 작은 가미다나가 있는 것을 볼 수 있는데 이것은 엔키다나(縁起棚)라고 불리며 고진(荒神)이나 에비스(恵比須:상업의 신), 다이코쿠(大黒) 등을 모시는 곳이다.

고진의 정식 명칭은 산보코진(三宝荒神)이라고 해서 집안에서도 가장 중요한 위치를 차지하는 '불의 신'을 말한다. 불의 신은 '가마의 신'이라고도 부르며 말하자면 부엌의 신인 셈이다. 도쿄의 서부지역이나 사이타마현에서는 10월 30일, 11월 15일, 11월 30일을 '가마솥님의

날'이라고 한다.

에비스는 보통 부엌에 두지만 11월 20일과 1월 20일에는 응접실에 꺼내어 팥밥과 생선, 된장국 등을 차려놓는다. 에비스는 칠복신(七福神)의 하나로 낚싯대를 짊어지고 있다. 즉 원래는 어업의 신이었던 것이 헤이안시대에 상업의 신으로 변해서 전국으로 확산되었고, 그 후에는 농업의 신으로도 추앙받게 되었다.

다이코쿠는 원래 인도의 신으로 절에 식당에 모셔 있던 데서 음식 관련 신으로 여겨져 왔는데 쌀가마를 타고 있는 모습에서 농사의 신으로 바뀌고 에비스와 같이 상업의 신으로도 여기게 되었다.

그러면 왜 일본에는 이렇게 많은 신이 있는가? 이를 이해하기 위해서는 먼저 소레이(祖靈)라는 것을 이해할 필요가 있다. 즉 사람이 죽으면 그 영혼은 사령(死靈)이 되며, 사령은 '○○씨의 령(靈)'과 같이 개성을 갖게 된다. 사령은 연기법요(年忌法要)를 거듭함으로써 점차 정화되어 33회기, 혹은 49회기의 법요를 마친 뒤에 소레이가 된다. 불교의 교리에 따르면 극락정토에 가거나 다른 동물로 환생해야 될 사령이 소레이가 되는 것인데, 이들은 인간이 아닌 존재 즉 신이므로 각각의 개성을 가진 새로운 조상신이 탄생하게 되는 것이다.

소레이는 먼 곳에 있는 것이 아니라 산에 있다고 믿고 있다. 즉 우리의 산신령과 같은 신인데, 봄이 되면 마을로 내려와 논의 신이 되기도 하고 밭의 신이 되기도 한다. 그렇게 해서 자손들의 농사를 도와주는 것이다. 3월에 신을 맞이하기 위해 사람들은 강에 가서 목욕을 하는

데 이때 종이로 된 인형을 띄워 보낸다. 이것이 바로 3월 3일 히나마쓰리(雛祭)의 기원인 것이다. 또한 벚꽃놀이 등도 신과 함께 식사를 한다는 데서 출발한 것이다. 5월의 고이노보리(鯉幟)도 원래는 잉어에 의미가 있는 것이 아니라 '기둥을 세우는 것'에 의미가 있었다. 즉 모내기를 하는 처녀들이 논의 신의 아내가 되기 위해 근신하고 있다는 표시이며 논에 신이 내려오기 위한 표식이기도 했던 것이다. 농사가 끝나면 신은 다시 산으로 돌아간다.

마지막으로 신과 마쓰리의 관계를 보면, 신을 대접하는 것이 마쓰리이고, 마쓰리의 의미는 자신들에게 이로운 신을 잘 모신다는 뜻과 '다타리가미'(祟り神)라고 해서 인간에게 재앙을 내리는 재앙의 신도 정성을 다해 받들면 해코지를 안 한다는 믿음이 있다.

모든 것에는 신이 있고 이 신들이 자신들의 삶을 안전하고 풍요롭게 한다는 신앙과 신을 받드는 마쓰리 및 연중행사는 일본인의 사상과 행동을 처음부터 끝까지 지배하는 하나의 행동규범으로 존재한다.

38. 우리는 유일신이 싫어요

【하태후】

우리나라 국민의 20~30%가 기독교 신자라고 한다. 아시아에서는 필리핀에 이어 두 번째로 기독교인의 숫자가 많은 준기독교 국가라 할 수 있다. 하지만 일본은 천주교와 기독교 신자를 합쳐도 인구의 1%가 채 되지 않는다. 그래서 우리나라에 온 일본인들은 엄청난 규모와 수의 교회를 보고 놀란다. 반면에 우리나라 기독교인들은 다른 나라에 비해 일본이 기독교가 잘 전파되지 않은 점을 의아해하기도 한다.

우리나라와 일본이 종교적으로 이러한 차이가 나는 데에는 많은 이유가 있겠으나, 무엇보다 고등종교가 나타나기 이전인 고대부터 신앙의 형태가 달랐다는 점을 주목해야 한다. 우리 신앙의 뿌리가 샤머니즘이었다고 한다면, 일본의 종교적 뿌리는 애니미즘이었다고 할 수 있기 때문이다.

샤머니즘은 엑스터시와 같은 이상심리 상태에서 초자연적 존재와 직접 접촉하고 교섭하며, 이 과정에서 점복, 예언, 치병, 제의, 죽은 영혼의 인도 등을 행하는 주술적 종교적 직능자인 샤먼을 중심으로 하는 종교 현상을 말한다. 이에 반해 애니미즘은 물신숭배, 영혼신앙 또는 만유정령설이라고도 번역되는데, 즉 무생물계에도 영혼이 있다고 믿는 세계관이다.

사람이 죽고 난 뒤에도 영혼은 독립하여 활동하기 때문에 그것을 숭배하는 데서 종교가 비롯되었으며, 동물이나 나아가서는 자연물에까지 영혼을 인정함으로써 신의 관념이 생겨난 것이다.

그러므로 샤머니즘과 애니미즘의 차이는 '초자연적 존재'의 유무에 있다고 할 수 있다. 따라서 우리나라 사람들은 예로부터 초자연적인 존재에 대한 인식이 깊이 뿌리박혀 있었으므로 기독교가 전파되었을 때도 인간을 초월하는 신의 존재를 쉽게 인식할 수 있었고 또 받아들일 수 있었다.

하지만 일본은 애니미즘을 바탕으로 한 사고를 가지고 있었기 때문에, 기독교가 전파되었을 때 기본 개념을 정확하게 인식하지도 못했을 뿐만 아니라 쉽게 받아들일 수도 없었다. 그 대신에 일본에는 자생 종교인 신도(神道)가 탄생하는데, 이는 모든 사물에 영혼이 깃들어 있다고 믿는 애니미즘의 형태이며, 그 영혼이 바로 신인 것이다.

이처럼 신은 모든 것에 깃들어 있으므로 산에는 산신이 있고, 바다에는 해신이 있으며, 강의 신, 들의 신, 메이지 왕의 신, 노기장군의 신 등등 이루 헤아릴 수 없을 정도로 많다. 그래서 일본에는 '야오요로즈의 신'(八百万の神)이 존재한다고 하는데, 그중 가장 높은 신은 일왕이다. 따라서 신도는 일왕을 믿는 종교라고 해도 과언이 아니다. 신도의 신이란 결국 인간을 신격화한 존재로 기독교에서 말하는 초월적 존

기독교가 처음 전파된 규슈 지방의 성당

재와는 거리가 먼 것이다.

일본에 기독교가 전파된 것은 1549년으로 반종교 개혁의 카톨릭교파인 예수회의 신부 프란시스 사비에르가 규슈(九州) 가고시마(鹿児島)에 당도하면서부터이다. 사비에르 신부가 일본에 당도하기 이전인 1543년에 일본 땅을 밟은 것은 포르투갈의 상인들로, 이들은 화승총이라는 새로운 무기를 가지고 있었다.

포르투갈의 정책은 선교와 무역을 병행하는 것이었는데 당시 일본은 군웅이 할거하는 전국시대였으므로, 다이묘(大名)들은 외국과의 교역을 통해 이윤을 얻고 또한 신식무기를 손에 넣기를 원했다. 그러므로 자연히 포르투갈인을 가까이 했고, 이들과 맞물려 있는 기독교에 관심을 기울이지 않을 수 없었다.

철포와 화약에 지대한 관심을 가지고 있던 전국 다이묘 오다 노부나가(織田信長)는 1569년에 기독교 포교를 공인하였다. 그는 가끔 선교사들을 자신의 집무실로 불러서 유럽과 인도에 대한 질문을 하기도 했으며, 지구의(地球儀)를 보며 항로를 묻기도 했다고 한다. 이는 그가 기독교에 관심을 가졌다기보다는 오히려 무역을 통하여 이익을 얻고, 이를 통하여 세력을 키워 전국을 통일하는 데 더 많은 관심이 있었다고 보아야 옳을 것이다.

예수회의 선교방법은 독특해서 일반 백성을 상대하지 않고 먼저 귀족이나 다이묘에 접근하여 이들을 개종시키고, 그들의 영향력 하에 있는 서민들에게 전도하는 방법을 택하였다. 우연의 일치인지는 몰라도 주종 관계가 너무나 확고했던 일본에서는 이 방법이 주효했다.

1563년 가고시마 지방의 한 영주 오무라 스미타다(大村純忠)가 기독교로 개종한 제1호 영주가 되고, 휘하에 있던 백성 5~6천 명이 삽시간에 기독교에 귀의하였으며, 10년 후에는 5만 명으로 늘어났다. 개인적 입신이 아니라 영주의 명에 의한 집단적 입신이 단적으로 나타난 것이다. 그 결과 도쿠가와 막부가 금교(禁敎) 조치를 내리기 전까지 무려 70만 명이라는 신자가 생겨났다. 당시 일본의 인구가 2천만 명이었음을 상기한다면 이는 어마어마한 숫자라고 할 수 있다. 아마도 이같은 추세로 발전했다면 일본은 아시아 제일의 기독교 국가가 되어 있을 것이다.

그러나 1603년 도쿠가와 이에야스(德川家康)가 천하통일을 이루면서 상황이 달라진다. 초기에 해외무역에 힘쓰던 이에야스는 무역 발달에 따른 농업 중심 봉건체제의 동요를 우려했고, 또한 기독교가 신 앞에서 인간의 평등을 주장하자 사회체제를 뒤흔들 수 있는 위험 요소로 인식하기 시작했다. 그리고 기독교가 포교된 다음에는 종주국의 식민지가 된 나라가 많다는 사실을 인식하고, 해외무역에서 얻는 것보다는 기독교에 의한 해악이 더 많다고 판단하여 1613년 기독교 신앙을 일체 금지하게 된다.

규슈의 신사

막부의 기독교 탄압은 아주 잔인하여 1635년까지 28만 명의 신자를 고문하고 살해했을 뿐만 아니라 백성들에게 불교를 강요하고 근처의 사원에 등록하도록 하여 기독교 신자를 철저하게 감시하고 통제했다. 이와 함께 기독교인을 가려내는 방법으로 후미에(踏み絵)를 실시하기도 했다.

후미에란 그리스도의 수난의 모습을 새긴 그림을 땅에 놓아두고 밟고 지나가도록 하는 것으로 신자들에게는 더할 수 없는 고문이었다. 엔도 슈사쿠(遠藤周作)의 『침묵』(沈默) 같은 작품에는 당시의 참혹상이 잘 나타나 있다. 이 같은 박해를 견디지 못한 일부 신자들은 1873년 금제가 풀릴 때까지 숨어서 신앙생활을 하는 가쿠레기리시탄(かくれ切支丹)이 되었다.

에도시대 말엽인 1858년, 프로테스탄트의 선교사들이 일본을 방문하였다. 청교도적인 엄격한 윤리 자세와 열의, 학식을 가진 프로테스탄트의 선교사들과 접촉하여 새로운 시대의 호흡을 한 구막부 중신들의 자제들은 구마모토 밴드, 요코하마 밴드, 삿포로 밴드 등을 결성하여 기독교를 통해 서구문화를 흡수해갔다. 하지만 예수회에 의해 기독교가 전래되었을 당시 일본인이 종교보다는 무기에 관심이 있었던 것처럼, 이들은 새로운 문물에 의미를 부여했으며, 기독교는 진정으로 그들의 영육을 파고 드는 종교적 신앙의 대상이 아니었던 것이다.

　메이지 정부가 점차로 일왕제를 축으로 절대주의 국가형성의 길을 걷기 시작하자 기독교는 여러 가지 난관에 직면하게 된다. 그것은 정부가 지향하는 교육과 기독교 신앙이 지향하는 바의 괴리 때문이었다. 여기에 그 유명한 우치무라 간조(内村鑑三)의 '불경사건'을 필두로 하는 문제들이 속출하게 된다. 또 근대 구미의 중산 계급적 사상을 토대로 하는 프로테스탄트의 언어와 사상은 일본 농촌에 좀처럼 침투되기 어려운 면을 강하게 가지고 있고, 일시적 호기심에서 나오는 관심과는 별도로 지속적인 침투는 대단히 어려웠다. 이것은 앞에서도 설명하였듯 일본인들이 가지고 있는 종교적 풍토 때문일 것이다.

　이 점은 오늘에 이르러서도 마찬가지이다. 일본에서 교회를 찾기는 미국에서 절을 찾는 것만큼이나 어렵다.

39. 신(神)과 부처(仏)의 동거

【장남호】

절 앞에서 만난 일본인에게 묻는다.

"당신은 불교 신자인가요?"

질문을 받은 이는 별난 질문도 다한다는 표정을 지으며 이렇게 말한다.

"저는 특별히 믿는 종교가 없습니다."

그리고는 멀지 않은 곳에 있는 신사(神社)를 향해 발길을 옮기며 혼자 생각에 잠긴다.

'나는 19년 전 교회에서 결혼식을 했다. 그리고 기회가 있을 때면 절을 찾아 돌아가신 부모님의 넋을 기렸으며, 작년엔 신사에 가서 아들의 대학 합격을 빌었다. 결국 나는 신(神)을 부정하지는 않는데, 종교가 없다고 했다. 대체 어찌된 일인가?'

많은 일본인들이 이같은 의문에 빠지는 경험을 한다고 한다.

일본인들의 이러한 모습에 대해 '잡거적'(雜居的)이라는 표현을 하는 이도 있는데 이는 일본을 가리켜 세계 종교의 박람회장이라고 한 말과도 맥을 같이 한다고 볼 수 있다.

보다 구체적으로 언급하자면, 일본에는 그들의 토착신앙인 신도(神道)와 외래 종교인 불교, 기독교, 천주교, 회교, 그리고 힌두교 등이 서로 혼재된 양상으로 존재하고 있는 실정이다.

다양한 종교 가운데 불교와 신도의 혼재는 타민족 특히 서양인으로서는 이해하기 힘들다. 일본인들은 신불(神仏)이라는 말을 일상적으로 사용하지만, 이는 단순히 가미(神)와 호토케(仏)를 함께 지칭하는 말이 아니다. 일본인들은 신과 부처를 구분하려 하지 않는다. 즉 신은 부처이고 부처는 바로 신이라는, 그러면서 결국 신도 아니고 부처도 아니라는 제3의 관념 속에서 특이한 정조를 가지고 생활하고 있는 것이다.

이미 존재하던 것이 새로운 것을 만나게 되면 반드시 갈등을 일으킨다. 둘 혹은 그 이상은 서로 충돌하고 대립하여, 세력이 강한 것이 약한 것을 축출하거나 복속시켜 지배하게 된다. 이는 개인의 가치관은 물론이고 사회의 각종 제도나 관념, 국가 간의 관계에 있어서도 예외는 아니다. 종교도 크게 다르지 않아 한 지역에 새로운 종교가 전파되면 반드시 피의 역사를 거쳐 수용되거나 추방되었다. 그런데 일본의 종교사는 예외라고 할 수 있다.

일본에는 신화시대부터 원시적이고 복합적인 자연종교 즉 의례와 신자만 있을 뿐 교조도 경전도 없었던 시기의 일본 전통신앙인 신도만이 존재했다. 자연종교가 체계를 갖추면서 하나의 독립된 종교인 신도로서 정착하게 된 것은 일본이 백제로부터 불교를 받아들이면서부터였다. 불교를 받아들임으로써 자신들의 고유한 신을 모시는 종교를 신도라고 부르기 시작하고, 그들이 믿는 가미와 호토케를 구별했다. 이는 일본인들이 불교를 받아들이면서 충돌을 일으키기보다는, 오히려 관용의 자세를 취한 것이라 하겠다.

이러한 정신적 포용을 통하여 일본인들은 신도를 고유한 종교로서 자각했고 나아가 불교사상을 통하여 신도를 체계화시키는 과정을 거치게 되는데, 이 과정을 일본 종교사에서는 '신불습합'(神仏習合)이라 한다. 신불습합이 가능했던 이유는 신도의 자연종교적 성격에 기인한다고 볼 수 있다. 절대적인 유일신을 인정하지 않는 정령숭배적 신앙인 신도였기에 가능한 결과였던 것이다.

일본은 외부로부터 새로운 것을 수용할 때, 이전부터 있던 고유의 것과 대립시키기보다는 동화시키고 현실의 것으로 받아들인다. 특히 종교면에서 신도와 불교를 보면, 그 둘의 관계는 단순한 동화와 공존이 아니라 마치 서로 다른 쇠붙이가 용광로 속에서 녹고 뒤섞여 새로운 물질을 만들어내는 것과도 같다. 즉 가미와 호토케가 혼합되어 일본화된 새로운 종교를 낳았던 것이다.

일본에서는 아이가 태어나면 그 마을에 있는 신사에 데리고 가서 '하쓰미야마이리'(初宮参り)라는 의식을 행한다. 태어난 아이가 그 지역의 구성원이 되는 일종의 가입식인데, 이 과정을 거침으로써 비로소 지역사회 주민의 일원으로 인정받게 되는 것이다.

그런데 그 구성원이 죽으면 신사가 아닌 절에서 모든 의식을 담당한다. 일본의 각 가정은 다니는 절이 정해져 있는데, 이를 '호다이지'(菩提寺) 또는 '단나데라'(檀那寺)라고 하며, 그 절에서 장례의 모든 절차를 밟는다.

사람이 태어나고 죽는 인생의 가장 큰 일을 신사와 절에서 각각 자연스레 행할 수 있는 민족이 일본인이다. 따라서 일본인들의 의식 속에는 유일신이란 의식이 뿌리내릴 수 없다. 물론 독실하게 유일신을 믿는 사람이 없는 것은 아니다. 하지만 표면적으로 볼 때는 하나의 종교를 믿는다 하더라도 의식 심저(心底)에는 정령신앙(精靈信仰)에 대한 관념이 자리잡고 있음을 부인할 수 있는 사람은 많지 않은 것이 사실이다. 때와 장소에 따라, 그리고 경우에 따라 여러 신을 거부감 없이 자연스레 숭배할 수 있는 일본인들은 그러한 자신들의 모습을 모순이라고 생각하지 않는다.

신앙의 기초는 생활 속의 자연스러운 요구로부터 나오는 것으로, 굳이 일월성신과 같이 웅대하면서 찬란하고 아득한 곳에 마음을 두는 것이 아니다. 그저 사시사철 아침 저녁의 평범한 행복을 기원함과 동시에 가장 평범한 불안을 피하고자 하여 일찍부터 제사를 지내며 신을 섬겼는데, 그 대상은 주로 산이나 들판의 신 또는 강이나 바다의 신의 범주를 벗어나지 않았다.

결국 일본인에게 있어 종교란 현실 생활과 밀착되는 것으로, 그들이 바라는 신조차도 초월성을 가진 절대적 존재가 아니다. 그저 일상생활의 평온함을 보장받을 수 있을 정도의 신을 원하는 일본인들이었기에, 그들의 종교는 세속화를 피할 수 없었다.

종교의 세속화란, 종교가 일상생활을 무엇보다 존중하는 일상주의에 굴복해가는 과정이라 할 것이다. 일본인들에게 어떤 종교를 믿느냐고 물었을 때, 나에게는 종교가 없다고 당당하게 말하는 '무종교 의식'도 바로 종교의 세속화와 밀접한 관련이 있다. 굳이 종교를 의식하고, 그 교리에 따르지 않더라도 일상생활을 영위할 수 있다고 믿는 의식이 아이러니컬하게도 세계의 모든 종교가 모여 서로 공존하고 화합하게 하는 토양으로 작용하고 있는 것이다.

　　기존의 종교를 거부하지 않으면서 발달된 과학적 세계관과도 상충하지 않고, 그런가 하면 일상생활과 유리된 신비감에 빠져들지 않고도 죽음의 공포를 극복할 수 있는 세계를 희구하는 일본인들의 무종교 의식에서 기독교와 불교, 유교, 민간사상이 충돌하여 간간이 사회문제가 되고 있는 우리의 현실에 어떤 해결의 실마리를 찾을 수 있을 수도 있다는 생각을 하며, 그들의 종교관에 다시 한 번 눈길을 주어본다.

40. 빨간 옷을 입은 지장보살

【송영빈】

일본의 절 입구에는 빨간 옷에 빨간 모자를 쓰고, 손에는 바람개비를 든 지장보살(地蔵菩薩)이 서 있는 모습을 어렵지 않게 볼 수 있다. 때로는 지장보살 앞에 장난감이 놓여 있기도 하고, 드물게는 우리에게도 친숙한 '호빵맨'이나 '도라에몽'의 모습을 한 지장보살도 발견할 수 있다. 과연 어째서 이같은 모습의 지장보살이 생겨난 것일까?

궁금증을 풀기 위해서는 우선 지장보살의 기원부터 살펴볼 필요가 있다. 불교의 교리에 따르면, 석가가 사망한 후 미래불(未来仏)인 미륵보살이 나타나기 전까지의 무불시대(無仏時代)에 육도(六道)의 중생을 구제하고 교화하는 보살이 지장보살이라고 한다. 원래 지장보살은 머리에는 천관(天冠)을 쓰고 왼손에는 연화(蓮花)를, 오른손에는 보주(宝珠)를 든 모습을 하고 있었는데, 세월이 흐르며 후에 동자를 안은 모습이나 전쟁을 주관하는 승군지장(勝軍地藏)의 모습으로도 만들어졌다.

일본에서는 사람이 죽으면 서방정토(西方浄土)에 간다고 하면서도, 영혼은 산으로 간다는 믿음이 있다. 산에 간 조상의 영혼은 봄이면 마을로 내려와 후손의 농사를 도와주고 가을걷이가 끝나면 다시 산으로 돌아간다고 하는데, 이같은 믿음을 소레이(祖靈) 신앙이라고 한다. 따라서 죽은 이의 영혼이 간다는 영험한 산에는 반드시 지장보살이 있다는 믿음이 생겼으며, 불교의 지장보살이 민간신앙의 대상으로 변하게 된 것이다.

또한 일본인은 마을의 밖은 죽음의 세계이고 마을 안이 현세라는 생각을 하였기에, 마을 경계에도 지장보살을 세운다. 즉 지장보살은 마을의 수호신이자 죽은 이의 영혼을 달래는 역할을 하는 보살이라 믿은 것이다.

지장보살이 민간신앙의 대상으로 확고히 자리잡은 것은 12세기경으로, 모습도 초기의 스님에서 점차 동자로 바뀌게 된다. 또한 명칭도 '지장보살'에서 '오지조상'(お地蔵さん)이라고 바뀌었다. 지조(地蔵)라는 명사 앞에 존경을 나타내는 접두사 'お'를 붙이고, 뒤에는 친숙함을 나타내는 '樣'을 붙인 명칭을 통해 존경과 친숙함을 나타낸 것이다.

일본에서는 보통 지장보살 6체를 나란히 세우는 경우가 많다. 이는 불교에서 사람이 깨달음을 얻지 못하고 죽으면 육도(六道)인 지옥도(地獄道), 아귀도(餓鬼道), 축생도(畜生道), 수라도(修羅道), 인간도(人間道), 천상도(天上道) 가운데 하나로 환생(還生)한다는 불교의 윤회사상에서 비롯된 것으로, 어떤 곳에 속하더라도 지장보살에게 구원을 바란다는 의미가 담겨 있다. 즉 각 담당구역별로 지장보살을 두는 것이다. 지장보살과 관련해서 일본인들에게 유명한 민담(民譚)이 있다.

옛날에 어떤 가난한 노부부가 살고 있었다. 정월을 맞아 할아버지는 떡을 사기 위해서, 짚으로 5개의 모자를 만들어 장에 나가 팔고자 했다. 하지만 모자는 하나도 팔리지 않았고, 떡을 사지 못한 할아버지는 집으로 돌아가기 위해 힘없는 걸음으로 옮길 수밖에 없었다. 그런데 돌아오는 길에 하늘이 어두워지고 눈이 펑펑 쏟아지기 시작했다. 마침 절 앞을 지나던 할아버지는 눈을 맞고 있는 지장보살을 차마 그냥 지나칠 수가 없어, 팔리지 않은 5개의 모자를 씌워 주고 나머지 하나에는 자신이 쓰고 있던 수건을 둘러주었다.

늦은 밤 노부부의 집 현관에서 이상한 소리가 들렸다. 무슨 일인가 확인하기 위해 밖으로 나간 할아버지는 쌀가마와 도미 등 정월맞이 음식이 한가득 쌓여 있는 것을 발견하곤 깜짝 놀랐다. 주위를 둘러보니 멀리 빙그레 웃으며 빈 수레를 끌고 가는 여섯 명의 지장보살이 보였다.

지금껏 전하는 이 「가사지조(笠地蔵) 이야기」는 지장보살이 현세에서도 인간을 돕는 존재로 성격이 바뀌었음을 알게 해준다. 이 밖에도 어느 어촌에서는 땅에 파묻힌 지장보살을 파내서 높은 곳에 잘 모셔놓자 등대 역할을 해서 풍랑을 만난 어민을 구해주었다거나, 사마귀를 없애주고, 배우자를 점지해주며, 아이를 갖도록 해주는 등 인간의 일상에 도움을 주는 지장보살에 관한 민담이 많다.

이처럼 지장보살이 민간신앙의 대상으로 변하는 중에 죽은 자를 구제하는 역할이 맡겨지기도 하는데 빨간 모자를 쓰고, 빨간 망토를 두른 '미즈코지조'(水子地蔵)가 바로 그 존재이다.

옛날 일본에서는 어린아이가 죽으면 성불(成仏)을 빌며 강변에서 돌쌓기를 했다. 그런데 귀신이 나타나 쌓아놓은 돌을 무너뜨리면, 아이의 영혼은 성불하지 못하고 강가를 헤매게 된다. 이때 어린 영혼을

도와 귀신을 물리치는 것이 지장보살이라는 믿음에서, 어린아이가 죽으면 미즈코지조를 세우는 것이다. '미즈코'라는 말은 '세상의 빛을 보지 못한 아이'(見ず子)에서 비롯되었다고도

미즈코지조

하며, 태아가 죽거나 했을 때 자리잡게 되었다고 한다.

　미즈코지조는 빨간 모자를 쓰고, 빨간 턱받이를 걸쳤으며, 손에 바람개비를 들고 있는 모습인 경우가 많으며, 어린아이의 넋을 달래기 위해 장난감을 장식하는 경우도 있다. 또한 빨간색의 옷을 입힌 것은, 예로부터 빨간색이 액막이에 효험이 있다는 생각과 일본의 건국신화에서도 나타나듯 아마테라스오미카미(天照大御神:태양신)를 상징하는 것이다. 태양의 신처럼 강한 힘을 내어 극락정토로 가서 환생하라는 의미를 가진 것이라 한다. 또한 지장보살이 어린 영혼을 지켜주길 비는 마음에서 아이가 쓰던 턱받이를 걸어주기도 한다.

　현대에 이르러 미즈코지조는 낙태로 세상에 태어나지 못한 아이의 넋을 기리기 위해 세우기도 하는데, 윤리적인 이유에서 거부하는 절도 있으며 설혹 허락을 하더라도 경내가 아닌 입구나 지장보살 주위에 세우도록 한다. 비바람에 의해 모자나 바람개비의 빛이 바랜 미즈코지조는 어쩌면 무책임한 인간에게 무언의 경종을 울리고 있는 듯 보이기도 한다.

41. 밭에 살면 다나카,
산 아래 살면 야마시타

【백동선】

일본어를 공부하면서 참으로 어렵다고 여겨지는 것 가운데 하나가 한자읽기다. 그리고 어려운 한자읽기의 극치는 아마도 인명(人名) 읽기일 것이다. 일본인의 인명, 특히 성을 읽는 방법은 가히 가관이라 할 수 있다. 일본인조차 읽지 못하는 성도 있으니까. 통계에 의하면 오늘날 일본인의 성은 12만 개에 이른다고 한다. 가계(家系)의 이름인 성의 종류가 많기로 단연 세계 제일일 것이다. 우리나라 성이 채 3백 개가 못 되고, 중국이 1천 개에 이르지 못하는 것과 비교하면 하늘과 땅 만큼의 차이가 난다.

하지만 흥미롭게도 모든 일본인이 성을 갖게 된 역사는 그리 오래 되지 않았다. 물론 과거에도 성은 존재했지만, 소위 지배층인 무사계급만이 가졌을 뿐이었고, 특별한 경우를 제외하고는 일반 서민이 성을 가진 예는 드물었다.

그러나 메이지유신으로 사회가 개혁되고 만민평등의 사상에 근거하여 일반 서민도 성을 가지는 것이 허용되었다. 그럼에도 당시 사람들은 필요성을 크게 느끼지 않은 때문에 성을 갖지 않은 경우가 많았다.

1873년 징병령을 발표하고서 전 가구를 파악할 필요성을 느낀 정부는 1875년에 성의 보유를 의무화하기에 이른다. 따라서 일본의 성은 메이지유신 이후 정치적인 목적에 의해 급조된 것이 많다. 하지만 성을 갖고 있던 지배층보다 몇 배에 달하는 일반 서민이 갑자기 성을 가지려니 혼란이 발생할 수밖에 없었다. 스스로 자기의 성을 지은 사람도 있었지만, 많은 사람들이 소위 글깨나 배운 사람에게 성을 지어 달라고 부탁했고, 심지어는 호구 조사를 하는 공무원에 의해 급조된 성도 적지 않았다고 한다.

급조된 성의 기준은 대부분 주거지에서 따온 것이 많다. 논이나 밭에 살면 '다나카'(田中), 산에 살면 '야마나카'(山中), 산 아래 살면 '야마시타'(山下) 등이 그것이다. 또한 성을 짓는 이의 취향에 따라 같은 한자라도 다르게 읽는 경우도 있다. 예를 들어 '神野'라는 성은 '신노'(しんの)라고도 하고, '진노'(じんの)라고도 읽는다.

성이 너무 많아 혼란이 야기되자 정부는 한자를 제한하기에 이른다. 그래서 현재 인명용 한자는 상용한자 외에 284자의 표외자로 인정하고 있으나, 이는 글자를 제한한 것일 뿐 발음까지 규제한 것은 아니다. 같은 한자라도 달리 읽을 수 있으니, 일본인조차 헛갈릴 정도이다. 그래서인지 일본인의 명함을 보면 한자와 가나 표기를 병기(併記)한 것이 적지 않다. 또한 오늘날에는 대부분의 사람들이 읽기 쉽고 쓰기 쉽고 기억하기 쉬운 이름을 지으려고 하지만, 옛날 사람들은 너무 쉽게 이름이 기억되면 여러가지 불리한 상황에 처할 수 있다는 생각에 가능하면 읽기 어려운 성이나 이름을 짓기를 원했던 것 같다. 그래서 뭐라고 읽어야 할지 도무지 알 수 없는 성도 있다.

참고로 일본인 중에서 성을 갖지 않는 유일한 가문이 있다. 그것은 만세일계(万世一系)를 주장하는 일왕과 그 친족들이다. 성이란 다른 가계(家系)와 구별하기 위한 것인데, 일왕은 계통이 유일하므로 성을 가질 필요도 없고 그래서도 안 된다는 생각 때문이다.

이처럼 굴곡진 역사 속에서 이루어진 일본인의 복잡하고 다양한 성 가운데, 우리의 입장에서 봤을 때 특히 인상에 남는 몇 가지가 있어 소개해 본다.

먼저 숫자와 관련된 성이 있다. 일본인은 성이나 이름에 숫자를 사용하는 경우가 많다. 예를 들면, '一'라는 성은 '이치몬지'(いちもんじ)라고 읽고, '一二三'은 '히후미'(ひふみ)라고 읽는다. '九'는 '이치지쿠'(いちじく), '十'은 '모지'(もじ), '九十九'는 '쓰쿠모'(つくも)라고 읽는다. '千万憶'이라는 성은 '쓰모루'(つもる)라고 읽는데, 무척이나 금전에 대한 욕심이 강한 사람이라고 생각할지 모르지만, 자세히 살펴보면 숫자 단위인 '億'이 아니고, 한자음이 같은 '憶'을 쓴다는 것을 알 수 있다. 천만 번이나 생각을 하니 '쓰모루'(積:쌓이다) 하는 것은 당연하다.

생활과 관계있는 '四月一日' 또는 '四月朔日'라는 성이 있다. '와타누키'(わたぬき)라고 읽는데, '와타'(綿:솜)를 '누쿠'(抜く:빼다)하는 계절이니 4월인 것이다.

한자의 음으로만 따져 보면 무척 재미있는 성도 있다. '시카마'(色麻)가 좋은 예인데, 언뜻 '시카마'(色魔)가 연상된다. 그리고 이성에 추

223

근대는 사람을 '엣치'(えっち)라고 하는데, '오치'(越智)라는 성도 한자음으로 읽으면 '엣치'가 된다.

일본어의 의미로 봤을 때 한자대로 해석하면 더 재미있는 성도 있다. '우와키'(浮気)는 '마음이 들떠 있는 상태'를 뜻하는 말로 우리말의 '바람(기)'와 비슷하다. 이를 성으로 썼을 때는 '후케'라고 하지만 보통은 '우와키'라고 읽을 수도 있는 것이다. 그렇다면 '고후케'(小浮気)라는 성은 '약간 바람기 있는 사람'이라고 생각할 수도 있다. '아야시'(愛子)라는 성도 있다. 그런데 일본어로 '아야시이'(怪しい)라는 말은 수상쩍다거나 의심스럽다는 의미를 가진다. 그러면 아야시는 뭔가 수상쩍은 일을 하는 사람일지도 모르겠다. 또한 '아이진'(愛人)은 '정부'(情婦 또는 情夫)를 의미하는 말이어서, 아야시를 더욱 곤란하게 만들고 있다. '미타라이'(御手洗)라는 성을 접했을 때 '오데아라이'(お手洗い) 즉 화장실이라 생각할 수도 있고, '야쓰메'(八女)는 '야쓰'(奴)에 비속접미사 '메'(め)가 붙어 '그 자식'이라고 욕하는 듯 들릴 수도 있다. '오바'(大庭)는 오버(over)한 느낌이 들고, '미루'(三入)는 누군가 미이루(見入る:들여다보다) 할지도 모른다. '이에시키'(己己己己)는 자기 주장이 몹시 강한 사람일지도 모르고, '스네코시'(子子子子)는 자식 욕심이 몹시도 많은 사람일 수 있다. '다카나시'(小鳥遊)는 '다카'(鷹:매)가 없으니[なし] '작은 새가 잘 논다'는 뜻이고, '야마나시'(月見里)는 '야마'(山:산)가 없으니 달이 잘 보인다는 뜻이다. 또한 '데구치'(出口)라는 성이 있는가 하면 '이리구치'(入口)도 있는데, 아마도 두 사람은 영원히 만나지 못할 것이다.

42. 유럽 인상파를 태동시킨
풍속화 우키요에

【이준섭】

우키요에(浮世絵)는 우리에게는 낯설지만, 19세기 중엽 파리를 들끓게 만든 일본의 풍속화로 유럽 인상파 미술의 원류(源流)라고도 할 수 있다. 이처럼 유럽 예술계에 큰 영향을 끼친 우키요에가 알려진 것은 무척 우연한 계기에서였다.

1856년 화가이자 판화가인 브라크몽(Félix Bracquemond, 833~1914)이 일본으로부터 도착한 도자기의 포장지로 사용된 '호쿠사이 만가(北斎漫画)'를 보고는 놀라 친구인 마네(Edouard Manet, 1832~83)와 드가(Edger Degas, 1834~1917)에게 보임으로써 알려지기 시작한 것이다. 또한 1867년 파리에서 열린 제2회 만국박람회장에서 어느 특산품점 주인이 포장지로 사용했던 우키요에 판화가 인쇄된 종이를 버리려는 찰나, 마침 이곳을 방문했던 화가 모네가 이를 발견하고는 모두 사들였다는 얘기도 전해진다.

일본의 우키요에에 관심을 가졌던 초기의 인상파 화가들은 가쓰시카 호쿠사이(葛飾北斎, 1760~1849)나 우타가와 히로시게(歌川広重,

1797~1858) 등의 풍경화로부터 적지 않은 영향을 받았고, 나중에는 기타가와 우타마로(喜多川歌麿, 1753~1806)와 도슈사이 샤라쿠(東州斎写楽, 생몰년미상) 등의 작품에까지 관심을 기울이게 된다.

무엇보다 색채의 신선함은 인상파의 화가들에게 크나큰 충격을 주었고, 우키요에에 대한 관심은 점차 확대되어 대량의 작품이 프랑스의 화상(画商)들에 의해 수집되었다고 한다.

그러면 세계의 거장들을 놀라게 한 일본의 풍속화 우키요에의 본모습은 과연 어떤 것이었을까?

에도시대는 정치적인 안정과 상공업의 발달을 배경으로 조닌(町人)이라는 새로운 사회계급이 급부상했다. 이들은 신분제도의 제한과 경제적 지위 향상이라고 하는 불균형 속에서 나타난 갈등과 인간 본연의 호색적인 욕구를 마음껏 해소하면서, 지배계급인 무사와는 달리 서민적이고 쾌락적인 색채가 짙은 독특한 문화를 추구했다.

새롭게 탄생한 문화의 주역은 말할 것도 없이 경제력이 있는 조닌과 그들에 순응하는 화류계 여성들이었다. 이와 같은 조닌들의 생활 풍속과 인정을 그린 것이 우키요에인 것이다. 우키요에는 에도시대에 만연한 호색적인 경향과 세속적인 광경을 화려한 색채로 표현한 풍속화로, 당시 서민들이 향락을 즐기던 유곽(遊郭)과 새로운 유행의 주역이었던 화류계 여성이나 가부키 배우를 대상으로 한 것이 많다. 강렬한 일본적 색채와 분위기를 가진 우키요에는 서민의 통속적인 사고가 선명하게 표출되어 다른 어느 나라의 미술에서도 볼 수 없는 묘한 매력을 발산하는 독특한 미술형식이 되었다.

섬세한 선은 우키요에의 생명이다.

서양화가 선이 그리는 윤곽선으로부터 벗어나 3차원의 세계를 구축하려 했다면, 동양화는 윤곽선을 벗어나지 않는 2차원을 고집했다. 동양화의 기본은 선이며, 선은 화가의 사상 그 자체라고도 할 수 있다. 특히 우키요에에서 섬세한 선은 그림의 생명력이라고 할 수 있어, 판화가의 예리한 칼놀림까지도 느낄 수 있을 정도이다.

우키요에의 형성기부터 쇠퇴기까지 많은 화가들이 활약했는데, 히시카와 모로노부(菱川師宣,1630~94)는 우키요에 판화의 창시자로, 손발이 가늘고 애련한 분위기로 몽유적인 화면을 나타내는 한편 배경의 사물을 세세하게 그려내 현실미가 느껴지는 미인화를 완성시켰다. 그의 육필화 '뒤돌아보는 미인'(見返り美人)은 1948년 11월 29일에 우표취미주간 기념우표 제1호로 발행되기도 했다. 또한 도리이 기요나가(鳥居淸長)는 아름다운 복장에 우아한 자태를 가진 건강한 미인을 밝고 따뜻한 느낌의 색채로 표현하여 새로운 미인화 양식을 확립한 인물이다.

이와 함께 절대 빼놓을 수 없는 인물이 신비의 화가 샤라쿠(写楽)이다. 1794년 어느날 혜성처럼 나타난 그는, 거의 파산지경에 이른 출판업자 쓰타야 주자부로(鳥屋重三郎)를 기사회생시키더니, 10개월 남짓 동안에 140여 점이나 되는 작품만 남기고 불현듯 자취를 감췄다. 너무도 사실적인 그의 그림은 때로는 사람들에게 외면당하기도 했는

우키요에는 강렬한 일본적 색채와 분위기를 나타낸다.

데, 미인이어야 할 온나가타(女形:여자역전문 남자배우)의 모습을 있는 그대로 투박하고 희화적(戱画的)으로 표현한 때문이다.

1910년 독일의 쿠르트가 벨라스케스나 램브란트와 견줄만한 초상화가로 극찬하면서 일약 세계의 주목을 받기 시작했으며, 조선의 화가 김홍도의 변신이라는 이야기도 있다.

화재(画材)를 현실에서 취한 우키요에는 정경은 물론 인물의 복장과 머리모양까지도 섬세하게 표현하여, 이를 통해 에도문화의 중요한 부문을 차지하는 화류계 여성의 생활을 엿볼 수 있다. 다양한 계층의 남성을 상대하는 화류계의 여성 중에는 여성적인 몸가짐, 예절, 무용, 음악 등의 다양한 교양과 예능을 겸비한 게이샤(芸者)가 있다. 즉 게이샤는 남성과 함께 세상 이야기라든가 예술 등에 대한 이야기를 자유롭게 나눌 수 있는 상대라고 할 수 있다. 그들은 교양과 풍부한 재치로 남성들에게 즐거움을 제공하는 존재이자 정신적 공감을 가질 수 있는 친구로 단순히 몸을 파는 접대부의 차원을 넘어 일본 고유의 전통 고수 및 전승에 기여했다. 이러한 면에서 화류계는 공적인 사교수단뿐 아니라 교육의 장소로도 활용되었다. 게이샤는 저명한 사람들과 자유롭게 왕래하면서 오늘날의 매스미디어와도 같은 역할을 담당했던 것이다.

뛰어난 지식과 기예를 지닌 게이샤의 스타일은 '이키'(粹)로 대표된다. 이키는 기질, 모습, 색채, 무늬 등이 세련되고 멋진 것을 의미하는데, 한마디로 에도시대의 미적 감각이라고 할 수 있다. 우키요에에서 보여지듯 가는 얼굴, 얇은 옷을 걸친 모습, 날씬한 허리, 옅은 화장, 고혹적인 곁눈질, 미소, 맨발 등의 모습과 기하학적인 도형, 줄무늬, 그리고 회색, 갈색, 청색 계통에 속하는 색채가 이키를 대표한다.

예술작품은 그 시대 사회상의 일면 또는 전부를 반영한다고 해도 과언이 아닐 것이다. 하지만 주로 유곽의 정경을 다루었으며, 말초적인 묘사로 퇴폐적인 분위기를 띠고 있기 때문에 우키요에를 춘화(春画)라고 생각하는 사람도 있다. 18세기에 조선통신사로 일본에 다녀온 신유한(申維翰)이 '금수'(禽獸)와 같을 정도로 남녀 간의 풍기가 문란하고, 사람마다 춘화를 몸에 지니고 있다'고 기록한 바, 성리학적 교양이 몸에 밴 조선유학자의 눈에 우키요에의 존재를 통한 에도의 문화가 어떻게 비쳤을지 짐작이 가는 일이다.

그러나 우키요에에 나타난 독특한 미의식은 일본의 소중한 문화유산으로서 일본인의 행동과 의식 속에 살아 있다고 하겠다.

43. 꽃을 재단하는 이케바나

【서윤순】

　　이케바나(生け花)는 일본 전통예술의 하나로서 꽃, 나뭇가지, 잎사귀, 풀 등의 화재(花材)를 그릇[花器]에 담아서 꽂는 것 또는 그 기법을 말한다. 꽃을 가꾸고 장식하는 기술의 발달과 함께 이케바나를 하는 사람의 정신적인 수양도 중시됨에 따라 가도(花道 또는 華道)라고도 불리게 되었다. 일본에는 현재 이케바나 유파들은 약 3천에 이르는데, 주류를 이루는 이케노보류(池坊流)는 국내뿐 아니라 세계 각국에 수백 만이나 되는 문하생이 있다고 한다. 그 외에도 엔슈류(遠州流), 미쇼류(未生流), 사가류(嵯峨流) 등이 비교적 큰 유파에 속한다. 이러한 유파들은 이에모토(家元)를 정점으로 하는 이른바 피라미드식 제도를 계승하면서 오랫동안 이케바나의 전통과 문화를 지키고 발전시켜 왔다.

　　이케바나는 원래 신불(神仏)께 제사를 드리는 의례(儀礼)에서 시작되었다. 무로마치(室町) 시대에 접어들어 아시카가 요시미쓰(足利義満)를 비롯한 역대 장군들은 예술진흥에 노력을 기울였고 이에 따라 노가쿠(能楽)와 차노유(茶の湯) 등 문화활동이 활발해졌다. 그 일환으로 '쇼

인즈쿠리'(書院造り)라고 하는 건축양식이 등장하게 되는데, 이는 현관과 도코노마(床の間), 선반, 장지문, 맹장지, 다다미방 등이 있는 일반적인 일본 주택의 건축양식으로 이케바나의 발흥에 큰 영향을 주었다. 그때까지만 해도 상처럼 이동이 가능한 장소에 놓여지던 이케바나를 도코노마라는 정해진 위치에 장식하게 되면서, 종교적인 의미를 지닌 상징물에서 관상물(観賞物)로 변했고 다양한 기법이 개발되었다.

이케바나에는 일본인들이 추구하는 철학적인 의미가 담겨져 있다. 중국의 역학(易學)에서 유래된 삼재(三才) 즉 천지인(天地人)의 개념은 이케바나를 통해 우주와 인간의 조화의 원리를 나타내고 있다. 이케바나의 하나가타(花形)는 3개의 나뭇가지가 중심으로 구성되어 있다. 높이가 서로 다른 3개의 나뭇가지가 각각 상단·중단·하단에 위치하고 거기에 살을 붙이는 나뭇가지가 더해져서 하나의 하나가타가 이루어진다. 이렇게 이루어진 3개의 나뭇가지는 천지인의 의미를 갖게 되며 각각 천지(天枝), 지지(地枝), 인지(人枝)라고 불리며, 이케바나의 형태를 만드는 데 중요한 역할을 하기 때문에 야쿠에다(役枝)라고 부른다.

이처럼 천지인을 상징하는 3개의 야쿠에다를 기본으로 해서 여러 가지 하나가타가 만들어졌고, 15세기 후기에 '릿카'(立花)라는 양식이 탄생하였다. 조화, 비례, 균형을 중요시하고 전체적으로 정적(静的)인 특성을 가진 릿카는 에도(江戸) 시대 초기 이케노보 센코(池坊専好)에 의해서 체계화된 양식으로 자리를 잡았는데, 한자 그대로 읽어 '다테바나'라고도 한다.

뛰어난 명인에 의해 절정에 이르게 되었지만, 역설적으로 릿카는 그 때문에 더 이상의 발전을 이루지 못했다. 당시의 서민들은 릿카의 복잡한 양식과 딱딱한 속박으로부터 탈피하기 위해서 부드러움을 추구하게 되었고, 그 결과 형체상의 변화가 불가피하였다.

첫 번째 형체상의 변화는 수직체를 피하고 경사체를 추구하게 된 것이며, 두 번째 변화는 모든 것이 충족되어 있는 완전한 원형(圓形)을 피하고 다소 부족함이 있는 타원형으로 변화되었다. 릿카에서 변화된 이러한 이케바나의 하나가타를 '세이카'(生花)라고 하는데 무엇보다도 '선(線)의 아름다움'을 강조한 하나가타라고 할 수 있다. 세이카는 일반 민중 사이에도 널리 보급되어 이케바나의 중심적인 양식으로 자리잡았다.

릿카가 발생한 15세기에는 나게이레바나(抛入花)라는 양식도 시작되었다. 문자의 사용방법은 시대에 따라 특징을 달리하는데, 초기에는 '나게이레바나' 또는 '나게이레'라는 말이 사용되었다. '나게이레'에서 '이레'(入れ)는 '넣다, 꽂다'라는 뜻이고 '나게'(抛げ)는 '기울다, 경사지다'는 의미를 가진다. 즉 화재를 기울어진 상태로 자연스럽게 꽂는 기법을 말하며 아즈치모모야마(安土桃山) 시대에 센노 리큐(千利休)라는 차진(茶人)의 노력으로 극도로 융성한 차노유의 이케바나, 소위 차바나(茶花)도 이 양식을 따르고 있다. 센노 리큐는 차노유를 할 때의 마음가짐을 사규칠칙(四規七則) 중에서 '꽃은 들에 있는 것처럼 꽂으라'고 설명하고 있다. 극히 상징성이 높은 차바나는 후일 이케바나에 큰 영향을 미쳤다.

메이지(明治) 시대에 이르자 릿카나 세이카 등에 나타난 정형과 규정에 사로잡히지 않고 자유롭게 꽂을 수 있는 모리바나(盛花)가 유행하였다. 모리바나는 수반이나 꽃바구니와 같은 화기에 화재를 수북히 담 듯이[盛る] 낮게 꽂는 것에서 연유한 호칭이다. 유파에 따라서 지유바나(自由花), 신바나(新花), 겐다이바나(現代花) 등으로 불리며, 나게이레바나와 함께 널리 보급되었고, 자연풍경과 색채감각을 강조하는 유파들이 생겨나면서 다이쇼(大正) 시대부터 쇼와(昭和) 시대에 걸쳐 크게 유행하였다.

제2차 세계대전이 끝난 후, 시대의 조류에 부응하여 자유로운 사상, 감각, 수법을 사용하여 새로운 이케바나의 양식이 만들어졌다. 꽃뿐만 아니라 철사나 유리, 돌 등을 소재로 하여 화려한 조형과 색채를 강조하는 젠에이바나(前衛花)였다. 전후에는 무엇보다도 자유가 존중되었기 때문에 자유로운 감각과 수법으로 단순히 자유롭게 꽃을 꽂으면 된다는 생각이 만연했다. 하지만 젠에이바나는 단지 초목을 자유롭게 꽂는 것이 아니라 내면적인 표출이 강하게 요구되었다. 이런 점이 초목을 '있는 그대로' 꽂는 나게이레바나와는 전혀 다르다고 할 수 있다. 현대적인 감각이 물씬 풍기는 젠에이바나는 전후의 다원주의 사회로 나아가는 일본사회의 변화를 반영한 새로운 표현경향으로 정착해나갔다.

앞에서 살펴본 바와 같이, 이케바나의 다양한 양식과 기법은 각 시대의 생활문화와 의식 세계를 반영하여 이루어진 것이다. 이것이 이케바나의 양식, 기법의 발달과 대중적 확산을 가능하게 한 동력으로 작용하였다. 이제 이케바나는 생활문화의 하나로 자리 잡았다. 이케바나를 하는 사람은 과정 자체를 즐기는 동시에 정신적인 수양을 하게 된다.

따라서 이케바나는 외관의 아름다운 장식성을 감상하는 단순한 취미활동의 수단이 아니라 자신의 내면 세계와 대화하면서 만들어진 표현물이다.

일본인들은 손님을 맞이할 때나 명절 때, 헤어질 때, 축하할 때, 위로할 때 등 여러 상황에서 꽃을 통해 자신의 마음을 표현해왔다. 결국 이케바나는 일본인들의 생활 속에 깊이 뿌리내린 생활예술이라고 할 수 있으며, 일본과 일본인을 상징하는 대표적인 문화의 하나로 자리매김하고 있다.

44. 우주의 축소판 일본식 정원

【조찬백】

세계 어느 정원도 일본의 것처럼 아기자기하면서 자연 그대로의 모습을 한 것은 없다. 마치 분재(盆栽)처럼, 작지만 자연 그대로를 재현하기 위해 극도의 조형미를 갖추려 애쓴 것이 바로 일본의 정원이다.

자연 또는 우주의 축소판이라고 하는 일본식 정원의 기본 발상은 신과 인간의 세계를 연결한다는 것이다. 이는 산 정상에 우람하게 서 있는 바위나 거목, 하천 등의 자연을 신앙의 대상으로 숭배한 데서 유래된 것으로 보인다. 즉 일본식 정원은 자연에 대한 숭배와 종교, 사상, 당대를 살았던 사람들이 그려내고 싶었던 이상향(理想鄉)을 표현한 것이라 할 수 있는데, 때로는 섬세하고 부드럽게 때로는 호쾌하고 웅장하게 자연을 표현하여 보는 이로 하여금 다양한 감동을 느끼도록 한다.

일본의 정원은 크게 물이 있는 기본형과 물이 없는 가레산스이(枯山水) 정원으로 나뉜다.

우선 기본형의 주요 구성요소로는 연못, 섬[島], 거석(巨石), 소나무 등을 들 수 있다. 연못을 파고 그 안에 섬을 만들어 자연 그대로의

돌이나 바위를 놓고, 소나무를 심은 다음 신을 모신다. 이것이 신의 연못(神池)이 된다. 연못에 섬을 두는 기본형에는 밤을 밝혀 주는 석등롱(石

자연의 모습을 재현한 가쓰라 릿큐 정원

灯籠)과 함께 정원을 산책할 때 편리를 위해 경관과 어울리도록 돌을 늘어놓은 통로인 노베단(延段)을 곁들이기도 한다.

연못이 있는 기본형에 반해 물이 없는 곳에 돌을 세워 만든 가레산스이 정원도 있다. 일본인들은 신은 하늘에서 산꼭대기에 있는 바위로 내려온다고 여겼다. 그러므로 산꼭대기의 거석군을 신의 거처로 여겨 반경(磐境)이라고 했으며, 가장 큰 바위를 신의 발판, 즉 반좌(磐座)라고 했다.

신을 경외(敬畏)하면서도 신이 되고 싶어하는 인간은 신의 거처인 반좌에서나마 아래에 펼쳐진 세상을 내려다보고자 했다. 위에서 굽어보면 발 아래로 늘어선 산의 하얀 돌들은 각양각색이다. 그들은 태고적부터 있었고 머나먼 미래에도 존재할 것이다. 멀리 보이는 산의 녹음(綠陰) 또한 아름답다. 더구나 계절에 따라 바뀌는 정경이란 어찌 필설로 표현할 수 있으랴. 이런 경치를 늘 가까이에서 보며 즐기고 싶다는 마음이 산의 모습을 그대로 재현하도록 했고 물이 없음에도 마치 물이 있는 것처럼 느낄 수 있도록 다양한 모양과 크기의 돌을 배치하여 꾸민 정원을 만들었다. 이처럼 산에서 내려다 본 세계를 상징적으로 묘사한 것이 가레산스이 정원이다.

헤이안 후기, 귀족들은 부와 권력을 손에 쥐고 이루지 못할 것은 아무 것도 없을 정도의 호사를 누렸다. 그러나 죽음을 맞이해야 하는 것만은 피할 도리가 없었다. 사후(死後)에 지옥에 떨어지고 싶지는 않았던 귀족들의 귀를 솔깃하게 하는 종교가 등장했다. 그저 '나무아미타불'이라고 읊조리기만 하면 죽어서도 극락정토에 다시 태어날 수 있다는 단순하고 명쾌한 가르침의 정토교(浄土教)가 그것이다. 이에 따라 귀족들은 현세에 정토를 만들고 사후의 예행연습을 할 수 있는 정토식 정원을 만들었다.

정토식 정원의 서쪽에는 아미타삼존불(阿弥陀三尊仏)을 모시는 불당(仏堂)을 세웠고, 동쪽에는 연못을 파고 그 안에는 섬을 만들었다. 연못 안의 섬은 하나뿐이 아니라 2개 또는 3개인 경우도 있는데, 이를 칠보 연못(七宝池)이라고 한다. 연못 안의 섬에는 동서 직선으로 2개의 다리가 놓여 있다. 서쪽의 다리는 활처럼 휘어진 모양이고, 동쪽은 평평한 것이 일반적인 양식으로, 서쪽의 아미타불당은 극락이고 동쪽의 연못은 사바세계 즉 속세를 뜻했다. 또한 연못에는 서방정토를 상징하는 연꽃을 심었다.

이처럼 일본식 정원에는 여러 가지 사상이 혼재되어 있다. 불교적인 사상을 바탕으로 했는가 하면, 신도사상도 존재한다. 또한 도교적인 색채도 있고 음양도(陰陽道)에서 비롯된 부분도 있다. 정원에 놓인 돌 하나가 불교와 도교의 의미를 동시에 지닌 것도 있다. 일본인들은 극락정토에서의 환생을 꿈꾸면서도 불사(不死)의 선인(仙人)을 이상으로 삼기도 하는 때문이다. 그럼에도 전혀 부자연스러움이 느껴지지 않는 것이 일본식 정원의 특징이다.

이는 일본인들의 종교에 대한 의식(意識)과도 관련이 있다. 대부분의 일본인들이 종교와 관계를 갖고 있지만 그것은 습관적인 것일 뿐 서양인들의 종교적 신앙과는 거리가 멀다. 일본인들은 아기가 태어나면 신사에 가서 신주(神主)로부터 축복의 기도를 받는다. 그러나 사람이 죽으면 절[寺]의 스님에게 부탁해 독경을 외우게 한다. 화장(火葬)한 유골은 절 안에 모신다. 물론 성묘도 절로 간다. 그러나 결혼식은 기독교식으로 하고, 그리스도께 평생 동안 부부가 희로애락을 함께 할 것을 맹세한다. 독실한 신자의 입장에서 보면 제멋대로 종교를 오가는 것처럼 보이겠지만, 일본인들은 전혀 모순을 느끼지 못하고 자연스럽게 행한다. 종교를 의식하지 않으며, 자기 좋은 대로 여러 종교를 드나들고 있는 것이다.

이들의 자유로운 관념처럼 정원은 우주의 축소판이자 종교의 집합처라 할 수 있다. 산을 만들고 돌을 배치하여 거기에서 신을 본다. 또한 연못을 파고 그 안에 섬을 만들어 나무를 심고는 거기에서도 신을 본다. 복수(複數)의 종교 사상이 서로 부딪히지 않고 조화를 이뤄 만든 현세의 이상향이 바로 일본식 정원이다.

45. 고양이도 죽어서
가죽을 남긴다, 샤미센

【박윤호】

고양이에 대한 이미지는 우리나라에서도 그다지 좋지 않지만 일본은 조금 더 심한 것 같다. 고양이와 관계된 언어적 표현을 보더라도 능히 짐작할 수 있는데, '고양이도 국자도'(猫も杓子も)라는 말은 '어중이 떠중이 모두'를 뜻하며, '고양이에게 금화'(猫に小判)라는 말은 '돼지 목에 진주'에 해당하니, 우리나라에서보다 더욱 푸대접을 받는다고 할 수 있겠다.

그러나 드물게 고양이가 대접받은 경우가 있다. 호랑이가 죽어서 가죽을 남기는 것처럼 고양이도 가죽을 남기는데, 바로 전통 악기인 샤미센(三味線)의 재료로 쓰이는 것이다.

일본의 대표적 전통 악기 샤미센은 중국의 산겐(三弦)에서 비롯된 것이다. 류큐(琉球:현재의 오키나와)에 유입된 산겐이 산신(三線)이라는 악기로 개조되었다가, 16세기 말에 일본 본토에 전해진 것으로 알려져 있다. 문자 그대로 3개의 줄을 바치(ばち:채)로 튕겨 연주하는 샤미센은, 가부키(歌舞伎)나 닌교조루리(人形浄瑠璃:인형극)를 비롯한 여러 전통예술에 이용된다.

일본에 전해질 당시의 샤미센은 집게손가락에 가조각(仮爪角:연주를 위한 손톱 모양의 도구)을 끼우고 연주했다고 하지만, 바치로 연주하는 비파(琵琶)가 보다 먼저 전해졌던 것으로 보아, 비파 연주자에 의하여 바치로 샤미센을 연주하는 연주법이 시작되었다고 생각된다.

샤미센의 모양을 살펴보면 4개의 판자를 합쳐 만든 몸체에, 사람으로 치면 목에 해당하는 길쭉한 사오(棹:줄이 메어져 있는 부분)가 달려 있고 그 위에 비단실로 꼰 세 가닥의 현이 있다. 사오는 홍목 같은 열대성의 단단한 목재로 만들며, 몸체 양쪽에는 고양이가죽을 붙인다. 연습용에는 튼튼한 개가죽을 사용하지만, 공연용은 반드시 어린 고양이의 부드러운 가죽만을 사용해 만든다.

연주방법은 몸체의 오른쪽 테를 오른 무릎에 얹고, 사오를 왼손으로 받치면서 손끝으로 현을 누르며 오른손의 바치로 켠다. 바치를 위에서 내리칠 때, 바치는 줄과 함께 가죽을 두드리기 때문에 북을 치는 듯한 소리가 섞인다. 한편 바치를 아래에서 올려칠 경우에는 줄만의 부드러운 소리가 나고, 왼손 손가락으로 줄을 튕길 경우에는 더욱 선명한 음색이 나온다. 이처럼 다양한 음색을 낼 수 있는 것이 샤미센의 가장 큰 특징의 하나이다.

샤미센의 음색은 연주법에 의해서만이 아니라, 몸체를 구성하는 나무의 재질과 두께 및 크기, 줄의 강도, 그리고 바치에 따라서도 달라진다.

샤미센은 20가지 정도의 종류가 있고, 소리의 고저와 음색에 따라

장르마다 구별해 사용하고 있다. 샤미센의 길이는 모두 같지만 줄의 길이나 막대, 바치의 차이에 따라 음이 한 옥타브 이상 차이 나는 것도 있다고 한다. 비슷한 현악기인 바이올린이나 비올라 등이 주로 크기를 바꾸는 것으로 음색이나 소리의 고저에 변화를 주고 있는 것과는 대조적이다.

오른쪽 여인이 들고 있는 악기가 샤미센이다.

　　가부키에서처럼 배우가 크고 우렁찬 음성으로 대사를 읊을 때는 굵은 줄의 샤미센과 두꺼운 바치가 쓰이고, 게이샤(芸者)의 요염한 노래에는 섬세한 음색을 낼 수 있는 가느다란 줄의 샤미센이 연주된다. 이처럼 필요에 따라 걸맞는 방법으로 얻어지는 다채로운 음색은 일본음악의 다양성과 깊은 관계를 맺으며 일본의 소리를 만들어 가고 있는 것이다.

　　다른 나라와 마찬가지로 일본의 악기도 크게 3가지로 현악기, 관악기, 타악기로 구별할 수 있는데, 대표적인 타악기로 다이코(太鼓)와 코츠즈미(小鼓)를 꼽을 수 있다. 2개의 채를 사용하여 두드리는 다이코에 비해 코츠즈미는 손가락으로 치는 북으로 미묘한 음색을 유지하기 위해 연주 중에 소리를 들으면서 가죽을 당기고 있는 끈을 조절하거나 가죽에 입김을 불어 습도를 맞추기도 한다.

관악기의 하나인 샤쿠하치(尺八)는 대나무로 만든 피리로, 독특한 음색을 지니고 있으며 역사적으로는 불교의 선(禅)과 깊은 관련이 있다. 본래 이 악기는 고무소(虛無僧)라고 불리는 후케종파(普化宗派)의 승려들만 연주하던 것이었다. 이들은 일상적인 현실은 본질적으로 오류이며, 선입관과 전제조건이 되는 인식을 버려야만 본연에 접근할 수 있다고 믿었고, 이를 위한 도구로서 샤쿠하치를 연주했다. 악보도 없이 그 연주곡이 구전(口伝)되어 왔지만, 오늘날에는 누구나 즐기고 연주하는 악기가 되었다.

일본의 전통음악은 5~9세기에 걸쳐 형성되었는데, 특히 신라, 백제, 고구려 등 중국의 영향을 받아 일찍이 국제화된 한국의 가무(歌舞)가 전해져 바탕을 이뤘고, 이 가운데 불교음악은 헤이쿄쿠(平曲)와 노가쿠(能楽) 등에 큰 영향을 미쳤다. 궁정 귀족이 몰락하고 분권적 봉건 사회의 무사계급이 득세하자 설화체의 음악이 새로운 장르를 형성하기 시작했는데, 대표적인 것이 헤이쿄쿠이다.

한편 일본의 향토음악인 덴가쿠(田楽:모내기 축제부)는 덴가쿠노(田楽能)로, 외래음악의 하나인 산가쿠(散楽:중국에서 건너온 俗楽이나 잡다한 예능)는 사루가쿠(猿楽)로, 사루가쿠는 다시 사루가쿠노(猿楽能)로 각각 발전했다. 이후 12~14세기에는 가장 중요한 전통음악의 하나인 노(能:일본 고유의 가면극)가 점차 형성되었으며 매우 세련된 경지에까지 이르렀다.

16세기 후반 외국과 교류가 활발해지면서 샤미센이 수입되고, 기독교음악도 들어왔으며, 민속설화음악인 조루리(浄瑠璃:샤미센 반주에 맞춰 가락을 붙여 엮어 나가는 이야기)가 새롭게 등장하여 후일 가부키나 닌교조루리로 발전하는 토양이 되었다. 그러나 기독교음악은 1587년 도요토미 히데요시(豊臣秀吉)의 금지령과 에도시대에까지 계속된 탄압으로 거의 흔적이 남지 않았다고 할 수 있다.

샤미센 연주곡과 이 무렵부터 발생하기 시작한 히토요기리(一節切:단소의 일종), 샤쿠하치가쿠(尺八楽:통소 음악) 등이 크게 유행하여, 소쿄쿠(箏曲:거문고와 비슷한 13줄의 현악기로 연주하는 곡)와 함께 에도시대 음악의 중요한 모체가 되었다. 하지만 에도시대에 다시 쇄국주의가 부활하여 외국과의 교류가 단절된 대신 일본의 독자적인 음악이 발전을 이뤘다.

18세기에 이르러 샤미센 연주곡과 소쿄쿠 등을 중심으로 한 새로운 음악이 유행하기 시작했다. 그 가운데서도 특히 서정적 표현을 중시한 고부시(豊後節)는 정사(清死) 사건이 빈번하던 당시의 시류를 타고 그야말로 일대를 풍미한 통속가악이 되었으나, 퇴폐풍조를 조장한다는 이유로 막부의 탄압을 받게 되었다. 그 후 세부화와 변천을 거듭하여 메이지 시대부터 현대에 이르는 동안, 옛 음악을 발굴하고 채보(採譜)하여 중흥시키려는 노력을 했으나, 양악(洋樂)의 거센 물결에 밀려 일본의 전통음악은 우리와 마찬가지로 적지 않은 시련을 겪고 있다.

46. 일본의 빛나는 세계유산
금각사와 은각사

【김용의】

2003년 7월 12일자 일본의 여러 신문에 다음과 같은 기사가 게재되었다.

오전 10시 10분 무렵. 정체불명의 한 남자가 교토 부경(府警)의 통신지령실에 전화를 걸어 '이제부터 금각사(金閣寺)에 불을 지르러 가겠다'는 통지를 해왔다. 당황한 경찰들이 현장으로 달려가 수사를 벌인 끝에, 공중전화를 걸고 있던 한 남자를 현행범으로 체포했다.

1994년에 세계문화유산으로 등록되어 일본인의 긍지를 높여준 유서 깊은 금각사에 불을 지르겠다고 했으니 이만저만한 사건이 아니다. 하지만 실제로 금각사는 1950년에 일어난 방화로 모두 불타버린 뼈아픈 역사가 있다. 전후파 문인 미시마 유키오(三島由紀夫, 1925~70)는 1956년에 이를 소재로 한 동명(同名)의 작품을 발표했다. 어려서부터 금각사를 미(美)의 상징으로 동경하고 있던 청년이 마침내 금각사의 중이

된 후에, 스스로 불을 질
러 절을 태우기까지의 심
적(心的)인 굴절과정을 세
밀하게 묘사한 이 소설은,
1976년에 다카바야시 요
이치(高林洋一)감독에 의
해 영화화되기도 했다.

일본의 대표적 건축물 금각사

　이처럼 일본인들의 마음속에 깊숙이 자리하고 있는 대표적인 건축
물인 금각사는 또한 교토를 여행하는 관광객들이 빼놓지 않고 들르는
관광명소이기도 하다. 특히 겨울에 하얀 눈과 어우러져 금빛으로 반짝
이는 아름다운 자태를 뽐내는 모습은 그림엽서 등을 통해 우리에게도
잘 알려져 있다.

　일반적으로 금각사란 이름으로 알려져 있지만, 정식명칭은 호쿠산
로쿠온지(北山鹿苑寺)이며 임제종(臨済宗)에 속한다. 무로마치(室町) 시
대 아시카가(足利) 가문의 3대 쇼군(将軍)인 아시카가 요시미쓰(足利義
光,1358~1408)의 명에 따라 1394년에 건립되었다. 건립한 이래 2회
에 걸쳐 크게 수리를 하였으며, 1955년 봄 이후부터 오늘날과 같은 모
습을 갖추게 되었다.

　금각사는 모두 3층으로 이루어져 있다. 1층은 신덴즈쿠리(寝殿造)
라 부르는 헤이안(平安) 귀족의 주택양식으로 꾸며져 있으며, 2층은 케
즈쿠리(武家造)라는 무가(武家)의 주택양식이다. 그리고 3층은 일본 불
교의 한 종파인 선종(禅宗)의 건축양식으로 꾸며져 있다. 일본 중세를

대표하는 세 가지 주요 건축양식이 조화롭게 배치되어 있는 셈이다.

　사람들이 금각사를 보고 싶어하는 가장 큰 이유 중 하나는 2층과 3층 전체에 입혀 놓은 금박(金箔) 때문일 것이다. 이처럼 금박을 입힌 절을 세우는 데 막대한 경비가 소요된 것은 당연하다. 절을 세우는데 약 1백만 관문이라는 경비가 들었다고 하는데, 당시 쌀 150킬로그램의 가격이 1관문(貫文:현재의 6만 엔)이었으니, 오늘날의 가치로 따지면 약 6백억 엔, 우리나라 화폐로 환산하면 어림잡아 6천억 원이라는 돈이 든 셈이다.

　현재의 금박 장식은 1987년에 씌운 것인데, 이뿐만 아니라 3층 맨 위에 설치해놓은 봉황 모양의 조형물은 금각사의 또 다른 명물이다. 일본은 금세공이 무척 발달한 나라이다. 『니혼쇼키』(日本書紀)의 신화편을 보면, 스사노오노미코토(素戔嗚尊)라는 신이 한반도에서 금은을 얻어서 일본열도로 보내려 했다는 기록이 있고, 역사적으로는 야요이(弥生) 시대에 이미 대륙을 통해 금제품이 들어왔다고 한다. 후쿠오카현(福岡県)의 오키섬(沖の島)에서 발굴된 중국제의 금세공품이 이를 뒷받침하고 있다. 이처럼 발달된 세공기술로 만들어진 아름다운 봉황이, 그것도 온통 금박으로 장식된 절의 3층에 있으니 상상하는 것만으로도 눈이 부실 지경이다.

　우리에게는 잘 알려져 있지 않지만, 찬란한 금빛으로 금각사 못지 않게 유명한 곳으로 이와테현(岩手県)의 히라이즈미(平泉)에 소재한 주손지(中尊寺)의 곤지키도(金色堂)를 들 수 있다. 곤지키도가 위치한 일본의 동북지역은 일본에서 처음으로 금이 산출된 지역이다. 이 지역에

서 생산된 금이 나라(奈良)
에 있는 도다이지(東大寺)
의 대불(大仏)을 조성하는
데 사용되기도 하였다.

은각사

　헤이안시대　호족인
후지와라노　기요히라(藤
原清衡, 1056~1128)에 의
해 건립된 주손지의 곤지키도는 사방이 4.5미터, 높이가 8미터 정도
되는 작은 불당으로 전체가 눈부신 금박으로 뒤덮여 있다. 본래 이 불
당은 중앙에 아미타불(阿弥陀仏)을 안치해놓았기 때문에 아미타당(阿
弥陀堂)으로 여겨져 왔다고 한다. 한편에서는 후지와라 집안의 유체
(遺体)가 중앙의 불단 밑에서 발견된 점을 들어 후지와라 집안의 묘(廟)
로 해석하기도 한다. 이 점에 대해서는 아직 명확하게 밝혀지지 않았으
며, 금박으로 장식한 이유 또한 확실한 것은 없다.

　금각사를 거론할 때 늘 함께 사람들의 주목을 받는 절이 은각사
(銀閣寺)이다. 교토로 수학여행을 가서 직접 눈으로 보기 전까지는 '금
각사는 금색이고, 은각사는 은색'이라 믿는 일본인도 의외로 많다. 물
론 이는 잘못된 상식이다. 은각사란 금각사와 대비해서 부르는 이름일
뿐, 은빛과는 아무런 관련이 없다.

　은각사의 정식명칭은 도잔지쇼지(東山慈照寺)로, 아시카가 가문
의 8대 쇼군인 아시카가 요시마사(足利義政, 1436~90)가 1482년에 지
은 산장(山荘)이 전신이며, 그가 죽자 계명(戒名)을 본떠서 지은 절이

다. 은각사는 그다지 유명하지는 않지만, 전체적인 정경은 금각사 못
지 않다는 평을 받는다. 특히 절을 세운 이래로 한 번도 화재 같은 재난
을 겪지 않아서 옛 정취를 물씬 느낄 수가 있으며, 금각사와 마찬가지
로 1994년에 세계문화유산으로 등록되었다.

47. 정적이 흐르는 가면극 노

【김규열】

표정 없는 가면, 커다란 소나무 그림이 전부인 무대 배경, 영화 속의 슬로우모션을 연상케 하는 배우의 동작, 북과 피리의 단조로운 선율……. 가부키(歌舞伎)와 함께 일본 고전극을 대표하는 노(能)의 첫인상이다. 스피드와 자극을 즐기는 사람들이라

• • •

노는 상징의 예술

면 자칫 지루해할 수도 있는 모든 것이 노와의 만남에 있어서 넘어야 할 상징들이다. 그렇다. 노는 다름 아닌 상징의 예술인 것이다.

우선 무대를 둘러보자. 배경은 대개 소나무 그림 하나뿐인 경우가 많고, 극의 내용에 따라 집이나 배가 소도구로 등장하기도 한다. 그러나 결코 사실적이지는 않다. 그저 비슷해 보이면 된다. 배가 있으면 당연히 강이나 바다도 있어야 하는데, 결코 눈에 띄지 않는다. 노의 세계

249

에서는 배가 있으니 당연히 그 밑은 강이나 바다인 것이다.

노는 중세 무로마치(室町) 시대의 간아미(観阿弥), 제아미(世阿弥) 부자(父子)에 이르러 골격이 형성되었다는 것이 정설이다. 따라서 당시의 미의식을 엿볼 수 있는데, 동시대의 회화나 다도, 정원 문화를 떠올리면 이해가 빠를 것이다. 바로 생략과 절제의 미가 그 바탕을 관통하고 있다.

극단적으로 상징화된 무대장치와는 다르게 추상적이며 영화 속의 슬로우모션을 연상케 하는 배우의 동작 또한 현대인들로 하여금 노에 대한 학습을 요구한다. 예를 들어 고개를 약간 숙이는 것은 구모루(ク モル)라 하며 슬픔을 나타낸다. 더 큰 슬픔을 표현할 때는 손바닥을 눈 근처에 갖다대는 시늉이 전부이다. 고개를 들어 위를 향하는 것은 데루(テル)라고 하여 환희의 표현이다. 심한 경우 배우가 아무런 행동도 하지 않고 10분 이상을 우두커니 서 있기도 한다. 웃음소리나 울음소리는 금물이다.

노가 추구하는 것은 극적인 내용이 아니라 미의 세계이다. 대개의 극이 인생의 희로애락(喜怒哀楽)을 실감나게 전달하는 데 중점을 두고 있다면, 노는 우아한 미의 세계를 추구하는 데 초점이 맞춰져 있다. 감정이 지배하는 극적인 연출이 아니라, 옛스런 아취(雅趣)의 표현이 우선이다. 절제되지 않은 감정의 표출은 그들이 이상(理想)으로 여기는 미의 세계를 손상시킨다는 생각에서이다.

노의 모태는 헤이안(平安) 시대의 사루가쿠(猿楽)라는 것이 중론이다. 사루가쿠는 대륙으로부터 전해진 산가쿠(散楽)에서 그 기원을 찾을 수 있다. 원래 산가쿠의 핵심은 곡예나 마술이었지만, 헤이안시대 말기가 되면서 우스꽝스런 흉내내기가 주류를 이루게 된다. 노와 노 사이에 공연되는 교겐(狂言)의 기원 또한 이 우스꽝스런 흉내내기로 추정된다.

한편 이 시기에는 농촌지역을 중심으로, 풍작을 기원하는 민속에 바탕을 둔 가무적 성격이 강한 덴가쿠(田楽) 또한 성행하게 된다. 시간이 지나면서 이들 사루가쿠와 덴가쿠는 집단을 이루게 되며, 서로 세력 확장을 꾀하는 과정에서 필요에 의해 상대의 공연양식을 도입하여 보완해나가는 양상을 띠게 된다.

사루가쿠와 덴가쿠가 서로의 기량을 겨루는 가운데, 야마토(大和) 사루가쿠에 속한 간아미라는 걸출한 인물이 두각을 나타낸다. 무로마치 막부의 3대 쇼군(将軍) 아시카가 요시미쓰(足利義満)의 강력한 후원을 등에 업은 간아미는, 사루가쿠의 전통적 흉내내기에 덴가쿠의 가무적 요소를 도입하는 한편, 음악적으로도 과감한 개혁을 단행하여 예술적 기반을 닦게 된다.

간아미의 위업을 이어받아 오늘날 노의 예술성을 확립한 이가 바로 그 유명한 제아미인 것이다. 그의 저서 『풍자화전』(風姿花伝)은 수백 년이 지난 지금까지도 많은 이들에게, 노뿐만 아니라 '예술이란 무엇인가'에 대한 근본적인 메시지를 던져주는 불후의 명작으로 기억되고 있다.

간아미, 제아미 부자라는 걸출한 인물을 배출한 무로마치시대의 노는 그 시대 내내 대표 예능으로서의 확고한 지위를 향유하게 된다. 하지만 전국시대에 접어들면서 후원자격인 막부와 사찰의 쇠락으로 커

상징의 예술 노(能)

다란 타격을 받게 된다. 그 돌파구로서 화려하고 극적 변화를 중시하는 작품을 창작하여 일반 서민들에게 어느 정도 사랑을 받기는 했지만, 16세기 후반에는 대부분의 노가쿠시(能楽師)가 지방의 유력 다이묘(大名)에게 의탁하는 신세가 되었다. 그중에는 오다 노부나가(織田信長)나 도요토미 히데요시(豊臣秀吉) 같은 유력 다이묘도 눈에 띄는데, 특히 히데요시는 자신이 직접 시연해 보일 정도로 열성적인 팬이었으며, 지원도 각별했던 것으로 전해지고 있다. 그의 뒤를 이은 도쿠가와 이에야스(德川家康) 또한 노를 적극 지원했다. 마침내 노는 에도(江戸) 막부의 의전행사에 공연되는 시키가쿠(式楽)로 지정되기에 이르렀고, 이에 지방의 유력 다이묘들도 앞다투어 관심을 보이기 시작했다.

그러나 막부나 지방의 다이묘들은 든든한 후원자인 동시에 혹독한 감시자이기도 했다. 노가쿠시(能楽師:노를 연기하는 배우)들은 밤낮 없는 수행과 단련을 요구받았고, 전통의 계승에 있어서는 한 치의 오차도 허용되지 않았다. 자연히 노는 점점 경직되어 갔고, 공연시간도 길어지게 되어, 기력과 체력의 한계에 봉착하는 혹독한 환경에 놓이게 되었다. 심지어는 쇼군(將軍)이나 다이묘가 요구하는 작품을 즉석에서 소화해내지 못하면 할복을 강요당하기까지 했으니, 당시의 분위기를 미루어 짐작할 수 있을 것이다. 노는 더 이상 자유로운 자기발전의 길을 포기할 수밖에 없었다.

오늘날 행해지고 있는 노의 공연양식이 본질에 있어서는 제아미의 정신을 이어받았다고는 하지만, 앞서 언급한 에도시대 무사계급의 경직된 사고의 영향권을 벗어나지 못하고 있다는 점을 감안한다면, 예술의 최고의 경지에 이르렀다는 무로마치시대의 모습을 기대하는 것은 무리인 듯싶다.

48. 일본 코미디의 원조 교겐

【윤현중】

교겐(狂言)이란 1420년경 일본 중세에 태어난 대표적인 연극으로 노(能), 분라쿠(文楽), 가부키(歌舞伎)와 더불어 일본의 4대 고전연극 장르의 하나로 발전되어 오늘에 이르고 있다.

교겐이란 말을 풀어보면, 우선 '狂'는 '미치다', '사리분별을 못하다', '상규(常規)를 벗어나다', '경솔하다' 등의 뜻이다. 따라서 교겐이란 '상규를 벗어난 미친 말로써 행하는 연극'이란 뜻으로 이는 바로 코미디를 의미하고 있는 것이다.

교겐은 작가도 없으며 따라서 대본 같은 것은 만들지도 않았다. 공연에 앞서 연기자들이 간단한 협의를 통해 대충의 줄거리, 대사, 동작 등을 정하여 즉흥적으로 이야기를 꾸며나가고 임기응변으로 연기를 했다. 이는 우리의 전통가면극과 마찬가지여서 동양 전통극에 있어서 나타나는 공통적인 특성이라고 할 수 있다. 그러던 것이 차차 하나의 연극으로 정리되어감에 따라 현대에 와서 연기자들의 대사와 연기를 정리하여 지금의 대본으로 만들었을 뿐이다.

교겐은 그 내용과 등장인물에 따라 와키교겐, 다이묘교겐, 쇼묘교겐, 무코교겐, 온나교겐, 오니교겐, 야마부시교겐, 숫케·자토교겐, 아쓰메교겐 등으로 나누고 있고, 그 곡목 수는 유파에 따라 차이가 있으나 약 260곡이 있다.

교겐은 나라시대에 중국과 우리나라로부터 들어간 산가쿠(散楽)로부터 시작된다. 산가쿠는 가무(歌舞), 흉내내기, 곡예, 요술 따위의 가지각색의 연희였던 것이다. 이 가운데서 우스꽝스러운 촌극(寸劇)의 요소가 일본의 고대전승 예능이 만나면서 웃음을 선사하는 사루가쿠(猿楽)로 발전하게 된다. 이러한 사루가쿠는 가마쿠라시대에 와서 끊임없는 전란과 혼란 속에서 심적 불안과 동요를 진정시켜 줄 수 있는 종교적인 면이 추가가 되면서 이 연희는 두 가지 형태의 모습을 보이게 된다. 그 하나는 사루가쿠 본래의 익살맞고 우스꽝스러운 희극적인 은 교겐이 되었고, 가무를 엄숙하고 환상적으로 비극적인 내용을 담아낸 것이 노로 형성되었다. 사루가쿠라는 한 예능에서 갈라져 나온 교겐과 노는 서로 다른 성격의 연극으로 분화했으나 상호보완이라는 관계를 유지하며 발전해왔다. 교겐과 노는 별개의 연극형태이지만 같은 무대에서 하나의 연극으로서 공연되어 서로의 특색을 살려온 것이다.

노는 메이지유신 이후에도 신흥재벌이나 귀족계급의 후원을 받으며 번영해갔으나, 교겐은 그렇지 못했다. 교겐이 노와는 달리 웃음을 주된 목적으로 하는 연극이었기에 가볍게 취급되었던 것이다. 그러나 1955년 이후 시대의 발전과 더불어 교겐에 대한 인식이 달라지고 국민 모두가 향유할 수 있는 전통연극으로 자리매김을 하게 된다. 그것은 교겐이 갖고 있는 웃음이 단순한 것이 아니라 누구나 공감할 수 있는 보편성을 갖고 있기에 가능한 것이었다. 최근에는 교겐 단독으로 해외에서 공연이 자주 이루어지고 있으며 좋은 반응을 얻고 있다.

상연의 형태는 5곡목의 노와 노 사이에 교겐 4곡목을 동시에 공연하는 것이 전통적인 방법이며, 한 곡목에는 보통 2~4명이 등장하고, 공연시간은 극소수의 곡목을 제외하면 15~40분 정도로 짧은 시간 내에 끝맺고 있다. 지금의 교겐의 상연은 전통적인 방법에서 벗어나 ① 교겐+노 ② 노+교겐 ③ 노+겐+노 ④ 교겐+노+교겐과 같은 형태를 취하고 있는 것이 보통이나, 노와 분리되어 교겐만을 단독적으로 2~3곡목씩 무대에 올려지고 있다. 교겐과 노를 공연하는 극장인 노가쿠도(能樂堂)는 도쿄의 국립노가쿠도가 제일 유명하며, 전국적으로는 약 70개의 노가쿠도가 있다.

교겐의 대사는 쩌렁쩌렁하게 잘 들리게도록 입을 크게 벌리고 오므리면서 한마디 한마디를 천천히 발음한다. 또한 억양과 빠르고 느림을 잘 배분해서 일본어의 특성을 살린 리듬감으로 발음한다. 동작은 기본적으로는 노의 형식을 따르고 있으나 상당히 과장되어 연출되고 있다. 여기서 몇 가지 특징적인 교겐의 연출을 살펴보기로 한다.

우선 맨 처음 등장인물이 나타나 곧바로 '자기소개'를 하는 것으로서 교겐은 시작된다. 시간과 공간이 압축되어 연출되는데, 연기자는 동작과 함께 이에 맞는 효과음을 연기자 자신이 낸다. 그리고 희로애락의 연출은 매우 현실적으로 실감나게 한다.

교겐은 화합의 분위기를 만들어 내는 축언성(祝言性), 풍자성, 골계성 등을 특징으로 한다. 여기서는 교겐의 주 내용인 풍자성과 골계성에 대하여 알아본다.

풍자성은 웃음과 관계가 깊은 것으로 생각할 수 있다. 교겐은 남북조와 무

노와 교겐의 무대

로마치시대라는 긴 동란기에 발생하여 당시 사회상을 나타내 주는 당대극(当代劇)으로서 자리매김을 해왔기에 자연히 교겐에는 사회에 대한 비판 같은 것이 많았다. 그러나 시대를 거치면서 정리된 교겐은 초기의 풍자와는 그 내용을 달리하고 있다. 즉 이미 당대극의 성격을 상실하고 고전예능으로서 노와 더불어 막부의 양식연극이라고 하는 제약에 의해서 걸러진 예능이라는 것이다. 따라서 때로는 강하게 때로는 희미하게나마 사회나 인간의 약점을 찌르는 비판적 측면이 있다 하더라도 그 핵심을 찌르는 강렬한 풍자는 결여되어 있다고 봐야 할 것이다.

교겐의 풍자가 시대에 따라서 변동이 있었던 것처럼, 교겐의 특질인 웃음을 야기시키는 골계도 여러 가지 변화를 보이고 있다. 즉 초기의 비속적이고 단순한 웃음에서 세련되고 차원 높은 웃음으로 발전해 온 것이다. 교겐에서 웃음을 유발시키는 가장 간단한 방법 중 하나는 저속한 대사와 우스꽝스러운 몸짓을 지어보이는 것이었고 비속적인 표현이 많았던 것을 남겨진 자료들을 통해서 알 수 있다. 그러던 것이 노와 함께 상연하게 됨에 따라 노가 갖고 있는 우아하며 기품 있는 표현

양식의 영향을 받아 교겐의 웃음도 정리되고 발전되어 누구에게나 공감을 줄 수 있는 보편성을 띤 웃음의 연극으로 정착된 것이다.

교겐의 연극적 특성을 살펴보자면 먼저 유형성을 들 수 있다. 교겐을 몇 곡목 감상한다거나 대본을 읽어보면 금방 느낄 수 있는 내용이거나 대사, 동작 등의 표현양식이 매우 흡사한 곡목이 많다고 하는 점이다. 교겐은 등장인물이 다르고 내용에서는 차이를 보이고 있다 하더라도 판에 박은 몇 가지 유형에 속해 있다.

또 망아성(忘我性)을 특징으로 하는데, 문자 그대로 '자신을 잊는다', 즉 어떤 것에 너무 골몰해서 완전히 자기 자신이 무엇을 하고 있는지 잊어버리는 것을 뜻한다. 이런 망아성이 교겐의 웃음을 야기시키는 하나의 요소로 자리잡고 있다.

49. 여장 남자들의 열연장 가부키

【정순희】

가부키(歌舞伎)는 에도시대의 서민이 발전시킨 독특한 양식의 일본전통연극이다. 가부키에는 배우들의 현란한 화장과 의상, 과장된 동작과 갖가지 곡예, 박진감 넘치는 음악, 다이나믹한 무대 등 일반 서민이 즐길 수 있도록 여러 장치가 마련되어 있고, 감동을 주기 위하여 모든 것이 동원된다. 17세기 이래 이 독특한 무대예술은 수많은 관객에게 웃음과 눈물을 제공해왔으며, 오늘날 일본을 대표하는 연극으로 세계적으로 널리 알려져 있다.

이른바 일본의 뮤지컬이라고 할 수 있는 가부키의 연기 패턴이나 연출 등의 특징을 조금만 알면 다른 연극에서는 절대 맛볼 수 없는 재미와 감동을 얻을 수 있다. 그러면 이제부터 가부키의 무대를 뒤에서부터 차근차근 살펴보도록 하자.

개막을 알리기 위해 나무막대를 마주치는 소리가 들릴 때까지 배우들은 대기실에서 열심히 분장을 한다. 분장은 역할에 따라 정형화되어 있으며, 대체로 매우 과장되게 하는데 연기와 깊은 관계를 맺고 있

도쿄에 있는 가부키 극장

다. 가부키 특유의 분장법의 하나인 구마도리(隈取り)는 얼굴에 굵은 선을 그어 등장인물의 성격이나 역할을 표시하는 것으로, 붉은 계열의 화장은 선인을, 남색 화장은 악인 등을 상징한다.

　가부키의 연기 가운데는 대를 이어져 내려오며 고도로 세련되어진 아름다운 표현 양식들이 많다. 그 중에서도 인상적인 것은 클라이맥스에서 배우가 순간적으로 극적인 포즈를 취하는 연기를 가리키는 '미에'(見得)로, 관중들의 열띤 환호 소리와 흥분을 고조시키는 딱딱이 소리와 함께 극은 최고조에 달하게 된다. 이 밖에도 어둠 속에서 상대방을 의식하며 걷거나 저마다의 미에를 펼쳐 보이는 단마리(だんまり)가 있으며, '다테'(たて)라고 하여 살벌한 싸움 장면에서조차 긴박함 속에서도 아름다움을 잃지 않으려고 주력한다. 또한 배우의 등장이나 퇴장, 극의 마지막 장면까지도 모두 연기로 인정하여 중요하게 여긴다. 이처럼 가부키 배우는 관객들에게 모든 것을 아름답고 호화롭게 보이도록 최선을 다하는 것이다.

　가부키는 무대장치 또한 다양하다. 관중석으로부터 길게 무대를 향해 뻗어 있는 통로인 하나미치(花道)를 비롯해서 회전무대 등 여러 가지 장치가 구비되어 있다. 기록에 의하면 이러한 장치들은 전기와 같은 동력이 없던 시대에 개발되어 수동으로 작동되었다고 하니 놀라울 따름이다. 외국인의 입장에서 가부키의 최대의 특징을 꼽는다면 무엇보다 '온나가타'(女方)라는 여성의 역할을 전문적으로 연기하는 남성 배우의 존재일 것이다. 그런데 온나가타의 내막을 알기 위해서는 가부키의 유래를 살펴볼 필요가 있다.

최초의 가부키는 오쿠니(阿国)라는 여자가 창시한 '가부키춤'(かぶき踊)에서 비롯되었다. 오쿠니의 춤은 당시 선풍적인 인기를 끌며 많은 추종자를 낳았고, 온나가부키(女歌舞伎)가 탄생했다. 그런데 가부키란 원래 상궤를 벗어난 기이한 행동이나 풍속을 가리키는 말인데, 여자 가부키 배우들은 지나치게 관능적이고 매춘행위를 일삼았기 때문에 막부는 이를 금지한다.

여성의 출연이 금지되자 여성 대신 미소년을 등장시킨 와카슈가부키(若衆歌舞伎)가 성행하게 된다. 그러나 이 역시 매춘행위를 했기 때문에 막부의 탄압을 받게 되고, 오로지 성인 남자만이 등장하는 야로가부키(野郎歌舞伎)가 탄생하게 된다. 가부키의 배우가 전부 남자들로만 구성되게 되자, 자연히 여성의 역할도 남자 배우가 하게 되었다.

가부키에서의 여성 역할인 온나가타를 맡은 남자배우들의 연기는 점점 섬세해지고 완벽해져 이제는 오히려 여성보다 더욱 여성적인 면모를 잘 표현해내게 되었다. 그러나 이렇게까지 되기 위해서는 오랜 동안의 고된 수련이 요구된다. 남자는 여자와 몸의 골격 자체가 틀리기 때문에, 이들은 우선 자신의 체형부터 바꿔야 하는 때문이다. 여성 특유의 둥글고 가녀린 어깨선을 만들기 위하여 양 어깨뼈와 등골을 뒤로 제쳐 바짝 붙이는 훈련, 일본 여성 특유의 안짱다리 비슷한 걸음걸이를 흉내내기 위하여 허벅지가 벌어지지 않도록 양 무릎 사이에 물건을 끼고 그것을 떨어뜨리지 않도록 걷는 훈련 등을 수없이 반복하는 것이다.

가부키의 연기는 모두 양식화되어 있기 때문에 온나가타 역시 여성의 연령이나 신분, 직업에 따라 그것을 표현하는 방법이 따로 정해져 있다. 예를 들면 자신을 가리킬 때의 손가락 모양, 서 있을 때 양손의 위치, 부끄러워 하거나 화낼 때의 모습 등이 연령에 따라 조금씩 차이가 난다.

그러나 정해진 양식대로 한다고 해서 훌륭한 온나가타가 될 수는 없다. 양식은 여성의 섬세하고 미묘한 마음의 움직임이나 감정의 기복을 표현하기 위한 수단일 뿐이다. 모든 역할이 다 그렇겠지만 온나가타에게 가장 중요한 것은 내면의 리얼리티다. 따라서 여성의 심정이나 심리에 대한 충분한 이해 없이는 좋은 온나가타가 될 수 없다.

온나가타는 여자보다 더욱 여자 같은 면모를 보이는데, 그것은 여성에 대한 예리한 관찰과 그를 표현하기 위해 부단히 애쓴 노력의 산물이라 할 수 있다. 혼신의 노력과 남다른 정성에 의해 온나가타는 남자가 여자를 연기하는 부자연스러움을 넘어, 여자의 매력을 이미지화하여 예술로까지 승화시키고 있는 것이다.

한편 가부키에는 드라마로서도 손색이 없는 작품이 많다. 그 대표적인 것이 가부키의 3대 명작 중의 하나로 꼽히는 「스가와라덴주 데나

라이가카미」(菅原伝授手
習鑑)로, 옛 주군을 위해
서 자기 자식까지도 희생
시키는 마쓰오마루(松王
丸)의 충성심과 함께 자식
을 잃은 부모로서의 비통
함이 관객들의 뜨거운 눈
물을 자아낸다. 가부키에
는 이처럼 의리와 인정의
갈등을 테마로 하여, 그

• • •

공연장 내에 전시된 배우들의 포스터

사이에서 고뇌하는 인간의 모습을 그린 작품이 적지 않다.

　가부키는 지금까지 소개한 모든 요소가 집대성되어 일본인과 일본
문화의 성격을 잘 반영하고 있는 예술이라고 할 수 있다. 뛰어난 배우
에 의해서 고안된 연기가 하나의 전형이 되어 다시 계승된다. 현대의
배우는 그 형식을 전승하면서도 자기 스스로의 해석에 의해 또 다른 새
로운 연기를 만들어간다. 관객들은 그러한 배우들의 노력과 정신을 잘
알고 있으며, 뜨거운 호응과 아낌없는 찬사로서 전통문화의 계승과 창
조에 적극적으로 협력하고 있는 것이다.

50. 어른들도 즐기는 인형극 조루리

【박혜성】

이 세상의 마지막, 밤도 마지막, 죽어가는 몸을 비유한다면, 아다시 들판 길의 서리가 한 발자국씩 내디딜 때마다 사라져가는 것과 같이, 한 발 한 발 죽음에 다가가고 있는 것과 같구나. 그것은 꿈속에서 꾸는 꿈과 같이 헛되고 슬프도다. 아, 수를 헤아려 보니, 새벽 4시를 알리는 7번의 종소리 중 6번째가 울려 퍼져, 나머지 한 번이 이 세상에서 듣는 마지막 종소리, 그 소리가 적멸위락(寂滅為樂:열반의 경지를 참된 즐거움이라고 여기는 것)이라고 울리는구나.

「소네자키 정사」의 '겐베와 오하츠의 마지막 가는 길' 중에서

이것은 「소네자키 정사」(曽根崎心中)라고 하는 간장가게 히라노의 지배인 도쿠베와 유녀(遊女:연회석에서 가무, 음악을 하며, 때로는 잠자리 시중을 드는 여인) 오하쓰가 정사(情死)를 통해 이승에서 못다한 사랑을 이룬다는 내용으로, 조루리(浄瑠璃) 작품 가운데 명장면으로 꼽히는 부분이다.

—게다도 짝이 있다—

'조루리'라는 명칭은 16세기 중반에 자토(座頭)라고 하는 맹인 비파법사(琵琶法師:비파 연주자)가 음률과 함께 들려준 「주니단조시」에서 유래되었다. 「주니단조시」는 우시와카마루(牛若丸)라고 하는 젊은이와 조루리 공주(浄瑠璃姫)의 사랑을 그린 이야기다. 이것이 점차 변화하여 샤미센 반주를 곁들인 인형극 형태가 되었고, 17세기 초에는 교토, 오사카, 에도 등지에서 공연을 하기 시작했다.

오늘날에는 조루리를 '분라쿠'(文楽)라고도 하는데, 가부키만큼 대중적이지는 않지만 사람이 아닌 인형의 연기를 볼 수 있다는 점이 색다르기 때문에 이를 즐기는 팬이 적지 않다.

교토와 오사카에서 주로 활약한 다케모토 기다유라는 당시 유행하던 가락을 모아 '기다유곡조'라고 하는 독특한 음악을 만들었다. 그는 1684년에 오사카에 다케모토 극단을 설립하고 극작가 치카마쓰 몬자에몬(近松門左衛門)의 대본을 바탕으로 조루리를 공연하여 큰 성공을 거뒀다. 오늘날에도 교토, 오사카를 비롯한 관서지방에서는 조루리라고 하면 기다유 곡조를 떠올릴 정도라고 한다.

조루리는 인형이 연기를 하지만, 이야기를 이끌어 가는 다유(太夫)가 있고 샤미센 반주가 곁들여진다. 샤미센 반주에 맞춰 다유가 이야기를 진행하고 그에 따라 인형이 연기를 하는 것으로, 삼자(三者)의 절묘한 밸런스가 필요한 연극이다. 조루리의 스토리를 이끌어가는 다유는 연령이나 성별을 뛰어넘어 혼자서 모든 등장인물을 소화하여 연기할 뿐만 아니라 내레이터로서 해설하는 역할도 한다. 말하자면 무성영화 시대의 변사와 비슷하다고 할 수 있다. 다유는 조루리 극단을 이끄는 단장이자, 배우이요, 지휘자였던 것이다.

샤미센 연주는 다유의 이야기를 돋보이게끔 하며, 때로는 이야기를 리드하기도 하고, 등장인물의 심정이나 정경을 멋지게 표현한다. 오늘날 드라마나 영화에서 쓰여지는 백뮤직이자 효과음까지를 포함한 것으로, 단순한 반주의 차원을 넘어 또 다른 스토리텔러의 역할을 한다고 생각하면 된다.

조루리의 배우라 할 수 있는 인형은 목, 어깨, 동체, 손 등으로 이루어졌으며, 구로코(黑子) 3명이 조작한다. 대략 1~1.5미터의 크기로, 무거운 것은 10킬로그램이나 된다. 1번 구로코가 목과 동체 그리고 오른손을 담당하고, 2번 구로코는 왼손을, 3번 구로코는 발을 담당한다. 남자인형은 발이 있으나, 여자인형은 대개 발이 없어 기모노의 끝자락을 잡고 조작함으로써 그럴 듯하게 보이도록 한다. 구로코는 자신의 모습이 보이지 않도록 검은 두건을 쓰고, 검은 의복을 입는다고 해서 붙은 말이다.

조루리의 대표적인 작가인 치카마쓰 몬자에몬은 에도시대에 「고쿠센야 전쟁」, 「소네자키 정사」 등 불후의 명작을 남겨 현재까지 전하고 있다. 무가(武家) 사회를 다룬 시대물이나, 서민을 주인공으로 한 작품 모두 인간의 본질을 풍부한 감성으로 표현한 것이 시대를 뛰어넘어 오늘날에도 관객들에게 진한 감동을 느끼게 한다.

인형극이지만 어른을 대상으로 하고 있는 조루리는 일본의 중요 무형문화재로 지정되어 있다.

51. 인형과 영혼관

【이숙자】

　일본인들은 사람의 형상을 한 인형(人形)에게도 영혼이 있다고 여겨왔다. 물론 인형에게만 영혼이 있다고 믿는 것은 아니다. 『고지키』(古事記)에는 일본이 생겨날 당시부터 삼라만상(森羅万象)에 수많은 신[八百万の神]이 있었다고 기록된 바, 일본인들은 산이나 강, 수목, 바위 같은 자연에는 물론 생활 주변에 있는 모든 것에조차 신이 깃들어 있다고 믿었음을 알 수 있다. 하지만 정확히 이야기하자면 이는 정령(精霊)으로 사람이 기릴 때 비로소 신(神)이 되는 것이다.

　일본 민속종교의 영혼관에 관한 연구의 권위자인 오리구치 노부오(折口信夫)는, 영혼은 본래 외부로부터 인체에 들어왔다가 때로는 유리(遊離)되는 외래혼(外来魂)이라고 규정하고, 이를 '다마'(たま)라고 명명했다. 다마는 소위 생명의 지표라고도 말할 수 있는 영질(霊質)로서, 원래는 하늘이나 바다 또는 산을 거처로 하지만, 보관자에 의해 인간이 사는 세계로 운반되어 사람의 몸속으로 스며드는데, 이같은 다마의 발동을 '다마시이'(魂:たましい)라고 한다.

다마와는 달리 인간과의 관계가 소원하며 경외(敬畏)시 되면서도 약간 천미한 취급을 받는 것이 '모노'(もの:정령)이다. 모노는 대지, 산천, 초목, 토지 등의 자연이나 불, 물, 바람 등의 자연현상 중에 깃들어 있다가 재해를 일으키는 존재로 여겨진다. 모노가 일으키는 괴이한 현상이 모노노케(もののけ)이며, 동물의 모노가 사람에게 깃든 것을 쓰키모노(つきもの)라고 한다.

일본에서 인형은 흙, 나무, 짚, 천 등으로 사람의 형상을 만든 것으로 거기에는 신과 정령이 깃들었다고 여겨 신성시했다. 또한 인간의 신체를 대신하는 대용물로서 질병(疾病)이나 재난(災難)을 퇴치하는 데 이용하거나, 안산(安産)과 풍작(豊作)을 기원하는 점술 등에도 이용되어 왔다.

약 2천 년 전 야요이(弥生) 시대의 유적에서 토우(土偶)와 토면(土面) 등 원시적 종교와 연관성이 있는 것이 발견되고 있으며, 고분시대에는 중국의 영향을 받은 하니와(埴輪)가 만들어져 사자(死者)와 함께 순장품(殉葬品)으로 사용된 바, 종교와의 연관성이 강하다고 볼 수 있다.

이처럼 종교적인 의미가 담긴 도구였던 인형은 점차 아이의 장난감으로 변했다. 헤이안시대에는 히나(雛)라는 인형을 만들었고, 에도시대가 되면서 3월 3일의 셋쿠(節句) 인형으로서 오히나사마(お雛様)가 등장한다. 특히 헤이안시대에는 귀족들만이 점유하던 문화였던 히나닌교(雛人形)는 에도시대에 접어들며 민간에도 퍼져 대중적으로 정착되었음을 의미하며 미술적, 공예적 가치가 매우 높다.

아이들이 가지고 노는 완구(玩具)가 아니라 닌교조루리(人形浄瑠

璃)에 사용되는 인형도 에도시대에 등
장했다. 인형극의 일종인 닌교조루리
는 '분라쿠'(文楽)라고도 하며 일본문화
를 대표하는 예술적 장르로 정착되었
다. 3명이 하나의 인형을 움직이는 예
능은 일본만의 독자적인 것으로, 연출
하는 인형사의 힘으로 인형에게 살아있
는 듯한 혼을 불어넣는 것이다. 이외에
도 기술적 장치를 가하여 인형이 스스

로 살아있는 듯이 움직이는 것으로 마을의 축제에서 야마보코(山車:마
을의 수호신을 모시는 수레)를 장식하는 가라쿠리닌교(からくり人形)도 있
다. 이 가라쿠리닌교는 일본을 대표하는 인형이라 말할 수 있다.

쇼와(昭和) 시대에 접어들어 인형은 미국과의 외교사절에 등장하기
도 했다. 일본을 대표하는 야마토닌교(大和人形)와 셀룰로이드로 만든
미국인형의 맞교환은 단순한 인형의 교환인 아닌 정치와 문화의 교류
라는 상징적인 의미를 지닌 행사였다. 야마토닌교는 에도시대에 형성
된 일본의 중요한 전통문화의 하나이며, 이치마쓰닌교(市松人形)를 대
표적인 것으로 꼽을 수 있다. 검은 머리에 전통적인 기모노를 차려 입
고 아름다운 자태를 뽑내는 이 인형은 옛날에는 어느 집에나 있었는데,
너무 정교하게 만들었기에 마치 살아 있는 사람처럼 보이므로 이를 두
려워하는 사람도 있었다.

인형에 영혼이 깃들어 있다고 여겨지는 것은 정교한 세공과 함께

이를 지니고 있는 사람의 사고(思考)가 강요되었기 때문일 것이다. 그러므로 인형의 머리가 자랐다거나 또는 인형이 눈물을 흘렸다는 등 일본 설화 가운데는 인형을 소재로 한 섬뜩한 이야기도 많으며, 와라닌교(わら人形)에 주술을 부려 원한을 푸는 풍습이 전하거나 인형 만들기를 금기시하는 곳도 있다.

이같은 여러 이유 때문에 일본인은 낡은 인형조차 쓰레기라고 여기지 않고 신사나 절로 가져가 화장(火葬)을 한다. 또한 유산이나 사산 등으로 태어나지 못한 영혼을 위로하기 위해 인형을 태우기도 한다. 인형에 깃든 정령이 영혼을 위로한다고 믿는 것이다.

일본인은 인형만이 아니라 산, 바다, 나무, 불 등에는 물론 사소한 물건에조차 정령이 깃들어 있다고 여겨 물건을 하찮게 다루지 않는다. 새해를 맞아 집안을 장식했던 물건도 그냥 쓰레기통에 버리지 않고 신사나 절에서 태우며, 이케바나(生け花) 교실에서는 꽃을 공양하고, 재봉교실에서는 바늘을 공양하는 등, 물건에 깃든 영혼을 위로하고 감사드리는 행사가 많다.

일본인의 근검절약하는 습관은 이처럼 어려서부터 모든 물건을 함부로 하지 말라는 말을 들으며 자란 데서 비롯된 것일 수도 있다.

52. 도자기의 발달

【이지수】

　'도자기'라는 말을 접했을 때 자연스레 서울의 인사동이나 장안평 골동품 상가를 떠올리게 되는 것은, 예술작품으로서의 도자기를 떠올리기 때문일 것이다. 하지만 도자기는 아득히 먼 수렵 및 유목시대를 거쳐 농경사회로 변모하는 시기부터 오늘날까지 우리의 생활 속에서 친근하게 발견할 수 있다. 농사를 짓고 정착함에 따라 식량을 저장할 필요성이 생겼고, 저장을 위해 그릇이 등장하게 된다. 또한 조리법의 발달은 보다 다양한 형태의 식기, 곧 도자기의 발달을 가져와, 식생활뿐 아니라 생활 전반에 걸쳐서 도자기를 다양하게 사용하게 되었다.

　도자기(陶磁器)는 도기와 자기를 합쳐서 부르는 말이다. 도기는 질그릇과 오지그릇을 이르는 말로 진흙으로 빚어 비교적 낮은 온도 (1,000~1,200℃)에서 구워낸 그릇이다. 이에 반해 자기는 백토로 빚어 높은 온도(1,300℃ 이상)에서 구워 만든 매끄럽고 단단한 그릇으로 흔히 사기그릇이라고도 한다. 우리가 알고 있는 빗살무늬토기, 적색토기 등의 토기라는 말은 도기의 일종으로서 일제통치하에서 비롯된 말이다.

우리 민족은 기원전 500년경인 신석기시대부터 흙을 빚어서 낮은 온도에서 구운 빗살무늬토기를 만들었고, 청동기시대에는 민무늬토기, 홍도, 흑도 등을 그리고 철기시대에는 적색토기, 와질토기 등을 사용했다. 삼국시대에는 보다 높은 온도에서 도자기를 구워내게 되었다. 그중에서도 신라와 가야의 도자기는 상당히 높은 온도에서 만들어져 표면은 회청흑색이었으며, 철과 같이 견고한 경질의 토기였다. 이들 도자기는 형태가 다양했으며, 표면은 기하학적 무늬로 장식되었다.

통일신라시대부터는 부장용이나 장식용보다는 실제의 생활에 사용하게 됨으로써 실용적인 면을 추구하여 밑면이 편편해지고, 높은 받침대라든가 긴 목 등이 사라지게 되었다. 이어 고려시대에는 귀족적인 분위기의 고려청자가 발달했고, 금·은·조개 등을 사용하는 상감(象嵌) 기법이 발달하여 자기의 기품을 한층 더 높이게 되었다.

조선시대에 이르자 과거의 인위적인 기법을 배제하고, 자연스러운 미(美)의 분청사기와 백자가 주류를 이루게 되어 도자기는 서민층과도 친숙해지게 된다. 이러한 발달 과정을 거쳐 온 한국의 도자기는 1592년 임진왜란 이후부터는 쇠퇴의 일로를 걷게 되었다.

일본에서는 선사시대에 조몬식(繩文式) 토기가 만들어졌으며, 5~6 세기경에 스에키(須惠器:도자기를 빚을 때 쓰는 회전원반대. 물레)에 의한 성형(成形)이 시작되었고, 낮은 비탈에 가늘고 긴 구멍을 뚫어 가마로 사용하였다. 당시 만들어진 유약을 입힌 최초의 도자기는 당삼채를 본떠 만든 저온소성의 도기로 나라삼채(奈良三彩)라 부른다.

헤이안(平安) 시대와 가마쿠라(鎌倉) 시대를 거치며 중국의 기술이 전파되어 세토(瀨戶) 지방에서는 중국풍의 도기가 만들어지기 시작했다.

하지만 일본의 도자기가 급격한 발달을 이룬 것은 임진왜란 이후 부터이다. 도요토미 히데요시(豊臣秀吉)의 부장들은 조선의 도공들을 데리고 귀국하여, 가마를 축조하고, 도자기를 제작하도록 했다. 이같은 이유로 임진왜란을 야키모노센소(陶磁器戰爭)라고 하기도 한다.

오늘날에도 조선 도공의 후예들에 의하여 규슈(九州) 지방을 중심으로 일본 각지에서 도자기가 대량생산되고 있는데, 가고시마현의 사쓰마도기(薩摩燒)와 사가현의 가라쓰도기(唐津燒), 아리타도기(有田燒) 등이 유명하다. 특히 사쓰마도기에는 임진왜란 때 건너간 심당길(沈堂吉)의 14대손인 심수관(沈壽官)이 현재 가원(家元)으로 있고, 12대손은 일본의 도자기를 파리에서 열린 만국박람회에 소개해 호평을 받았다. 가라쓰도기는 주로 다도(茶道)에 쓰이는 다기(茶器)를 만들어 이름을 떨쳤으나, 아리타도기가 생기면서 점차 쇠퇴하게 되었다.

아리타도기는 1597년 정유재란(丁酉再亂) 때 일본으로 간 조선의 도공 이삼평(李三平)이 만든 가마로 일본 전역에서 이름을 떨쳤고 해외에서도 호평을 받아, 17세기 후반에는 동인도회사를 통해 세계 각지로 수출하기도 했다. 이 영향으로 18세기에는 유럽각지에서 아리타도기를 모방한 자기가 생산되기도 했다.

우리나라와 일본의 도자기 문화를 살펴봄에 있어 어원적인 고찰도 흥미로운 부분이다. 5~6세기경에 신라의 토기가 전해지면서, 일본은 재래식 토기인 하지기(土師器)와는 달리 고도의 기술을 필요로 하는 수에키(須惠器)를 만들게 되었다. 이를 위해서 수에쓰쿠리베(陶部)라는 기관을 설치하게 되는데, 이곳에서 수에키를 제작하는 기술진들은 거의가 신라로부터 건너온 사람들이었다.

하지기가 진흙으로 그릇의 형체를 만들어 햇볕에 그대로 말리거나 저온에서 구워 부서지기 쉬운 연질로, 표면이 거칠며 윤기가 없고 회색빛인 수야키(素焼器:유약을 바르지 않은 그릇) 토기인데 반해, 수에키는 진흙을 물레에 올려서 형체를 만들고 유약(釉薬)을 바르고 가마에 넣어 1000℃ 이상의 고온으로 구워낸 경질토기였다.

여기서 한국어와의 관련성을 찾아볼 수 있다. 수에키(須恵器)는 '쇠처럼 딱딱하고, 두드리면 핏소리가 나며 흑갈색인 토기'인 때문에, '쇠'와 비슷한 수에(すえ, sue)라고 명명한 것으로 추정할 수 있다. 수사법의 관점에서 보면, 수에키의 수에(すえ, sue)는 키(き, ki)의 수식어로서 보조관념을 나타내는 말이고, 수식을 받는 키(き, ki)는 원관념을 나타내는 말로서 '쇠의 성질을 가진 그릇'이라는 의미를 내포하고 있는 것이다.

즉 수에(すえ:sue)는 우리말의 쇠[鉄]에서 비롯된 것으로, 쇠의 우리 고어는 [sue]로 재구성할 수 있다. 12세기 초의『계림유사』(鶏林類事)와 15세기 초의『조선관역어』(朝鮮館譯語)에는 이에 관한 문증(文証)이 있다. 계림유사에는 '철왈세'(鉄日歳:철은 '세'라고 발음한다)라고 했는데, 히라야마 히사오(平山久雄)가『황국경세성음도』(皇極経世声音図)를 근거로 하여 세(歳)의 12세기 송대(宋代) 음을 [siuei]로 추정했고,『조선관역어』에는 철왈수(鉄日遂)라고 한 바, 육지위(陸志韋)는『음략역통』(韻略易通)을 근거로 수(遂)의 15세기 초 중국 북방음을 [suei]로 추정했다. 그러나 16세기『훈몽자회』(訓蒙字會)에서 최세진은 쇠를 [sö]로 읽고 있어 현실 한자음과 일치한다.

　또한 도자기를 구워내는 구덩이인 '가마'의 일본어 역시 가마(窯)이니, 이 역시 우리말에서 비롯되었음을 쉽게 추측할 수 있다. 이처럼 문화와 언어는 불가분의 관계에 있다. 문화가 언어에 영향을 미치고, 언어가 문화에 영향을 미치는 것이다.

53. 일본인이 무서워하는 네 가지

【민성홍】

옛날부터 일본인들이 가장 무서워하는 것으로 지진(地震), 천둥[雷], 불[火事], 아버지[親父]를 들 수 있다. 과학이 발달하지 않은 시절, 천지가 진동하는 자연현상은 사람들을 공포에 떨게 만들기에 충분했을 것이다. 또한 오늘날도 마찬가지이긴 하지만 소방체제가 부실했던 시절, 화재는 천재(天災)에 버금가는 흉사(凶事)였을 테니 두려워했을 것은 당연하다. 그런데 여기에 '아버지'가 뒤를 잇는다. 과연 아버지가 그토록 무서운 존재일까? 의문은 잠시 미뤄두기로 하고, '지진(地震)-가미나리-(雷)-가지(火事)-오야지(親父)'로 발음상 5·7·5조의 운율을 맞추기 위해 곁들여졌다는 사실만 알고 넘어가도록 하자.

그러면 어째서 일본인들은 지진, 천둥, 불 그리고 아버지를 무서워하고, 또 그러한 순서가 정해졌는지 자세히 알아 보도록 하자.

1. 지진

일본인들은 실제로 지진에 대한 공포심이 무척이나 크다. 전국토가 온통 지진대(地震帶)이니, 피치 못할 숙명인 것이다. 또한 지진도 무섭지만 그 여파(餘波)로 인한 도로 파열 및 함몰로 전주가 쓰러지고 가스관이 터져 으레 화재가 뒤따르게 된다.

2003년 7월 12일에는 고베진재(神戶震災)가 일어났고, 10년 전인 1993년에는 홋카이도(北海道) 남서쪽 앞바다에서 비롯된 해일(海溢)로 오쿠시리지마(奧尻島) 전체가 폐허가 되다시피 했으며, 230명이 사망 및 행방불명되는 대참사를 겪었다. 물론 중심가 역시 지진에 의한 화재로 적지 않은 피해를 보았다. 또 수많은 한국인이 억울하게 희생되었다는 1923년 9월 1일의 관동대지진의 피해를 살펴보면, 사망 및 행방불명 14만 명, 붕괴가옥 13만 채, 화재 소실가옥이 45만 채였다고 한다.

이처럼 엄청난 재해를 가져오는 만큼 두려움도 커서, 일본인들은 엄청난 사태 등을 곧잘 지진에 비유하기도 한다. 2003년 6월 8일자 아사히 신문에는 '유사시의 우선순위를 따진다면 본관이 먼저라며 진노(震怒)하고 계시다'(有事となこちらが先と地の怒り)라는 센류(川柳: 5 · 7 · 5조의 짧은 풍자시)가 실렸는데, 이는 평화헌법 9조를 위태롭게 하는 유사법제(有事法制) 3법이 중의원을 통과한 데 대한 분노를 '지진에 대한 공포심'을 인용해서 나타낸 것이다. 즉 '전쟁에 버금가는 위험인 유사시란 바로 나 지진인데, 무슨 소리를 하고 있는 거야' 하고 '지진께서 노발대발하신다'라고 통렬히 비판하고 있는 것이다.

지진에 뒤따르는 것이 여진(余震)이다. 차노마노고토바(茶の間のコトバ)나 구라시노고토바(暮らしのコトバ), 가에리지신(返り地震) 등으로 표현하는 여진은 지진이 끝나고 나서 몇 번이나 엄습한다. 대개 지진보다 조

금이라도 약해지는 법인데, 무척 빈번하게 오기 때문에 잠을 이룰 수 없을 정도이다. 지진 때문에 힘들고, 여진 때문에 잠 못 이루고……. 일본인이 무서워하는 존재 1위로 지진을 꼽는 것은 어쩌면 당연하다 하겠다.

2. 천둥

일본어의 '가미나리'(雷 또는 神鳴り)는 '하늘의 신이 노하서서 내는 소리'라는 생각에서 생긴 말이다. 신은 원래부터 두려운 존재인데, 화가 나서 소리를 질러대니 얼마나 무서울까? 어린이 그림책에는 도깨비[鬼] 모양을 한 신이 호랑이 가죽으로 만든 훈도시(褌)를 차고, 북을 어깨에 둘러매고 두드리는 모습으로 묘사되어 있다.

그런데 가미나리는 사람의 배꼽을 아주 좋아해서 뽑아 먹는다는 속신(俗信)이 있다. 이같은 이야기를 듣고 자란 일본 어린이에게 우레는 당연한 공포의 대상이다. 그래서 여름철에 발가벗고 있는 아이의 옷을 입힐 때면 부모들은 '고로 고로 도캉!' 하고 천둥소리를 흉내내고 '아이구, 무서워라! 배꼽 빼 가신다!' 하고 공포 분위기를 만든다.

사람이 벼락을 맞아 사망하는 경우, 전격(電擊)의 쇼크로 몸의 한가운데가 꺾여서 즉 배꼽을 중심으로 허리를 앞으로 꺾은 자세가 된다고 한다. 이를 보고, 옛 사람들은 벼락이 배꼽을 뽑아가서 죽었다고 믿은 것이다.

3. 불

'가지'(火事)는 불을 뜻하는 말이지만, 일상생활에서 활용되는 불이 아니라 화재시 사용되는 단어이다.

일본을 가리켜 '나무의 나라'(木の国) 또는 '숲의 나라'(森の国)라고도 한다. 일본은 기후가 고온다습하고 태풍의 길목이라고 할 정도로 비가 많이 오기 때문에 나무가 잘 자라는 때문이다. 그래서 집을 지을 나무가 풍족하며, 고집스럽도록 나무로 만든 집을 선호한다. 습기가 몹시 높기 때문에 나무로 만든 집이라야 통풍이 잘 된다고 믿는 것이다. 그런데 이처럼 나무로 만든 집이 불이 붙으면 얼마나 잘 타겠는가?

1657년 1월 18일에 일어나 20일까지 에도 시내를 휩쓴 메이레키노다이카(明暦の大火)로 인해 집 1천여 채와 창고 70여 곳이 소실되고, 사망자만 해도 10만여 명에 이르렀다. 이처럼 피해가 컸던 이유는, 오늘날의 아파트처럼 한 지붕 아래 모여 사는 나가야(長家)라는 것이 있어서 화재가 일어나면 곧바로 번졌기 때문이다. 더구나 목조(木造)였으니 무슨 말을 하랴!

물론 이를 위한 대비책이 없었던 것은 아니다. 주민들을 위한 대중목욕탕은 평소에는 휴식의 장소였지만, 불이 나면 물의 공급처가 되었던 것이다. 하지만 소방 체제가 빈약해서 물을 끼얹어 불을 잡기가 힘들어지면 주위의 집을 부숴 더 이상 불길이 번지지 않도록 했다고 한다. 화재가 일어나 집이 타면 집을 다시 지어야 한다. 하지만 에도는 화재가 빈번하여, 지어봤자 집이 소실될 가능성이 많다. 따라서 에도의 목수들의 집을 꼼꼼히 짓지 않았다고 한다.

당시에도 화재를 대비하여 사람들이 조를 짜서 돌아가며 망루에서 주위를 살폈다. 화재가 발생하면 종을 쳐서 알렸는데, 두 번이면 먼 곳에서 불이 났다는 신호이고, 세 번이면 가까운 곳에서 불이 났으니 대피하라는 것이며, 네 번은 화재가 아닌 다른 재해를 알리는 신호였다고 한다. 다섯 번은 치는 일이 거의 없었으나, 에도성 근처에 화재가 났다는 신호로, 48조(組)로 된 소방조가 동원되어 불을 껐다고 한다.

에도시대에 쓰여진 이하라 사이카쿠(井原西鶴)의 『고쇼쿠고닌온나』(女色五人女)라는 대중소설은 인재(人災)라고도 할 수 있는 화재를 다루고 있다. 17세의 소녀가 화재로 집을 잃고 잠시 절에서 기거하는 동안 한 젊은이를 만나 사랑에 빠진다. 집으로 돌아온 그녀는 젊은이를 다시 만나고 싶은 마음에, 혹시 다시 집에 불이 나면 절에 갈 수 있지 않을까 하여, 방화를 했다가 동네사람들에게 들켜 결국 화형을 당한다는 내용이다.

앞서 거론한 지진에 대한 이야기에서도 알 수 있듯이, 지진이 나면 화재가 따르기 마련이다. 일본은 지진이 자주 일어나므로 화재 또한 빈번하게 발생한다. 또한 목조가 많아 번지기도 쉽다. 그래서 불은 지진과 우레 다음으로 무서운 공포의 대상인 것이다.

4. 아버지

에도시대에 '간도'(勘当)라는 관습 및 제도가 있었다. 이는 자식들이 인륜(人倫)을 거역하거나 도리에 어긋나는 행동을 하거나 하면, 부모가 인연을 끊어 버리는 것이다. 이 경우 관가에 신고하게 되면 법적 효력이 발생하게 되어, 당사자인 자식은 오늘날 금치산자(禁治産者)가 되어 행동의 제약을 받게 된다. 이와 함께 '나이쇼간도'(内証勘当)라고 하여 관가에 신고하지 않고 사사로이, 집에서 내쫓아 믿을 만한 친척이나, 아는 사람에게 맡겨서 버릇을 고치도록 하는 관습도 병행되었다.

이런 엄청나도록 무서운 처벌권의 행사는 가장인 오야지(親父, 親仁, 親爺)가 가진다. 오야지란 말은 두목 또는 직공의 우두머리를 의미하기도 하며 아버지나 일가의 가장을 이르는 것이다. 봉건적인 가족 제도 아래에서는 가장 즉 오야지는 이처럼 절대적인 권력을 가진 무서운 존재였던 것이다.

오야지를 한층 더 무섭게 표현한 '가미나리 오야지'(雷親父)라는 말이 있다. 천둥처럼 화를 내는 우리말로 하자면 호랑이 같은 아버지라는 뜻이다. 하지만 이보다 더 무서운 것이 있다.

こわい事親父ふだんの顔で居る

더욱 무서운 것은 호랑이 같은 아버지가 평소처럼 안색이 변하지 않고 있을 때

위의 센류(川柳)에서처럼, 분명 잘못을 알고 있음에도 호랑이 같은 아버지가 아무 말도 하지 않고 평소 같을 때, 당사자는 마치 폭풍전야라도 되는 듯 두려움에 떨게 될 것이다. 이처럼 무서운 아버지가 있는 반면 자애로운 어머니도 있다. '엄부자모'(嚴父慈母)라는 말처럼, 오야지는 꾸짖고, 오후쿠로(お袋:어머니)는 아들을 감싸는 존재였던 것이다. 어느 나라나 모성애는 같은 것인 모양이다. 무섭기 그지없는 아버지이긴 하지만, 생명의 위협까지 느끼는 것은 아니다. 또한 언제나 감싸주는 어머니의 덕으로 추방을 면할 수도 있다. 이러한 요소들로 인해 아버지는 무서운 존재 가운데 가장 말석(末席)을 차지하게 된 듯하다.

54. 윙크하는 달마인형

【김영관】

"제 마음이 편안하지 않은 것은 무슨 까닭입니까?"

제자의 물음에 스승인 달마가 이렇게 답했다.

"편안하지 않는 네 마음을 가져오면 내가 편안하게 해주겠다."

제자가 다시 물었다.

"마음을 찾을 수가 없는데 어떻게 갖다 바칠까요?"

"그것 보아라. 마음이란 분명 가질 수가 없는 것이니 이미 네 마음을 내가 편안케 해준 것이니라."

이는 중국영화를 통해 우리에게도 익숙한 이름이 된 달마대사(達磨大師)의 일화이다. 본래 그는 인도의 왕족 출신으로 출가하여 승려가 되었다. 수도를 하던 중에 동굴에서 깜빡 잠이 들었는데, 그곳을 지나던 한 술사(術士)가 달마의 준수한 용모를 보고 자신의 추악한 얼굴과 바꿔 놓고 사라졌다. 잠에서 깨어나 냇물에 자신의 모습을 비춰 보고, 비로소 얼굴이 바뀐 것을 안 달마는 그 순간 깨달음을 얻고, 보다 큰 뜻

을 펴기 위해 140세가 되는
해에 갈대잎 하나를 타고
중국으로 건너왔다고 한다.

소위 '일위도강'(一葦
渡江) 이야기나, 140세라
는 나이, 그리고 무협영화

소원을 빌 때 한쪽 눈을, 이루어졌을 때 다른 한쪽 눈을 그려넣는다.

나 소설에 나오는 것처럼 '쿵푸'(工夫)라 불리는 중국무술을 창안하고 역
근경(力筋経) 같은 비서(祕書)를 남겼다는 등 전설 같은 이야기는 믿기
힘들지만, 선종(禅宗)의 개조이자 선가의 귀감이 될 숱한 일화를 남긴
고승(高僧)인 만큼 소림사에서 9년 동안 면벽참선(面壁参禅)했다는 것
은 나름대로 신빙성이 있는 얘기라고 할 수 있다.

일본에서는 새해가 되면 복을 비는 뜻으로 다루마닌교(達磨人形:
달마인형)를 만들어 한쪽 눈을 그려넣는 풍습이 있다. 어찌 보면 그 모
습은 마치 윙크하는 것처럼 보이기도 한다. 또한 달마대사는 면벽참선
을 할 때 몰려오는 졸음을 참기 위해 눈꺼풀을 잘라버렸다는 이야기도
있는데, 일본의 달마인형 역시 눈꺼풀이 없는 것 같기도 하다.

그림의 용에게 눈을 그려넣었더니 하늘로 올라갔다는 화룡점정(画竜
点睛)의 고사처럼, 일본 국회의원들은 당선이 되고 나면 무척이나 큰 달
마인형-몸은 온통 붉은색이며 학 모양의 눈썹에 볼에는 거북이가 그려져 있고,
오뚝이처럼 넘어지면 다시 일어난다-에 붓으로 눈을 그려넣곤 하는데, 우리
나라에서 흔히 당선자 이름에 꽃을 달아주는 것과는 아주 다르다.

팔 다리가 없는 달마인형

달마의 사상을 한마디로 요약하자면, 모든 갈등에서 벗어나 마음을 편하게 하는 '평상심'(平常心)이라고 할 수 있다. 하지만 넘어지면 다시 일어서는 오뚝이 달마인형이 일본인과는 더욱 잘 어울려 보인다. 일본인들은 어쩌면 10년 이상 침체되어 있는 경제가 달마인형처럼 다시 일어나길 간절히 빌고 있는지도 모른다. 달마인형의 원산지인 군마현 다카사키시에서는 2003년 1월에 약 150만 개의 인형을 만들고, 경제가 오뚝이 인형처럼 다시 일어서길 비는 행사도 가졌다고 한다. 우연인지 아니면 나중에 이름을 붙인 것인지는 확실하지 않지만, 다카사키시에는 소림산(少林山)이 있고 달마대사의 이름을 딴 달마사(達磨寺)라는 절이 있는데, 이곳에서 달마인형을 처음으로 팔기 시작했다고 한다.

물론 달마인형이라고 모두가 한 쪽 눈이 없는 것은 아니다. 장식용 마스코트로 파는 인형에는 2개의 동그랗고 큰 눈이 그려져 있다. 하긴 그래야만 더욱 친밀감이 있는 모습일 테니까 말이다. 얼굴 부분을 뺀 달마인형의 몸은 대개 붉은색으로 칠해져 있는데, 이는 붉은색이 복을 가져다 준다는 중국의 전통과 맞물린 때문이라고도 하고, 달마대사가 수행할 때 붉은색 가사(袈裟)를 입은 때문이라고 한다. 또한 오뚝이인 만큼 달마인형도 팔 다리가 없는데, 달마대사는 9년의 면벽참선을 위해 팔다리가 닳아 없어질 정도로 자신을 갈고 닦았다는 뜻을 전하기 위해서이리라.

55. 에도시대의 민간교육기관 데라코야

【이도열】

오늘날처럼 의무교육이 실시되지 않았던 과거 일본의 에도시대에는 서민 아동들을 위해 초보적인 교육을 하는 민간교육시설이 있었다. 이를 '데라코야'(寺子屋)라고 하는데, 우리나라의 서당에 해당한다고 보면 될 것이다.

에도시대에 전국에 보급된 데라코야는 신분이나 남녀를 불문하고 배울 수 있었던 교육의 장이었다. 데라코야의 기원은 중세 가마쿠라(鎌倉) 및 무로마치(室町) 시대에 사원(寺院)이 승려 양성을 위한 전문교육과 함께 속인교육(俗人敎育)도 담당한 것에서 그 기원을 찾을 수 있다.

역사적으로 일본의 근세에 해당하는 에도(江戶) 막부 264년 동안 치세의 기초를 세운 도쿠가와 이에야스(德川家康) 장군의 장려와 역대 장군이나 제후들의 관심으로, 에도시대 말기에는 전국에 5~6만의 데라코야가 보급된 것으로 추정하고 있다. 오늘날 일본 소학교가 2만 5천 개 정도임에 비하면 엄청나다고 할 수 있다. 그 영향으로 당시 정치의 중심지였던 에도 남자의 86%, 여자의 30%가 식자층이었고, 지방에서도 남자56%, 여자 15%가 입고 쓰는 능력을 가지고 있었다고 한다. 이는 오늘날 일본이 세계적으로 높은 식자율(識字率)을 가지게 된 바탕이 되었다고 할 수 있다.

당시 지배계층이었던 무사들의 자녀들은 '한코'(藩校:번의 공식교육기관)라 불리는 관학(官学)에서 사서오경과 같은 한적(漢籍)의 수득(修得)을 주체로 한 교육이 이루어졌다. 그러나 에도시대 중기 이후, 농민의 생산력이 향상하고 조닌(町人:도시 상공업자)에 의해 경제가 활발해지자 일반 서민에게도 읽기, 쓰기, 계산 능력이 필요하게 되었다. 이 같은 이유로 각지에 자연발생적으로 데나라이주쿠(手習塾), 데나라이쇼(手習所)로 불린 이른바 데라코야가 다수 탄생하게 되었다.

데라코야를 개설하는 데는 아무런 제약이 없었으며, 스승의 자격도 전혀 문제 삼지 않았다. 때문에 에도시대의 데라코야는 다양한 신분이나 직업을 가진 사람들에 의해 개설되었다. 물론 중세 이래의 전통을 계승하여 승려가 사원에서 개설한 것도 있으나 무사, 승려, 신관(神官), 의사 및 농민이나 죠닝 등의 민간인 독지가가 남녀를 불문하고 자택의 일부를 개방하여 스스로 시쇼(師匠:스승)가 되어 아동들을 가르쳤다.

데라코야는 학습목표를 서민의 일상생활에 필요하고 도움이 되는 지식과 기능의 습득에 두었기 때문에, 신분이나 연령, 성별에 관계없이 주로 6세부터 14세의 데라코(寺子:아동, 생도)를 대상으로 이른바 읽기와 쓰기 같은 문자 교육이 중심이 되었으며, 계산이나 생활에 필요한 격식 및 예의범절 등도 가르쳤다. 통상 3~4년의 데라코야 교육에 있어서 데라코의 연령이나 학습 진척 정도에 따라 개인차가 필연적으로 발생했기 때문에, 교수방법은 일제(一齊) 교육이 아닌 철저한 개별지도였다. 학습내용은 연령이나 지역 등에 따라 차이가 있었으나, 습자(習字)는 대부분의 데라코야에서 거의 매일 가르치는 과목이었다. 데라코는 우선 스승으로부터 문자를 바르게 읽는 법, 쓰는 법, 의미 등을 배우고, 그것을 읊으면서 쟁반 위에 뿌린 모래나 재(灰) 혹은 종이 위에 글씨 연습을 하고, 스승이 필순, 운필 및 정확한 이해 여부를 확인한 후, 청서(淸書)하여 학습 결과에 대한 평가를 받는 것이 일반적인 방법이었다.

일반적으로 데라코야의 교육내용은 읽기 및 쓰기, 셈 등으로 이해되나, 실제로는 인간으로서의 도덕교육이 중시되었다. 데라코야의 교육 내용은 도덕교육(道の教育:인격적인 삶의 방식에 대한 교육)과 기능교육(芸の教育:지식이나 기술교육)이 축을 이루었으나, 도덕이 본(本)이고, 지식이나 기술은 말(末)로 여겨졌다.

이는 에도시대의 정치철학이기도 하였던 유학(儒学)의 영향이기도 했다. 5세기경에 전해진 공자와 그 제자들의 언행록인 논어(論語)를 비롯한 사서오경(四書五経)과 같은 중국의 고전은 인간의 도(道)를 설명하고 지도자의 성전(聖典)으로 존중되어, 일본 고래(古来)의 국학이나 불교, 무사도와 혼합되어 발전하다가, 도쿠가와 이에야스가 만민치세(万民治世)의 대본(大本)으로 도입한 후 정착된 학문인 때문이기도 하다.

데라코야에서의 학습은 문자 교육이 중심이 되어 기본적으로 습자를 통한 문자의 독해력을 키웠고, 이로하(いろは: 각종 문자교육)에서 시

작하여 숫자, 나가시라(名頭:인명읽기), 지명읽기(村名国尽), 증서(証文), 일용문서(日用文書), 왕래문(諸往来:商売, 庭訓, 百姓, 消息往来) 등의 순서로 진행되었으며, 이와 병행하여 일용산술(日用算術)을 가르쳤던 것 같다.

에도시대의 교과서로서는 반교(藩校)에서 사용되었던 한적(漢籍)과 데라코야에서 사용되었던 왕래물(往来物)을 들 수 있는데, 후자의 내용은 주로 교훈, 역사, 지리, 직업, 어휘, 편지 등으로 분류할 수 있다.

민간에 의한 이 데라코야 교육은 메이지유신 이후 학제(学制)가 반포되어 근대교육이 발족될 때까지 이어졌다. 19세기 후반 서구 열강제국들의 식민지 획득을 위한 쟁패가 가열되는 와중에서, 근대적 독립국가 건설을 지상과제로 삼은 메이지 정부는 부국강병(富国強兵), 식산흥업(殖産興業)의 실현을 통해 근대화정책을 강력히 추진하고자, 국민의 의식개혁을 목표로 구미제국과 같은 근대 학교제도의 도입을 추진했다.

메이지 5년인 1872년에 공포된 일본 최초의 근대 학교교육제도인 학제(学制:학교를 대학, 중학, 소학으로 3등분한 제도)는 근대국가의 국민 형성을 목적으로, 소학교(小学校:초등학교) 교육을 의무교육(国民教育)으로 삼았으며, 이후 1986년에는 소학교령(小学校令)이 제정되어 일본의 근대교육이 완성됨으로써 데라코야에 의한 서민의 자생적인 민간교육은 종말을 맞게 된다.

56. 일본의 원주민 아이누

【박용구】

미국에는 인디언, 호주에는 마우리족이 있듯이 일본에는 '와진'(和人:아이누 외의 일본 사람)이 이주해오기 전부터 열도에 정착한 원주민 '아이누'(アイヌ)가 있다. 인구조사가 시작된 이래, 아이누의 수를 살펴보면 26,256명(1807년), 23,563명(1822년), 17,810명(1854년), 16,272명(1873년), 17,783명(1903년)으로, 와진이 초래한 전염병과 강제노동에 의한 가정파괴 등으로 1822~54년에 걸쳐 급감한 점이 특이하다. 최근의 조사에 의하면, 일본에는 약 2만5천 명의 아이누가 있다고 한다.

아이누의 외모는 검은 빛을 띤 피부, 쌍꺼풀진 우묵한 눈, 튀어나온 광대뼈, 커다란 귀로 상징된다. 검은 머리카락은 파상(波狀) 또는 구상(鉤狀)이며 세계에서 가장 털이 많은 인종으로도 유명하다. 남녀 모두 귀고리를 했으며, 특히 여자는 문신을 했고, 난티나무 껍질로 짠 옷감으로 만든 옷을 입었다. 아이누는 주로 어로, 수렵, 채집에 의존하여 생활을 했으며, 식량의 대부분은 월동용 혹은 기근 대비용으로 '푸'라고 하는 창고에 저장했다. 곰, 사슴 등의 고기는 익힌 후, 햇볕에 말린 다음 화롯불의 연기로 훈제로 만들어 자작나무 껍질로 싸서 저장했다. 연어나 송어 등의 어류는 배를 가르거나 머리를 잘라 두 토막으로 나눈 후 같은 방식으로 훈제로 만들어 창고에 저장했다. 연어는 기름이 적은 산란 후의 것을 저장했으며, 송어는 기름기가 많아 부패하기 쉽기 때문에 구워서 말린 후 건조시켰다. 산채나 농작물은 그대로 햇볕에 건조시키거나 혹은 한 번 데친 후 건조시켜 역시 창고 속에 저장했다. 백합은 둥근 뿌리를 절구로 빻아 물에 침전시켜 전분을 취한 후 건조시켜 보존하거나, 전분과 그 찌꺼기도 딱딱하게 굳혀서 2개 1조로 옥외에서 건조시킨 후 실내에 걸어서 보존했다. 들에서 나는 식물도 중요한 식량이었다. 시기별로 채취한 식물의 종류는 3~5월에는 머위, 쑥, 땅두릅, 고사리, 고비, 6~8월에는 백합, 해당화, 9~11월에는 밤, 호두, 도토리, 산딸기, 마름열매, 버섯 등이다. 채취는 여성이 담당했으며, 자신들의 영역 내에서는 언제든지 자유로이 할 수 있었다.

아이누의 인종 구분에 대해서는 다양한 견해가 있지만 몽골로이드설이 가장 유력하다. 몽골로이드에는 남방계와 북방계의 두 가지 타입이 있는데 지금부터 수만 년 전에 남방계 몽골로이드가 북으로 이동을 시작한 후 오랜 시간에 걸쳐 그들이 류큐(琉球:현재의 오키나와)를 포함한 일본열도에 정착했다. 기원전 3세기를 전후하여 이번에는 북방계 몽골로이드가 대거 일본으로 이주했는데, 이들의 영향을 받아 급격히 진화한 것이 와진인 반면, 북방계 몽골로이드의 영향을 거의 받지 않고 진화한 인종이 아이누와 류큐인이라고 한다.

이들 아이누는 일찍이 홋카이도, 혼슈의 동북지방, 치시마, 사할린에 걸친 넓은 지역에 분포하고 있었으나 러일전쟁과 두 차례에 걸친 세계대전을 겪으면서 대다수가 홋카이도에 모여 살고 있다. 15세기 중엽 에사시와 마쓰마에를 중심으로 와진의 세력이 강해진 이래 아이누들은 끊임없이 억압을 당해왔다. 아이누들은 드센 저항을 했지만 결국은 와진의 지배를 받게 되어, 억압과 착취를 당하며 메이지시대를 맞이했다. 메이지시대에 접어들자 동화정책의 일환으로 아이누의 전통은 일체 금지되고, 와진의 생활관습을 강요받기 시작했다. 이로써 주로 수렵이나 채취생활을 해오던 아이누의 생활양식은 농업 중심으로 바뀌게 되었다. 메이지 후반에 이르러 홋카이도 개발을 위한 이주정책에 의해 혼슈(本州)로부터의 이주자가 급격히 늘자, 아이누에 대한 억압이나 착취는 줄었지만 인종차별이 심해졌다. 이같은 차별은 오늘날까지도 큰 사회문제가 되고 있다.

이처럼 아이누 고유의 습속과 인종적 특징이 사라져가자 현재는 아이누 문화 진흥과 아이누 전통에 관한 지식의 보급 및 계발에 관한 법률인 아이누 문화법을 만들어 보존에 노력을 기울이고 있다. 또한 법안 성립과는 별도로 아이누어의 부흥, 전통무용, 각종 의례 등 독자적인 문화의 계승과 보호활동도 활발해지고 있다.

아이누 남성들은 15~16세가 되면 훈도시(褌:들보)를 차고 두발을 가다듬음으로써 성인이 된다. 여자도 비슷한 무렵에 고유의 의상을 하고 '라웅굿' 또는 '봉굿'이라 불리는 띠를 두른다. 또한 이 시기에는 12~13세 무렵부터 시작한 입과 손의 문신이 완성되는데, 이로써 결혼 자격을 얻게 되는 것이다. 결혼 적령기는 남자는 17~18세, 여자는 문신을 끝낸 15~16세 무렵으로 이때부터 공히 주위로부터 어른 대접을 받는다. 때로는 본인들의 의사에 의한 결혼도 있지만 대체로 어린 시절 부모 간에 약속을 하거나 또는 중매인에 의해 약혼자를 정해놓고, 나이가 차면 본인들에게 전하고 결혼시킨다. 지역에 따라서는 딸의 나이가 차면 집의 한 쪽에 조그만 방을 마련해 살게 하고, 그곳으로 놀러오는 남자 중 상대를 선택하기도 한다.

청혼은 다소 독특한 방법으로 이루어진다. 여자의 집을 방문한 남자가 여자가 듬뿍 퍼주는 밥을 반쯤 먹고 나머지를 여자에게 주어, 여자가 먹으면 청혼을 받아들인다는 뜻이고 손을 대지 않고 옆에 두면 거부한다는 의미다. 혼인이 결정되면 남녀 사이에 선물교환이 이루어진다. 남자 쪽에서는 조각을 한 작은 칼, 바늘통, 실타래 등을 건네고, 여자 쪽에서는 자수를 놓은 옷, 손을 감싸는 토시, 각반(脚絆) 등을 준다. 선물 교환을 마치면 남자의 아버지가 예비신랑과 함께 패물을 가지고 신부의 집을 방문한다. 그리고 재차 혼담을 확인하고 식을 올린다. 결혼식은 비교적 간단해서 불의 신(火神)께 기도를 올리고 밥 한 공기를 남녀가 반씩 나눠 먹은 다음, 사회자에게 식사를 대접하는 것이다. 식이 끝나면 신랑은 즉시 신부를 데리고 돌아오던가, 아니면 그 집에 며칠 머문 다음 신부와 함께 돌아온다.

아이누는 생활에 도움이 되는 것 혹은 자신들의 힘이 미치지 못하는 것을 신으로 간주하는 전형적인 애니미즘 형태의 종교생활을 하고 있다. 아이누는 불, 물, 바람, 천둥 등의 자연신(自然神), 곰, 여우, 올빼미, 범고래 등의 동물신(動物神), 버섯, 쑥 등의 식물신(植物神), 배, 냄비 등의 물신(物神), 집을 지켜주는 수호신, 산신, 호수의 신 등 다양한 신을 섬기고 일상생활 속에서 기도하며 다양한 의례를 행한다.

57. 전국시대의 007닌자

【박용구】

시노부(忍ぶ:숨어 다니다, 몰래 하다)란 말에 사람[者]이 붙어서 만들어진 '닌자'(忍者)란, 적진에 잠입하여 요인(要人)을 암살하거나 첩보활동에 종사하던 007과 같은 특수요원을 말한다. 전신을 검은 옷으로 감싸고, 두 눈만 내놓은 검은 두건을 쓴 살벌한 모습을 한 닌자들이 익히는 닌주쓰(忍術)는 단순한 격투술이나 무술을 넘어서, 자신의 모습을 감추고 적진을 일대 혼란에 빠뜨리는 초인적인 행동을 가능케 하는 비술(秘術)이라고 할 수 있다.

막중하면서도 위험한 임무를 수행하기 위한 방편인 닌주쓰에는 수많은 기술이 포함된다. 자신을 지키고 나아가 적을 무찌르는 투술(鬪術)은 물론, 정체를 숨기는 변장술, 몸을 감추는 은신술(隱身術) 그리고 위기에 처했을 때 달아나는 둔주술(遁走術) 등은 닌주쓰의 기본이자 필수적인 기술이다.

특히 둔주술에는 오행(五行)의 이치를 바탕으로 하여, 나무나 풀을 이용하는 목둔술(木遁術), 불이나 연기를 사용하여 적의 시야를 흐리고 순간적으로 사라지는 화둔술(火遁術), 바위를 이용해 몸을 숨기거나 땅을 파고 달아나는 토둔술(土遁術), 물을 이용해 적진에 잠입하거나 또는 모습을 감추는 수둔술(水遁術), 그리고 칼을 비롯한 금속류의 반사되는 빛이나 소리를 이용하여 추적자를 따돌리는 금둔술(金遁術) 등이 있다.

닌자 개개인은 일당백의 뛰어난 투사이자 심리학자이기도 했다. 거짓 정보를 흘리고 적을 혼란시키기 위해서는 인간의 심리를 이용한 위계(偽計)를 사용하기도 하는 때문이다. 오늘날까지도 전하는 닌주쓰의 위계 12법을 보면 교닌주쓰(驚忍術:미신을 이용하여 사람을 놀라게 하는 기술), 우초주쓰(雨鳥術:비나 바람 등의 기후를 이용하는 법), 시초주쓰(試厅術:상대의 잠든 정도를 살피는 기술), 기온주쓰(偽音術:은신이나 잠행 시 동물의 소리를 흉내내서 주의를 흩뜨리는 기법), 도시주쓰(逃止術:달아나는 것처럼 보이고는 되돌아와서 목적을 달성하는 기술), 엔뉴주쓰(魘入述:적진에 은밀히 잠입하는 술법), 소닌주쓰(双忍術:적을 속이기 위한 거짓 정보 또는 행동을 동시에 두 가지 이상 행하는 기법), 가이하쿠(解縛術:포박을 푸는 기술), 자쿠젠주쓰(着前術:대원을 미리 잠입시키고, 정면 공격을 행하여 안팎으로 혼란스럽게 하는 법), 호카주쓰(放火術:불을 질러 적을 당황하게 만드는 기술), 리코주쓰(離行術:잠입자를 실력에 따라 순차적으로 진입시키는 술법), 센소쓰주쓰(賎卒術:적의 군사로 변장하는 술법) 등이 있다.

또한 은밀한 행동을 위해서는 일기의 관측이 필수적인 바, 닌자는 천문학적 지식도 갖춰야만 했다. 닌자의 교본이랄 수 있는 『반센슈카이』(万川集海)의 17편에는 천문에 관계된 내용이 실려 있는 바, 별의 위치나 빛나는 정도에 따라 방향을 알아내고 다음 날 일기를 예측하여 자신의 행동을 결정했으며, 나아가 궁극(窮極)의 정신 세계도 추구했던 것으로 보인다.

멀티플레이어인 닌자의 무기는 다양할 수밖에 없었다. 닌자가 사용한 무기의 특징은 휴대하기 간편하고 숨기기가 용이하며, 공격용이라기보다는 암습용(暗襲用)에 가까운 것이 많다. 대표적인 것이 슈리켄(手裏剣:손에 숨기고 있다가 던지는 단검. 표창)이나 마키비시(卷菱:삼각뿔 모양으로 생긴 침(針)으로, 어떻게 던져도 뾰족한 면이 위를 향하기 때문에 추적자의 발에 찔리게 된다)로 살상력은 다소 떨어지지만 암습이나 추적자를 따돌리는 데는 무척 효과적인 무기라 할 수 있다.

그 외에 사용하지 않을 때는 접어서 품에 갈무리할 수 있는 십자검(十字剣)을 불과 1자(尺:30센티미터) 정도의 대나무통이지만 펼쳐서 잡아 당기면 수 미터의 장대가 되어 성벽을 오르거나 멀리 있는 물건을 훔칠 때 사용하는 갈퀴손, 독을 바른 화살과 활을 숨긴 삿갓 그리고 연막탄(煙幕弾) 역시 닌자에게 빼어놓을 수 없는 무기들이다.

육체적으로는 물론 정신적으로도 초인적인 능력이 요구되는 만큼 훈련도 혹독하여, 전통 닌주쓰를 익힌 닌자는 25세가 넘으면 40대로 보이고, 40세-워낙 임무가 위험한 터라 이때까지 살아남기도 쉽지 않았지만-가 넘으면 60대 노인처럼 머리가 세고 피부에 깊은 주름이 생길 정도였다고 한다. 또한 적에게 사로잡히기라도 하면 스스로 얼굴을 칼로 그어 상대가 정체를 알아보지 못하도록 하고 목숨을 끊어 비밀을 유지하는 지독함을 지녔다고도 전한다. 마치 '忍' 자에 참는다는 뜻도 있음을 강조

닌자쇼를 즐길 수 있는 노보리베쓰 다테 시대촌

하듯.

다양한 유파의 닌자집단 가운데서도 단연 돋보이는 것은 닌주쓰의 발상지로 유명한 미에현(三重県) 서부에 근거를 둔 이가류(伊賀流)와 시가현(滋賀県) 남동부 지역의 고가류(甲賀流)이다.

산세가 험하기로 이름 높은 이 지역의 깊은 계곡에는 조그만 마을들이 있고, 각 마을의 우두머리들은 서로 세력 다툼을 반복하고 있었다. 더구나 이 지역은 일본의 옛 수도였던 교토(京都)에 가까웠기 때문에 정쟁(政争)에 휘말리기도 쉬웠다. 그러나 첩첩이 둘러싸인 산과 깊은 계곡으로 인해 대규모의 전투가 되기는 어려웠고, 주로 적이 방심하는 틈을 타서 기습을 감행하는 게릴라전의 양상을 띠었다. 이를 대비하여 각 마을은 기습공격에 대비해 게릴라전을 주특기로 하는 농민무사들을 육성했는데, 이가류의 원조인 핫토리 한조(服部半蔵)와 고가류를 대표하는 고가 사부로(甲賀三郎)가 대표적인 인물이라 할 수 있을 것이다.

닌자의 흔적은 고대 일본에서도 찾아볼 수 있지만, 그 존재가 알려지기 시작한 것은 각지의 영주들이 세력 확대를 위해 부모형제마저 살육했던 15~16세기의 전국시대(戦国時代)부터였다. 일본열도 전체가 내란에 빠져 있던 이 시대의 승패는 병력의 규모 이상으로 정보전에 의해 좌우되었다. 상대가 전쟁 준비를 하고 있다는 정보를 입수하면 바로 대비책을 세워야 했고, 적진이 내분을 겪고 있다고 판단되면 즉각 공격

에 돌입해 상대를 함락시켰다. 칼을 맞대
고 싸우기 전에 정보를 수집하고 조작하
는 모략활동에 의해 승패가 이미 결정되
어 있었던 것이다.

에도시대의 닌자로 분장한 모습

　전국시대의 영주들은 자신에게 절대
적인 충성을 바치는 무사들로 조직된 군
대를 거느리고 있었지만 명예를 목숨처
럼 여기는 무사 즉 사무라이들에게 암살이나 간첩 행위를 명할 수는 없
었다. 그럼에도 불구하고 첩보전의 위력을 절감하고 있었기에 정보 수
집, 유언비어 유포, 방화나 암살 등에 능한 그림자 군단인 닌자를 동원
하지 않을 수 없었다.

　전국시대가 끝나갈 무렵인 1581년, 오다 노부나가(織田信長)는 아
들에게 기타바타케(北畠) 가문을 공격하도록 했다. 그러나 전투는 기타
바타케 가문의 편에 선 이가 닌자의 활약으로 오다 노부나가 측의 대패
로 끝났다. 분노한 그는 이가 마을들을 불태운 것으로도 모자라 남녀노
소를 불문하고 주민의 대부분을 살해했다. 그 결과 이가는 물론 인접지
역인 고가 마을까지 거의 폐허가 되다시피 했다.

　다음해인 1582년, 가신인 아케치 미쓰히데(明智光秀)에게 배신을
당한 오다 노부나가가 자살하는 사건이 벌어졌다. 공교롭게도 그의 부
름을 받아 불과 몇 명의 호위병과 함께 사카이(堺)시를 구경하고 있던
도쿠가와 이에야스(德川家康)도 아케치 미쓰히데의 군사에게 포위당했
다. 절체 절명의 위기에 빠져 할복할 각오까지 한 이에야스를 구하기

위해 급파(急派)된 자는 다름아닌 전설적인 닌자 핫토리 한조였다. 한조는 오다 노부나가의 공격으로 괴멸 상태에 빠진 이가촌에서 살아남은 수하들을 모아 귀신 같은 솜씨로 도쿠가와 이에야스를 구해내는데 성공했다. 황궁이나 옛 에도성의 '한조몬'(半蔵門), 도쿄 지하철의 '한조몬선'(半蔵門線)은 당시 공적을 세운 핫토리 한조의 이름에서 비롯된 명칭이다.

전국시대가 끝나고 평화롭고 안정된 에도(江戸) 시대에 접어들자 닌자들은 철포부대, 경비대, 성의 수리공 등으로 변신하여 자취를 감추게 된다. 그러나 그 행적은 입에서 입을 통해 지금까지 전해져 내려오고 있을 뿐만 아니라 일본을 대표하는 문화 상품의 하나로 개발되었다.

핫토리 일족이 남긴 문화유산인 닌주쓰를 계승하기 위해 1984년에 결성된 구론도(黒党)는 일본의 각지는 물론 해외에서도 활발한 공연을 하고 있으며, 'Ninja'라는 표기가 국제어가 될 만큼 세계적인 붐을 일으키고 있다.

세계적인 붐을 일으켰던 「닌자 거북이」(Teenage Mutant Ninja Turtles)는 닌자에서 모티브를 얻어 성공을 거둔 대표적인 상품일 것이다. 1983년 캐빈 이스트맨(Kevin Eastman)과 피터 레어드(Peter Laird)가 제작한 이 만화는 영화화되어 커다란 성공을 거뒀음은 물론 220개의 텔레비전 시리즈가 만들어졌으며, 게임과 비디오 등 관련상품만 해도 6백여 개에 달하고, 판권액수는 무려 40억 달러에 이른다고 한다.

58. 게이샤는 남자와 여자가 따로 있었다

【심기재】

우리나라 전통사회에 기생(妓生)이 있었다면, 일본에는 게이샤(芸者)가 있었다. 하지만 우리나라의 기생은 광복 후에 자취를 감춘 반면, 일본의 게이샤는 오늘날까지 엄연히 존재하고 있다.

게이샤란 본래 어느 한 방면에 뛰어난 사람을 가리키는 말이었다. 처음에는 꽃꽂이나 다도와 같은 취미로 하는 예능뿐만 아니라 학문과 무예까지도 포함하여 탁월함을 보이는 이들을 게이샤라고 했지만, 나중에는 노(能), 가부키(歌舞伎), 교

예능을 전문으로 하는 게이샤

겐(狂言) 등과 같은 전통예능을 직업으로 하는 사람을 일컫는 말이 되었다.

하지만 오늘날처럼 요정이나 연회석에서 술을 따르고 전통춤이나 샤미센(三味線) 연주 등으로 술자리에서 손님의 흥을 돋우는 여성이 게이샤로 불려지게 된 것은 지금으로부터 약 2백여 년 전인 에도시대 중

기 이후였다. 게이샤라고 하면 으레 여자를 떠올리게 되지만 놀랍게도 처음에는 남자 게이샤가 있었다. 즉 남녀 게이샤가 각각 따로 존재하고 있었던 것이다. 연회석에 나가 갖은 재주를 부려 자리를 흥겹게 하는 남자 게이샤는 여자보다 먼저 등장했으며, '다이코모치'(太鼓持)라고 불렀다.

가미가타(上方:오사카와 교토)에는 17세기 후반 이전부터 남자 게이샤가 존재하고 있었으나, 에도의 대표적 유곽 요시와라(吉原)를 중심으로 여자 게이샤와 함께 활동하기 시작한 것은 18세기 중반 이후였다.

에도 막부 말기의 게이오(慶応, 1865~67) 연간의 요시와라 유곽에는 남자 게이샤가 30여 명, 여자 게이샤가 340명이 있었다고 전해진다. 여자 게이샤는 남자 게이샤에 비해 재주가 아닌 노래와 춤 등으로 술자리의 흥을 돋우었으나, 그 역할은 원래 유녀(遊女)들이 갖추고 있어야 할 재주였다. 그러나 소양이 없는 유녀들이 점차 늘어나자, 춤이나 노래를 대신해줄 전문가가 필요하게 되었고 '다이코조로'(太鼓女郎: 춤이나 노래를 주로 하는 유녀)가 등장하게 되었다.

매춘이 아닌 예능을 전문으로 하는 그들은 아게야(揚屋:요정)나 히키 데자야(引手茶屋:찻집)로부터 호출을 받고 가서 샤미센 연주와 노래 그리고 춤을 보여 주었다. 그런데 교호(享保, 1716~35) 연간에 들어서면서 게이코(芸子)라는 것이 나타났다. 표면상 예능을 내세운다는 점에서는 같았으나, 몰래 매춘을 하기 때문에 자색이 뛰어난 여자가 많았다. 이 게이코가 훗날 에도의 여자 게이샤가 된다. 하지만, 가미가타에서는 게이샤라고 하면 다이코모치(太鼓持)를 가리키고, 여자 게이샤는 게이코라고 불렀다.

에도에 여자 게이샤가 처음 등장했던 것은 호레키(宝暦) 12년인 1762년이었다. 그 후 숫자가 늘어나 여자 게이샤 중에는 유곽에 고용되어 있거나, 오키야(置屋:오카미를 비롯하여 마이코와 게이샤가 사는 곳)에 적을 두고 있었으며, 스스로 유곽 밖에 살면서 영업하며 때로는 손님과 잠자리를 같이 하는 경우도 있었다. 이렇게 되자 매춘을 전문으로 하는 유녀의 영업에도 막대한 지장을 초래하게 되었다. 그래서 1780년에 게이샤 가이쇼(芸者改所:게이샤의 소개나 화대 계산, 감독을 하는 곳)를 발족시켜 매춘을 엄격하게 단속하게 되었다.

그런데 에도시대에 에도, 가미가타, 나가사키(長崎)에만 존재했던 게이샤는 요시와라에만 있었던 것은 아니었다. 예를 들어 에도에는 요시와라 이외에 각 마을에도 마치게이샤(町芸者)라는 것이 있었다. 이들은 처음에는 춤만을 전문으로 하는 무용수로 출발했으나, 무가(武家), 상가(商家), 유람선, 음식점 등에서 샤미센을 연주하거나 춤을 추는 '마치게이샤'로 발전했다.

또한 18세기 후반에 잠시 활동한 마치게이샤인 '하오리게이샤'(羽織芸者)도 있었다. 하오리(羽織:옷 위에 걸치는 짧은 겉옷)를 입고 연회석에 참가하기에 이같은 이름이 붙었는데, 마치게이샤의 역할을 하면서도 매춘을 한다는 점이 달랐다. 그리고 19세기 중반 이후에는 에도의 야나기바시 유곽지역을 중심으로 활동한 '야나기바시게이샤'(柳橋芸者)라는 마치게이샤가 있었다.

한편 에도의 요시와라에 필적하는 일본의 대표적 유곽으로는 교토

게이샤는 남자와 여자가 따로 있었다

기온 거리를 걷다 보면 게이샤를 종종 볼 수 있다.

의 기온(祇園)이 있다. 에도의 요시와라는 이미 명맥이 끊어졌지만, 기온은 오늘날까지 게이샤의 전통이 살아 숨쉬는 곳이다.

일본의 3대 마쓰리 중 하나인 7월 중순의 기온마쓰리가 아니더라도 평상시 기온 거리를 걷다 보면, 하얗게 분을 바른 얼굴에 새빨간 입술 그리고 단정한 머리, 펄럭거리는 넓은 소매의 기모노를 입은 묘한 매력의 게이샤를 심심찮게 볼 수 있다.

오늘날 게이샤의 세계에 발을 들여놓고자 하는 소녀들은 많이 줄어 들었지만, 일단 이 길로 들어서겠다고 마음먹었을 경우에는 옛날과 달리 자발적으로 선택하는 경우가 많다. 하지만 게이샤가 되려면 옛날과 마찬가지로 엄격한 훈련을 견뎌낼 인내가 절대적으로 필요하다. 오키야의 오카미(お女将:여주인)는 일단 게이샤를 지망하는 소녀와 그녀의 부모에게 앞으로 겪어야 할 견습과정에 대해 설명해준다. 과거에는 11~13세 정도의 어린 소녀들이 오키야에 들어가 게이샤의 생활을 시작했으나, 지금은 중학교 내지는 고등학교 졸업자가 대부분이다.

그들은 처음에 다마코(玉子:'달걀'이라는 뜻으로 나이 어린 게이샤 지망생을 가리킴)로 입문하여 정식의 게이샤가 되기 전 견습생에 해당하는 마이코(舞妓)로부터, 교토춤(京舞), 이노우에류(井上流)의 이에모토(家元)에 의해 대대로 전해지는 전통춤을 비롯해서 샤미센 연주 같은 예능을 익히는 한편 꽃꽂이, 다도, 예의범절 등을 배운다. 또한 틈나는 대로 오키야의 청소나 마이코의 화장과 옷 입는 것을 도우며 1~2년을 보낸다.

이러한 견습과정을 거친 마이코는 미세다시(店出し)라고 하여 사회물정을 익히고 자신을 알리기 위해 오키야를 나서기도 한다. 이처럼 5~6년 정도 마이코 생활을 하고 나면 에리카에(襟替:옷깃을 바꾼다는 의미로, 마이코의 빨간 옷깃에서 게이샤의 하얀 옷깃으로 바꾸는 것) 의식을 거쳐 정식 게이샤로 탄생하는 것이다.

이처럼 오랜 기간 마이코나 게이샤가 익히고 배운 품격 높은 예능 서비스를 받을 수 있는 곳이 오차야(お茶屋:요정 비슷한 찻집. 현재는 교토의 기온을 중심으로 78집이 있다)인데, 결코 아무나 받을 수 있는 것이 아니다. 단골 고객이나 호텔, 교토전통기예진흥재단 등의 소개를 통해서만 받을 수 있으며, 요금도 2시간에 1만2천~1만5천 엔으로 상당히 비싸다.

59. 죽음의 미학 하라키리

【박승호】

1701년 에도(江戸) 성 안에서 아코(赤穂:현재 효고현의 서남부)의 영주(大名) 아사노 나가노리(浅野長矩)가 하급자인 의전전문관료 기리 요시나카(吉良義央)로부터 모욕적인 말을 듣고 분을 참지 못하여 칼을 빼어 상처를 입히는 사건이 발생했다. 막부는 성내에서는 칼을 뽑을 수 없다는 규칙을 위반한 죄를 물어 아사노에게 할복을 명하고 영지도 몰수했다. 이후 아사노의 부하 오이시 요시오(大石良雄)를 비롯한 47명의 무사는 주군(主君)의 원수를 갚기로 맹세하고 1년 동안 무예 연마와 실전연습 등 철저한 준비를 한 끝에 기리와 그의 가족, 부하 등 20여 명을 살상하기에 이른다. 막부의 규율을 뒤흔든 엄청난 사건에 대해, 충의, 의리, 인정으로 상징되는 사무라이의 귀감(亀鑑)이라는 시각도 있었지만, 결국 실정법을 위반했다는 죄로 전원은 할복자살하라는 명령을 받고, 47명의 무사들은 장엄한 최후를 맞는다.

이 사건은 일본인들의 가슴을 후련하게 해주는 무용담으로 미화되어 영화나 가부키로 각색되는 등 오늘날까지 많은 인기를 모으고 있으며, 집단으로 할복하여 충정을 보인 무사들의 묘소에는 지금도 참배객이 연일 줄을 잇고 있다. 또한 사건이 일어났던 눈 내리는 12월이 되면 일본의 서점가와 극장가 및 가부키좌(座)에서는 「주신구라」(忠臣蔵)라는 이름으로 아코의 무사 이야기가 단골 메뉴로 등장하여 세인들의 관심을 모은다.

일본에서는 록히드 사건, 리쿠르트 사건, 사가와큐빈 사건 등 큰 사건이 터지면 오야붕(親分)을 위해 으레 비밀을 간직하고 있는 중간 관리자가 자살하는 사건이 빈발하는데, 이는 앞서 소개한 주신구라에서 찾아볼 수 있는 사무라이 정신과 절대 무관하지 않다.

사무라이 정신은 12세기 말부터 7백여 년 동안 이어진 무사들에 의한 통치를 통해 형성된 것으로, 도요토미 히데요시(豊臣秀吉) 정권을 멸망시키고 에도 막부를 세운 도쿠가와 이에야스(德川家康)는 봉건체제를 굳건히 하기 위해 무가정권의 통치이념과 부합하는 주자학을 도입한 데서 비롯되었다고 할 수 있다.

도쿠가와는 여러 덕목 중에서도 특히 충(忠)을 중시하여 주군에 대한 충성과 무예를 중요시하여 사무라이 정신의 기틀을 확립했다고 해도 과언이 아니다. 사무라이 정신은 당연히 호전적이고 극단적인 성향으로 흘러, 1716년 간행된 무사들의 수양서인 『하가쿠레』(葉隱)에서는 '무사도란 죽을 때와 장소를 발견하는 것'이라고 정의하고, '무사는 주군을 위해 목숨을 바쳐 싸우는 자로서 언제나 죽음을 각오를 해야 한다'고 강조했는데, 특히 할복자살을 '무사의 꽃'으로 미화하고 가장 명예로운 죽음이라 칭송하고 있다.

스스로 배를 갈라 목숨을 끊는 할복자살을 '셋푸쿠'(切腹) 또는 '하라키리'(腹切)라고도 한다. 배를 가르는 이유는, 인간의 영혼과 애정이 배에 깃들어 있다고 여겨 '나의 영혼이 머무는 곳을 활짝 열어 당신에게 낱낱이 보여주고 싶다. 영혼이 더러운가 깨끗한가를 당신의 눈으로 확인하게 하고 싶다'라는 사실을 보이기 위한 것이라고 한다.

역사적으로 잘 알려진 할복의 예는 12세기 겐페이(源平) 전투에서 찾아볼 수 있는데, 초기에는 주군에 대한 충성과 용맹의 과시 수단으로, 혹은 임무실패에 대한 책임의 수단이나 항의의 수단 등으로 무사들 사이에서 자발적으로 행해졌다. 하지만 전국시대를 거쳐 에도시대에 접어들면서 할복은 자발적 형태에서 형벌의 일종으로 변했다.

할복을 할 때는 정원에 다다미 두 장을 깔고 저승길로 가기에 앞서 잠시 동안 경건한 의식을 치르는 것이 관례였다. 전통적 할복이 스스로가 칼로 자기 배를 그어 죽는 것이었다면, 중세 이후에는 무사가 셋푸쿠 가타나(切腹刀)를 드는 순간 다른 사람이 뒤에서 목을 베어 할복의 실패를 막고 참혹한 고통을 덜어 주는 형식으로 변모했다고 한다.

이때 목을 베는 것을 가이샤쿠(介錯)라고 하며, 그 역할을 맡은 사람이 가이샤쿠닌(介錯人)인데, 동료나 직속상관 등 밀접한 관계에 있는 사람에게 부탁하는 것이 법도였다고 한다.

근대에 할복을 한 유명 인물로는 인기작가이자 도쿄대학 출신의 지식인이었던 미시마 유키오(三島由紀夫)를 들 수 있다. 1970년 11월 미시마는 자신이 조직한 대학생 중심의 우익단체인 방패회 회원들과 함께 총감부의 총감실을 점거한 후, 총감을 인질로 하여 '의회 해산' 및

'천황제 부활' 등의 구호와 함께 쿠데타를 선동했지만 자위대원들의 반응이 없자 할복을 자행했는데, 가이샤쿠는 미시마의 동성연애 관계에 있다고 알려진 심복 모리타 마사카쓰(林田必勝)가 맡았다.

노벨상 후보에까지 오른 인기작가의 자살, 그것도 잊혀져 가던 옛 무사도 방식의 할복이라는 자살을 택했다는 점은 그의 섬뜩한 주장과 더불어 많은 충격과 비판을 불러일으켰으나, 오늘날의 일본에서는 그가 할복한 11월 25일을 기념하여 성대한 추모행사를 벌이기도 한다. 이같은 무도 정신은 천황제 국가주의 사상과 결부되어 군국주의의 팽창의 도구로 이용되어 많은 침략전쟁을 일으켰음은 물론 가미가제(神風)처럼 기꺼이 목숨을 바치는 광적(狂的) 충성을 강요하기도 했지만, 오늘날까지도 일본인의 의식 속에 면면히 이어지고 있다.

60. 무사들의 하루 일과

【장영철】

에도시대는 무사가 지배계급의 전면에 나선 군사정치 형태였지만 다른 시대보다는 비교적 안정적이었다. 따라서 군웅(群雄)이 할거하던 전국시대가 끝나고 상인 계층의 급격한 부상(浮上)함에 따라 무사들은 급격히 몰락하기 시작했다. 에도 막부를 마감하게 한 메이지유신은 무사들의 누적된 불만이 외세의 침입과 맞물려 진행된 것이었다.

무사들의 계급은 위로는 쇼군(将軍)으로부터 하급 말단 무사에 이르기까지 다양한데, 에도시대 그들의 하루 일과를 통해 실상을 알아보면 대략 다음과 같다.

쇼군은 매일 규칙적인 생활을 했다. 아침 6시부터 7시 사이에 일어나 세수를 하고, 국 한 그릇에 나물 3가지의 단출한 식사를 한다. 앞머리와 수염은 하루씩 걸러 면도를 하고, 존마게(상투)는 하인이 틀어올려 준다. 9시 경에 역대 쇼군의 위패에 문안드리고, 정실부인과 대면한다. 오전 10시 관리들이 등청하면 보고를 받고 결재를 하는 등 2시간 정도 공무를 본다.

오전 11시가 지나서 점심상을 받는다. 생선으로 도미, 광어, 가자미, 가다랭이 등이 오른다. 오후 1시가 지나면 관리들이 퇴청한 이후는 쇼군의 사적인 시간이다. 유학 강의를 듣기도 하고, 춤이나 승마를 즐기기도 하였다.

무사계급의 중추를 이루는 다이묘(大名)는 각 번(藩)의 영주로서 가신단(家臣団)을 이끌며 지방의 통치권을 행사했다. 쇼군으로부터 매년 1만 석 이상의 급료를 받고 행정과 군사의 의무를 수행했다.

다이묘는 에도에 넓은 저택을 짓고 여가를 즐겼지만, 일상생활은 의례와 격식을 갖춘 엄격함이 요구되었다. 심지어 안채에서 잠을 잘 때도 늙은 하녀가 옆방에서 대기했고, 바깥채에서 혼자 잘 때도 하인 2명이 머리맡을 지키는 불편함을 참아야 했다. 식사 때나 목욕을 할 때도 직급이 낮은 담당자에게 직접 지시할 수 없었다. 밥을 한 공기 더 먹으려면 하인이 말을 전해야 했고, 목욕물이 뜨거워도 하인이 말을 전달할 때까지 옷을 벗은 채 떨고 있을 수밖에 없었다.

실질적인 정무는 가신들이 담당했지만 최종적인 판단은 다이묘의 몫이었다. 에도시대 후반기에 개혁에 나선 다이묘가 있어 관례를 깨는 행동을 하면, 가신들은 종종 격렬하게 반발했는데 기존 질서를 지키기 위해 관례를 따르는 편이 안전하다는 것이 이유였다.

일반무사는 가문의 지위에 따라 급료가 정해졌다. 급료 1만 석 미만인 쇼군 직속의 가신을 하타모토(旗本)라고 하는데, 많을 때는 5천 명에 이르기도 했으며, 3천 석 이상을 받는 무사는 6백여 명이었다. 쌀 3천 석은 지금의 1억 엔에 해당하는 금액이니, 가히 적지 않은 액수라고 하겠다.

참근교대제(參勤交代制)라고 하여 다이묘는 일정기간 에도에 거주해야 했다. 가신들도 역시 에도에서 살아야 했는데, 신분에 따라 공동주택의 일부에 들어가 살았다. 하급무사들은 대부분 단신 부임했다. 체재비용은 번(藩)이 지급하기도 하고, 스스로 부담하기도 했지만 지출이 많아 여유로운 생활은 할 수 없었다. 그래도 선진 도회지에서의 생활을 선망하는 무사들은 결코 적지 않았다.

에도에 올라와 살았던 어느 하급무사의 일기에 의하면 그의 임무는 법식에 따라 옷 입는 법을 가르치는 일이었다고 한다. 근무는 3~4일에 한 번, 그것도 오전중에 끝난다. 나머지는 자유시간이므로 자주 에도 구경을 나갔다. 반 년 동안에 117회에 걸쳐 번(藩)의 저택에서 외출하여 명소를 돌아다니며 식도락을 즐겼다. 때로는 귀가시간인 오후 6시를 넘겨 문지기에게 뇌물을 주기도 했다. 그의 1년간 지출 내역을 보면 의료비 27%, 식비 20.2%, 오락비 18.9%, 교제비 16.2% 등으로 되어 있다.

그러나 막부가 정한 법령을 위반하거나 주군 가문의 내부 문제 또는 후계자가 단절되어 모시던 가문이 몰락하는 경우도 있었다. 선조가 유명한 무사였거나 실력이 뛰어난 무사는 다른 번(藩)에 채용될 수도 있었다. 하지만 대다수 무사들은 소위 로닌(浪人)이 되어 비축한 돈을 축내거나 친척집에 의지하며 살았다. 무사는 언제라도 주군을 떠날 수 있다는 각오를 가져야 했고, 그 때문에 갑옷을 간수하는 장롱 속에 동전 꾸러미를 함께 넣어두는 습관이 붙게 되었다.

17세기 후반 이후 로닌들이 늘어났고 그들의 생활은 더욱 비참해졌다. 이미 가진 돈은 다 떨어지고 새로 일자리 얻기도 어려웠다. 그들 중에는 의사가 되기 위한 수업을 쌓거나 도장을 내어 몸에 익힌 무예를 가르치거나 또는 아이들을 공부시키는 글방을 여는 자도 있었다. 그러나 적지 않은 수가 어두운 세계와 인연을 맺어 오늘날 야쿠자의 원형이 되었다고도 한다.

우리가 흔히 알고 있는 무사도(武士道) 또한 에도시대에 확립되었다. 특히 주군에 대한 은혜를 강조하였다. 그 배경에는 평화로운 시대에 무용지물이 되고 만 무사들의 자기 인식이 있었다. 무사들의 수양서인 『하가쿠레』(葉隱)에는 '무사도란 항상 죽음을 각오하고 사는 일'이라는 말이 있다. 이는 무사사회가 원래 죽음 또는 파멸이라는 극단적인 상황과 일상이 늘 맞닿아 있기 때문이었다. 길을 가다가도 싸움에 휘말려 일순간에 신분이나 지위를 상실하거나 심지어 목숨을 잃을 수도 있었다. 그런 만큼 자신의 목숨과 명예를 온전히 지키며 가문의 직책을 성실히 수행하기 위한 노력을 게을리 할 수가 없었던 것이다.

에도시대가 지나고 전쟁이 끊이지 않았던 근대에 들어 일본에서는 무사도의 죽음의 미학이 더욱 강조되고 미화되었다. 그러나 본디 무사도의 근본정신은 유교적 윤리관으로서 인륜의 도리를 실천하는 것이었다. 주군을 통하여 백성을 올바르게 다스리는 일이 곧 무사의 길이었다. 다만 실제로는 백성보다 주군만을 섬기는 맹목적 충성을 강요한다고 하는 시대적 한계가 있었다.

책임편집위원

구정호(중앙대학교 교수) 김종덕(한국외국어대학교 교수) 박혜성(한밭대학교 교수)
송영빈(이화여자대학교 교수) 유상희(전북대학교 교수) 윤상실(명지대학교 교수)
장남호(충남대학교 교수) 한미경(한국외국어대학교 교수)

편집 기획 및 구성

오현리, 이충균, 최영희, 최영은

사진제공

일본국제교류기금

게다도 짝이 있다

2판 1쇄 발행일 | 2021년 3월 25일

저 자 | 한국일어일문학회
펴낸이 | 이경희

기 획 | 김진영
디자인 | 김민경
편 집 | 민서영 · 조성준
영업관리 | 권순민
인 쇄 | 예림인쇄

발 행 | 글로세움
출판등록 | 제318-2003-00064호(2003. 7. 2)

주 소 | 서울시 구로구 경인로 445(고척동)
전 화 | 02-323-3694
팩 스 | 070-8620-0740

값 14,000원

ISBN 978-89-91010-01-7 94830
      978-89-91010-00-0 94830(세트)

잘못된 책은 구입하신 서점이나 본사로 연락하시면 바꿔드립니다.